ZHONGGUO XIAOSHUO
100 QIANG

中国小说 100 强（1978—2022）

旋转的记忆

阿 成 著

北京联合出版公司
Beijing United Publishing Co.,Ltd.

图书在版编目（CIP）数据

旋转的记忆 / 阿成著. -- 北京 ：北京联合出版公司，2023.9
（中国小说100强）
ISBN 978-7-5596-7080-9

Ⅰ.①旋… Ⅱ.①阿… Ⅲ.①长篇小说－中国－当代 Ⅳ.①I247.5

中国国家版本馆CIP数据核字(2023)第117922号

旋转的记忆

作　　者：阿　成
出 品 人：赵红仕
出版监制：张晓冬　范晓潮
责任编辑：王　巍
特约编辑：和庚方　张　颖
封面设计：武　一

北京联合出版公司出版
（北京市西城区德外大街83号楼9层　100088）
北京兴星伟业印刷有限公司印刷　新华书店经销
字数167千字　650毫米×920毫米　1/16　21印张
2023年9月第1版　2023年9月第1次印刷
ISBN 978-7-5596-7080-9
定价：68.00元

版权所有，侵权必究
未经书面许可，不得以任何方式转载、复制、翻印本书部分或全部内容。
本书若有质量问题，请与本公司图书销售中心联系调换。
电话：010-65868687

中国小说100强（1978—2022）丛书

编委会

丛书总策划

　　张　明　　著名出版人
　　张　英　　资深媒体人

编委主任

　　吴义勤　　中国作协副主席
　　　　　　　中国小说学会会长

编　委

　　吴义勤　　中国作协副主席、中国小说学会会长
　　宗仁发　　《作家》杂志主编
　　谢有顺　　中山大学教授、中国小说学会副会长
　　顾建平　　《小说选刊》副主编
　　张　英　　资深媒体人
　　文　欢　　作家、出版人

总　序

"中国小说100强"（1978—2022）是资深出版人张明先生和腾讯读书知名记者张英先生共同策划发起的一套大型文学丛书。他们邀请我和宗仁发、谢有顺、顾建平、文欢一起组成编委会，并特邀徐晨亮参与，经过认真研讨和多轮投票最终评定了100人的入选小说家目录。由于编委们大多都是长期在中国文学现场与中国文学一路同行的一线编辑、出版家、评论家和文学记者，可以说都是最专业的文学读者，因此，本套书对专业性的追求是理所当然的，编委们的个人趣味、审美爱好虽有不同，但对作家和文学本身的尊重、对小说艺术的尊重、对文学史和阅读史的尊重，决定了丛书编选的原则、方向和基本逻辑。

从文学史的角度来说，1978年以后开启的新时期文学是中国当代文学的黄金时代，不仅涌现了一批至今享誉世界的优秀作家，而且创造了许多脍炙人口的文学经典，并某种程度上改写了20世纪中国文学史的版图。而在中国新时期文学的经典家族中，小说和小说家无疑是艺术成就最高、影响力最大的部分。"中国小说100强"（1978—2022）就是试图将这个时期的具有经典性的小说家和中国小说的经典之作完整、系统地筛选和呈现出来，并以此构成对新时期文学史的某种回顾与重读、观察与评判。呈现在读者面前的这套丛书是对1978—2022年间中国当代小说发展历程的一次全面、系统的整体性回顾与检阅，是中国当代文学经典化的重要成果，从特定的角度集中展示了中国新时期文学在小说创作方面的巨大成就。需要说明的是，与1978—2022年新时期文学繁荣兴盛的局面相比，100位作家和100本书还远远不能涵盖中国当代小说的全貌，很多堪称经典的小说也许因为各种原因并未能进入。莫言、苏童、余华等作家本来都在编委投票评定的名单里，但因为他们已与某些出版社签下了专有出版合同，不允许其他出版社另出小说集，因而只能因不可抗原因而割爱，遗珠之憾实难避免，而且文学的审美本身也是多元的，我们的判断、评价、选择也许与有些读者的认知和判断是冲突的，但我们绝无把自己的标准强加于别人的意思。我们呈现的只是我们观察中国这个时期当代小说的一个角度、一种标准，我们坚持文学性、学术性、专业性、民间性，注重作家个体的生活体验、叙事能力和艺术功力，我们突破代际局限，老、中、青小说家都平等对待，王蒙、冯骥才、梁晓声、铁凝、阿来等名家名作蔚为大观，徐则臣、阿乙、弋舟、鲁敏、林森等新人新作也是目不暇接，我们特别关注文学的新生力量，尤其是近10年作品多次获国家大奖、市场人气爆棚的新生代小说家，我们禀持包容、开放、多元的审美立场，无论是专注用现实题材传达个人迥异驳杂人生经验、用心用情书写和表现时代精神的现实主义作家，还是执着于艺术探索和个体风格的实验性作家，在丛书里都是一视同仁。我们坚信我们是忠实于自己的艺术理想、艺术原则和艺术良心的，但我们并不认为自己的角度和标准是唯一的，我们期待并尊重各种各样的观察角度和文学判断。

　　当然，编选和出版"中国小说100强"（1978—2022）这套大型丛书，除了上述对文学史、小说史成就的整体呈现这一追求之外，我们还有更深远、更宏大的学术目标，那就是全力推进中国当代文学"经典化"的历程和"全民阅读·书香中国"建设。

从1949年发端的中国当代文学已经有了70多年的发展历程，但对这70多年文学的评价一直存在巨大的分歧，"极端的否定"与"极端的肯定"常常让我们看不到当代文学的真相。有人认为中国当代文学达到了前所未有的高度和水平。王蒙先生在法兰克福书展上就说：中国当代文学现在是有史以来最繁荣的时期。余秋雨、刘再复甚至认为中国当代文学的成就远远超过了现代文学。也有人极端否定中国当代文学，认为中国当代文学都是垃圾。他们认为现代文学要远远超过当代文学，中国当代文学连与现代文学比较的资格都没有。比如说，相对于鲁（迅）、郭（沫若）、茅（盾）、巴（金）、老（舍）、曹（禺）这样大师级的人物，中国当代作家都是渺小的侏儒，根本不能相提并论，两者比较就是对大师的亵渎。应该说，与对中国当代文学的肯定之声相比，对当代文学的否定和轻视显然更成气候、更为普遍也更有市场。尽管否定者各自的角度和出发点不同，但中国当代作家、作品与中外文学大师、文学经典之间不可比拟的巨大距离却是唱衰中国当代文学者的主要论据。这种判断通常沿着两个逻辑展开：一是对中外文学大师精神价值、道德价值和人格价值的夸大与拔高，对文学大师的不证自明的宗教化、神性化的崇拜。二是对文学经典的神秘化、神圣化、绝对化、空洞化的理解与阐释。在此，我们看到了一个非常有趣的悖论：当谈论经典作家和文学大师时我们总是仰视而崇拜，他们的局限我们要么视而不见要么宽容原谅，但当我们谈论身边作家和身边作品时，我们总是专注于其弱点和局限，反而对其优点视而不见。问题还不在于这种姿态本身的厚此薄彼与伦理偏见，而是这种姿态背后所蕴含的"当代虚无主义"。这种"虚无主义"的最大后果就是对当代作家作品"经典化"的阻滞，对当代文学经典化历程的阻隔与拖延。一方面，我们视当下作家作品为"无物",拒绝对其进行"经典化"的工作,另一方面又以早就完全"经典化"了的大师和经典来作为贬低当下泥沙俱下的文学现实的依据。这种不在同一个层面上的比较,不仅毫无意义,而且只能使得文学评价上的不公正以及各种偏激的怪论愈演愈烈。

其实,说中国当代文学如何不堪或如何优秀都没有说服力。关键是要进行"经典化"的工作,只有"经典化"的工作完成了才有可能比较客观地对当代的作家作品形成文学史的判断。对当代的"经典化"不是对过往经典、大师的否定,也不是对当代文学唱赞歌,而是要建立一个既立足文学史又与时俱进并与当代文学发展同步的认识评价体系和筛选体系。当然,我们也要承认,"经典化"问题是一个非常复杂的问题,并不是凭热情和冲动一下子就能完成的,但我们至少应该完成认识论上的"转变"并真正启动这样一个"过程"。

现在媒体上流行一些对于中国当代文学经典化冷嘲热讽的稀奇古怪的言论,其核心一是否定中国当代文学有经典、有大师,其二是否定批评界、学术界有关"经典化"的主张,认为在一个无经典的时代,"经典"是怎么"化"也"化"不出来的,"经典化"是一个实实在在的"伪命题"。其实,对于文学,每个人有不同的判断、不同的理解这很正常,每一种观点也都值得尊重。但是,在"经典"和"经典化"这个问题上,我却不能不说,上述观点存在对"经典"和"经典化"的双重误解,因而具有严重的误导性和危害性。

首先,就"经典"而言,否定中国当代文学早就不是什么新鲜事,对当代文学的虚无主义态度在很多人那里早已根深蒂固。我不想争论这背后的是与非,也不想分析这种观点背后的社会基础与人性基础。我只想指出,这种观点单从学理层面上看就已陷入了三个巨大误区:

第一个误区,是对经典的神圣化和神秘化的误区。很多人把经典想象为一个绝对的、神圣的、遥远的文学存在,觉得文学经典就是一个绝对的、乌托邦化的、十全十美的、所有人都喜欢的东西。这其实是为了阻隔当代文学和"经典"这个词发生关系。因为经典既然是绝对的、神圣的、乌托邦的、十全十美的,那我们今天哪一部作品会有这样的特性呢?如果回顾一下人类文学史,有这样特性的作品好像也没有。事实上,没有一部作品可以十全十美,也没有一部作品能让所有人喜欢。在这个问题上,我们应该明确的是,"经典"不是十全十美、无可挑剔的代名词,在人类文学史上似乎并不存在毫无缺点并能被任何人所认同的"经典"。因此,对每一个时代来说,"经典"并不是指那些高不可攀的神圣的、神秘的存在,只不过是那些比较优秀、能被比较多的人喜爱的作品而已。从这个意义上说,当今中国文坛谈论"经典"时那种神圣化、莫测高深的乌托邦姿态,不过是遮蔽和否定当代文学的一种不自觉的方式,他们假定了一种遥远、神秘、绝对、完美的"经典形象",并以对此一本正经的信仰、崇拜和无限拔高,建立了一整套关于中国当代文学的伦理话语体系与道德话语体系,从而充满正义感地宣判着中国当代文学的死刑。

第二个误区,是经典会自动呈现的误区。很多人会说,是金子总是会发光的。但对文学来说,文学经典的产生有着特殊性,即,它不是一个"标签",它一定是在阅读的意义上才会产生意义和价值的,也只有在阅读的意义上才能够实现价值,没有被阅读的作品没有被发现的作品就没有价值,就不会发光。而且经典的价值本身也不是固定不变的。如果一个作品的价值一开始就是固定不变的,那这个作品的价值就一定是有限的。经典一定会在不同的时代面对不同的读者呈现出完全不同的价值。这也是所谓文学永恒性的来源。也就是说,文学的永恒性不是指它的某一个意义、某一个价值的永恒,而是指它具有意义、价值的永恒再生性,它可以不断地延伸价值,可以不断地被创造、不断地被发现,这才是经典价值的根本。所以说,经典不但不会自动呈现,而且一定要在读者的阅读或者阐释、评价中才会呈现其价值。

第三个误区，是经典命名权的误区。很多人把经典的命名视为一种特殊权力。这有两个层面的问题：一，是现代人还是后代人具有命名权；二，是权威还是普通人具有命名权。说一个时代的作品是经典，是当代人说了算还是后代人说了算？从理论上来说当然是后代人说了算。我们宁愿把一切交给时间。但是，时间本身是不可信的，它不是客观的，是意识形态化的。某种意义上，时间确会消除文学的很多污染包括意识形态的污染，时间会让我们更清楚地看清模糊的、被掩盖的真相，但是时间同时也会使文学的现场感和鲜活性受到磨损与侵蚀，甚至时间本身也难逃意识形态的污染。此外，如果把一切交给时间，还有一个前提，那就是对后代的读者要有足够的信任，要相信他们能够完成对我们这个时代文学的经典化使命。但我们对后代的读者，其实是没有信心的。我们今天已经陷入了严重的阅读危机，我们怎么能寄希望后代人有更大的阅读热情呢？幻想后代的人用考古的方式对我们这个时代的文学进行经典命名，这现实吗？我不相信后人对我们身处时代"考古"式的阐释会比我们亲历的"经验"更可靠，也不相信，后人对我们身处时代文学的理解会比我们亲历者更准确。我觉得，一部被后代命名为"经典"的作品，在它所处的时代也一定会是被认可为"经典"的作品，我不相信，在当代默默无闻的作品在后代会被"考古"挖掘为"经典"。也许有人会举张爱玲、钱钟书、沈从文的例子，但我要说的是，他们的文学价值早在他们生活的时代就已被认可了，只不过很长时间由于意识形态的原因我们的文学史不谈及他们罢了。此外，在经典命名的问题上，我们还要回答的是当代作家究竟为谁写作的问题。当代作家是为同代人写作还是为后代人写作？幻想同代人不阅读、不接受的作品后代人会接受，这本身就是非常乌托邦的。更何况，当代作家所表现的经验以及对世界的认识，是当代人更能理解还是后代人更能理解？当然是当代人更能理解当代作家所表达的生活和经验，更能够产生共鸣。因此，从这个角度来说，当代人对一个时代经典的命名显然比后代人更重要。第二个层面,就是普通人、普通读者和权威的关系。理论上,我们都相信文学权威对一个时代文学经典命名的重要性,权威当然更有价值。但我们又不能够迷信文学权威。如果把一个时代文学经典的命名权仅仅交给几个权威,那也是非常危险的。这个危险表现在什么地方呢?就是几个人的错误会放大为整个时代的错误,几个人的偏见会放大为整个时代的偏见。我们有很多这样的文学史教训。在这个问题上,我们既要相信权威又不能迷信权威,我们要追求文学经典评价的民主化、民主性。对一个时代文学的判断应该是全体阅读者共同参与的民主化的过程,各种文学声音都应该能够有效地发出。这个时代的文学阅读,最理想的状态应该是一种互补性的阅读。为什么叫"互补性的阅读"?因为一个批评家再敬业,再劳动模范,一个人也读不过来所有的作品。举个例子:现在我们一年有5000部以上的长篇小说,一个批评家如果很敬业,每天在家读二十四小时,他能读多少部?一天读一部,一年也只能读三百部。但他一个人读不完,不等于我们整个时代的读者都读不完。这就需要互补性阅读。所有的读者互补性地读完所有作品。在所有作品都被阅读过的情况下,所有的声音都能发出来的情况下,各种声音的碰撞、妥协、对话,就会形成对这个时代文学比较客观、科学的判断。因此,文学的经典不是由某一个"权威"命名的,而是由一个时代所有的阅读者共同命名的,可以说,每一个阅读者都是一个命名者,他都有对经典进行命名的使命、责任和"权力"。而作为一个文学研究者或一个文学出版者,参与当代文学的进程,参与当代文学经典的筛选、淘洗和确立过程,更是一种义不容辞的责任和使命。说到底,"经典"是主观的,"经典"的确立是一个持续不断的"过程","经典"的价值是逐步呈现的,对于一部经典作品来说,它的当代认可、当代评价是不可或缺的。尽管这种认可和评价也许有偏颇,但是没有这种认可和评价,它就无法从浩如烟海的文本世界中突围而出,它就会永久地被埋没。从这个意义上说,在当代任何一部能够被阅读、谈论的文本都是幸运的，这是它变成"经典"的必要洗礼和必然路径。

总之，我们所提倡的"经典化"不是要简单地呈现一种结果，不是要简单地对一个时代的文学作品排座次，不是要武断地指出某部作品是"经典"，某部作品不是"经典"，不是要颁发一个"谁是经典"的荣誉证书，而是要进入一个发现文学价值、感受文学价值、呈现文学价值的过程。所谓"经典化"的"化"实际上就是文学价值影响人的精神生活的过程，就是通过文学阅读发现和呈现文学价值的过程。可以说，文学的经典化过程，既是一个历史化的过程，更是一个当代化的过程。文学的经典化时时刻刻都在进行着，它需要当代人的积极参与和实践。因此，哪怕你是一个对当代文学的虚无主义者，你可以不承认当代文学有经典，但只要你还承认有文学，你还需要和相信文学，还承认当代文学对人的精神生活具有影响力，你就不应该否定当代文学经典化的重要性。没有这个"经典化"，当代文学就不会进入和影响当代人的生活，就失去了存在的意义。每一个人，哪怕你是权威，你也不能以自己的好恶剥夺他人阅读文学和享受文学的权利。

从这个意义上说，当代文学的经典化当然是一个真命题而不是一个伪命题。在一个资讯泛滥的时代，给读者以经典的指引是文学界、出版界共同的责任，而这也是我们编辑出版这套书的意义所在。

最后，感谢张明和张英先生为本套书付出的辛劳，感谢北京立丰天文化传播有限公司、北京金圣典文化有限公司的资金支持，感谢全体编委和北京联合出版公司各位编辑，感谢所有对本套丛书的出版给予大力支持的作家和他们的家人。

是为序。

吴义勤
2022年冬于北京

目 录
Contents

李甲在北京念大学的日子＿＿1

流亡地的冬雨（节选）＿＿148

需要补充的几句话＿＿321

李甲在北京念大学的日子

闲人、闲话、闲书

《杜十娘怒沉百宝箱》是冯梦龙先生创作的。我的这本书就要展开写他书中的人物李甲。这样看来不介绍冯先生几句，自然不好，也不仗义。我甚至想建议编辑老师，把冯先生的这篇原文附在这本书的后面，只是不知道编辑老师能不能同意。

冯先生有许多别号，如龙子犹、墨憨斋主人、顾曲散人、词奴，等等。倘若仔细品咂一下这些反讽的、自嘲的、理想的、自大的、颓废的别号，终是能够品咂出一介文士的某种悲怆与拔俗来的，也会让人肃然起敬。

冯先生，字，犹龙。苏州人氏。士大夫家庭出身。哥哥，梦桂，是一个了不起的画家（借用当代某些名士之"名片"的写法，大约相当于"一级画师"，享受国务院政府颁发的特殊贡献津贴的专家）。弟弟，梦熊，太学生（相当于现在北大、清华或美国哈佛大学的博士生）。因苏州在春秋战国时期属吴国，故兄弟三人有"吴下三冯"的美誉。

冯先生本人则博览群书，才华出众。据说，他酷爱李贽的"异端"之学。而且对《春秋》很有研究。他为人旷达，行为与言行无拘无束，且不合时宜，所以被人称为畸士、狂生。类似当代的那种到处走的流浪诗人。之于他的不喜欢礼教的束缚很像现在的"问题青年"或者"愤青"。

有了这样不俗的三个儿子，尊堂冯老先生觉得非常自豪，人前人后表现得非常牛皮。不过，冯先生格外看重他的二儿子冯梦龙。冯梦龙的老师也认为冯梦龙同学是个"隽才宿学"式的拔尖人才。只是这个学生应当研究哪一行，走怎样的研究方向，他一时还说不清楚。璞玉在手，不知琢之以何。老师常常仰天长啸。

冯梦龙就那样静静地看着老师，心里觉得他有点多余。

令人费解的是，冯先生科举考了好几次都未考中，老留级。所谓"久困诸生间，落魄奔走"。这不仅仅是尴尬，也特别痛苦。无论如何是个打击。为生活计，冯梦龙不得不一边坐馆教书，一边业余搞文学创作。元曲、杂剧在大明帝国还是挺火的。他就顺应潮流琢磨这个。挣钱活命呗。

然而，我怀疑的是，冯先生之所以写《杜十娘怒沉百宝箱》是不是对自己际遇的一种自嘲与自虐的结果呢？那个"李甲"，是不是也有他自己的影子呢？

我仇恨，我喜欢，我存在

大明帝国的可爱，就在于当时的文学艺术面向工农兵大众。无论是通俗小说、话本，还是元曲、元杂剧，全是这种状态。而且这种现象已经成为大明帝国文学艺术的主旋律、主潮流了。这本身多少也含着一点儿对唐诗宋词的反叛。我猜这大约是冯先生选择走通俗文学道路的一个重要原因吧。

冯先生认为面向人民大众的文学艺术作品——即"民间性情之响"，是"天地间自然之文"。冯先生的这种提法有多高啊，我也多受鼓舞哇。

现在，中国文坛上的一些人，总是喜欢对通俗文学说三道四。为什么要说三道四呢？因为他们看了不少这方面的通俗文学。坦率地说，他们喜欢，他们才指责。即我批评，我存在。心口不一，是某些中国文人的一大通病。

冯先生在他的《古今小说·序》中说："唐人选言，入于文心。宋人通俗，谐于里耳。天下之文心少而里耳多，则小说之资于选言者少，而资于通俗者多。试今说话人当场描写，可喜可愕，可悲可涕，可歌可舞，再欲捉刀，再欲下拜，再欲决脰，再欲捐金。怯者勇，淫者贞，薄者敦，顽钝者汗下。虽日诵《孝经》、《论语》，其感人未必如是之捷且深也。"说得多透啊。而且可操作性也很强。冯先生所谓的"寓教于乐"，就是人民群众喜闻乐见的。如果用下文件的方式，太生硬，老百姓也不太容易记住[我想，是不是因为冯先生屡考不第，才下功夫琢磨（现在叫"文学评论"）这些事了]。

冯梦龙先生个人档案

当时，冯先生在文学戏曲创作方面已经很有名气了。就是现在所说的已经是"著名作家"了。不同的是，大明帝国的著名作家比较少。不像现在，只要你肯写小说、玩电影，立刻就是著名作家，著名编剧。虽然说易也不易，但是说难也不难。冯梦龙是不同的。当时有一个叫文并简的人曾写了一首题为《冯犹龙》（即冯梦龙）中，我们就可以看出一二来。全诗如下：

> 早岁才华众所惊，
> 名场若个不称兄。
> 一时名士推盟主，
> 千古风流引后生。
> 桃李兼栽花露湿，
> 宓琴流响讼堂清。
> 归来结束冠东隐，
> 翰鲙机专手自烹。

这，大抵是对冯先生一生的最好概括了。

只是，冯先生天生就是一个我行我素的主儿，竟先后编印了两个通俗歌曲集《桂枝儿》和《山歌》。出版发行之后一下子就火了，"举世传颂，沁人心腑"。这跟当代的流行歌曲待遇差不多是一样的。要不怎么说他"一时名士推盟主，千古风流引后生"呢。进入大明帝国的万历年间，听吧，无论你走到哪里，茶馆还是教坊，还在市井上练摊的老板，骑摩托车的板爷，哼哼的都是《桂枝儿》和《山歌》里的曲子（有时很有身份，很体面的老爷、太太也哼几句）。为什么？关键是它动听，上口，词也好懂，让人上瘾，全是情不自禁地，唱了心情好。

冯梦龙先生之死

冯先生在崇祯三年，就是1630年才得了个贡生（换算一下，贡生大抵类似现在副股级干部吧）。任丹徒县训导。到了崇祯七年，才升为福建寿宁知县。那时县长兼县委书记，顶多是个科级干部。不像现在是县团级，有专车。那时候顶多是一个二人小布轿，或骑一匹马而已。

十年之后，农民革命领袖李自成，推翻了大明帝国。冯先生为此痛苦得不行，写了不少幻想明朝中兴的文章，像《甲申纪事》《中兴伟略》等等。

文人也是挺可爱的。

隆武二年，即清顺治三年（1646年），因为冯先生总是瞎折腾，总是不服，他认为自己应当有"表情权"，结果被清兵杀了。表情也停止了。享年72岁。

若说谁是大明帝国小说、戏曲、民间歌曲，三项优秀成绩集于一身者，恐怕只有冯梦龙先生了。我们现在若是有一个这样的人才，那至少也得是全国文联副主席。开会要坐在主席台上的。

冯先生的"三言"金陵兼善堂的刻本，现藏于日本。

日本不是一个啥都瞎藏的国家，所以时时刻刻都要提防点日本人。

栖霞山上幸遇无碍居士

冯先生是在天启甲子，即天启四年（1624年），游栖霞山时，遇见了后来给他主编的《警世通言》写序的"豫章无碍居士"。

居士，就是在家修行的业余和尚。

两人相见，清酒淡茶。无论是旅况仕途，人生际遇，天下艺文，等等，二位都谈得十分投机，也很放得开，坦率得很。更何况二位都是腹有鳞甲的主儿。尤其是冯先生的风度做派，包括他对时文的推崇、对雅文的不屑，让无碍居士十分欣赏，称他为"海内畸士"。

冯先生见了无碍居士，也有一种他乡遇故知的感觉。

彼此就成了莫逆之交。冯先生还将自己编写的这个白话小说集呈给他看，并请他给起一个书名。

无碍居士一夜未眠，看了一个通宵，很兴奋，遂给冯先生的这本集子起了一个很好、很和尚式的书名，叫《警世通言》。并撰写了一篇言简意赅的"叙"。

在下不揣浅陋，随意"译"一部分"序"如下：

野史包括通俗小说，写的非得都是真事儿么？我看没必要。那么全是瞎编的，全是假的，清一色幻想行不行呢？我看也大可不必。那么还得去伪存真喽？我看没必要那么拘泥。

像《六经》啊，《论语》啊，《孟子》啊，很多人都在学，都在研究，其实，这么多圣者之书，其主要意思，就是想教育人民群众、广大干部、知识分子当一个孝子，做一个有贤德的人，尊敬友谊的朋友，成为一个讲义气的男人，别在外面寻花问柳，找小蜜，养小姘，行贿受贿。女同志呢，别瞎扯淡，守点妇道，所谓自强、自尊、自立。不当第三者，不当别人的情妇。大家都成为有德行、树新风的人，成为善良的五好家庭。这些圣人著书立说，大致都是这个意思，所以才点灯熬油地写了这么多文章。可是，这些文章太高雅了，一个简单的事儿，话儿说的那样的艰深，没文化的人不行，也不一定读得懂。效果自然就差多了。然而，那些广泛流传在小学还没毕业的人民群众当中的口头文学，大都是从甲是、乙非中、老百姓的喜怒哀乐和市井传闻中，思考一些孰美孰丑的事，用以规范自己的行为。非常便当。

通俗小说作家就看准了这一点，写了一些虽然登不了大雅之堂的、但人民群众喜闻乐见的演义之类，弥补了经书史传的不足，达到了它们所达不到的教化效果。

通俗演义，不必非得是真人真事儿，虚构也成。只要理是真的、情是真的，就行了。而且又不伤风化，也不诋毁圣贤和攻击经史子集，一句话，只要老百姓喜欢，我看就行……

（插一句话，我觉得这个和尚可以当宣传部部长）

我看了冯先生这个短篇小说集，觉得有点像佛家因果说法度世的意思。于是，干脆给这本集子起个名字，就叫《警世通言》吧。

时天启甲子×月豫章无碍居士题

大明帝国血的日子

咱们往前数。话说装疯的燕王反了之后，于1403年，燕王攻下了首都南京。非常之快，把仅当了4年皇帝的侄子赶下了台，并改年号为永乐。燕王正式登上了皇帝宝座，称明成祖。

大权在手，首先就是铲除异己。那些日子，是大明帝国的血的日子。明成祖杀了不少人（甚至包括主张"削藩"的齐秦）。在杀人的日子里，当然有许多好看的故事。但其中最好看的故事是文学博士方孝孺的故事。为了节省看官的时间，这个故事我就不多讲了。总之，这个方孝孺被朱棣诛了十族（包括他的朋友，一共十族）。死老些个人了。你说不是他朋友不行，喝过酒，聚过餐，参加过民间的笔会，总之，沾边就杀。政治斗争真残酷啊。

1406年，明成祖下诏在北京建宫殿。

1421年，正式改北平为京师，南京为陪都。

这时候，冯梦龙先生还未出生呢。所以，这一段历史，现由东北阿成粗粗地补上这一段儿，也不算失礼吧？不然，谁来做这件事呢？

大运河——故事之河

雄伟壮丽的北京城，就是这么建起来的。当代已经成了全国的政治、经济、文化的中心，祖国的心脏了。而且还是全世界人民瞩目的一个中心。倘若我们在无比自豪，无比骄傲，无比荣光当中，把明成祖朱棣的功劳忘个一干二净，便是一种没文化的样子了。

须知，建这个新皇宫可是费老劲了。就别说建一个偌大的宫殿，就是我们自家的房子装修一下，还累得直骂娘呢。容易吗？

为了建这个新宫殿，明成祖朱棣集中了全国所有著名的工匠，调动二三十万民工和相当大的一部分军人，前前后后，建了十几年才建完。

其中不少木料是从四川、贵州、广西、湖南、云南等地运来的，以及从房山、盘山采下的巨大石料。这些庞然大物要运到北京，谈何容易。夏天得铺滚圆木运，冬天须用水铺冰道走。在冰道的沿途上，还要一里地挖一口井，便于往上泼水，以补冰之不足。

真是苦死了。同志们，好好爱护这些文物吧。

宫殿建好了，开始做另一件大事了。

明成祖一方面对中央机关做进一步的调整，比如设立内阁之类。另一方面，他开始重用宦官，给他们很高的权力，如"出使、专征、监军、分镇"等职。同时，还设了类似情报部、安全局之类的"东厂"，用以"刺臣民隐事"，加强情报和特务工作。另外，把修筑与修缮长城的事也做了安排，以固边防嘛。

其中，最最重要的，最有远见，最有利于国民经济发展与文化交流的大事，是朱棣下令进一步疏浚大运河。工程当中就有山东境内的会通河，开凿江苏淮安境内的清江浦等等。各位看官，如果没有这次疏浚大运河的工程，冯梦龙先生写李甲乘船去北京念大学的事就有点问题了。不仅如此，他和杜十娘乘船回瓜洲也不可能，而且也不成立。至少，中间他们"夫妻"二人得走几次旱路。如果走几段旱路，就不可能遇到贪色起歹心的孙富。那么，杜十娘怒沉百宝箱的事也就不会发生。我这个《李甲在北京念大学的日子》也不可能存在。所以，朱棣不仅有意无意地成全了冯先生，使之产生了这样一篇脍炙人口的悲剧作品，还成全了以笔资谋生，养家糊口的阿成。

当然，作为新一代皇帝，也得考虑文化娱乐事业的发展。因此，就考虑安排了有点文化娱乐，乃至风流消遣方面的设置。比如，除了皇帝的后妃之外，还增加女官（这挺特别）。女官分有六局，每局有四司，总数过百人。这些女人主要工作就是为皇帝服务，伺候安寝啊，干些杂务啊，唱唱歌、跳跳舞啊，包括传闲话、嚼舌头之类。类似总务、后勤、生活秘书之类的工作。听说，到了明代末年，宫女就多达九千人，内监多达十万人了。史书上说这些人"饮食不能遍及，日有饿死者"。做后勤工作多难哪。

说来，也挺惨的。

繁荣出黑话

我想把故事一点点地引到李甲去北京念大学的事情上去，不能太突然，太草率。

首都北京建好了，商家之类自然要蜂拥而至。这些蜂拥而至的商人，自己出银子建一些民宅、店铺。像黑话中说的：兴朝阳的典铺、信朝阳的盐店、皮子朝阳的成衣店、稀朝阳的布店、汉火朝阳的药店、乱朝阳的杂货店、红耀朝阳的烛店、签筒朝阳的袜店、鱼皮朝阳的靴店、册子朝阳的书店、山朝阳的酒店、薰通朝阳的烟店、碾朝阳的米店、顶公朝阳的帽店、流官朝阳的肉店、隔津朝阳的伞店、半月朝阳的扇店、息足朝阳的歇店等等，总之，呼啦啦全出来了，而且，都是以黑话的形式。想想看，当时的"文化"有多丰富啊。再加上银匠、铸铜匠、漆匠、染匠、泥水匠、刻字匠、箍桶匠、木匠、挑扁匠、脚夫、做针、打草鞋、做花人、切面人、卖饼人、卖糕人、卖油人、屠户、放马者、摩镜人，加上妇女卖药、骑驴卖药、烧香卖药、僧头卖药、算命、相面、讨饭、书情节求乞、戴孝求乞、作揖求乞、哭诉求乞、装斯文落滩求乞、弹琴求乞，以及盗首、窃贼、挑菜，乃至"今增水客为萍儿，山客为鹿儿"的行商，等等，热闹极了，繁荣极了。而且，这才像个帝王之都的样子。冷冷清清的怎么行呢？

我之所以介绍这些，一是让各位看官有身临其境之感，以后在书中遇到了不生分。二呢，也是想把明朝京师的气氛渲染一下，为《李甲在北京念大学的日子》做一点铺垫。此外打算从这儿开始，自然而然地介绍一下杜十娘从事的类似歌厅之类的文化娱乐方面的行当（所谓的风情业），以及有关的一些情况。

下面，我就向各位看官（各位领导）简单地汇报一下。

明代的一道亮丽的文化风景线

大明帝国的娱乐方式是多种多样的,很丰富,譬如斗鸡、斗鱼、斗蟋蟀、斗鹌鹑、斗狗、赌博、听戏、喝茶、看猴戏、看杂耍等等,都属当时的娱乐范畴。至于文艺演出方面,大明帝国的这种事儿,便是正规的,也大都出于教坊,就是歌厅。教坊主要是搞文艺演出,他们是味道别样的文艺演出小团体。所谓"味道别样",就是他们还要兼搞一些三陪之类的事儿。

这里我简单地介绍一下。

教坊除了少数行政管理人员,不少"院"头,即CEO,或者总经理之类,差不多都是女的。过去呢,她们也都是演艺圈的演员或者三陪小姐,后来年岁大了,人老色衰不值钱了。于是,就自己花钱,承包某一"院",养几个(至少一个)粉头,即三陪小姐来挣钱。这样的领导,院里院外都不叫老板,叫"妈妈"。这样显得近便些,亲切些。容易让人放松警惕。总之,在历史上,伟大而圣洁的"妈妈"一词,也是被污染过的。

尽管这些人属于城市的阴暗部分,但是,无论乐师还是小姐,想在"院"里混也并不是那么容易的。他们事先也得进行职业培训。那时候的京城就专有不少这方面的社会组织,类似当今的剧协、音协、曲协、舞协之类。他们定期地聚在一起切磋技艺,兼或也招几个徒弟,培养艺术苗子和有自己艺术主张的艺术传人。这种事,大而话之,有点像今天的戏曲学院、电影学院和音乐学院。只是当时不这么叫就是了。

除了演艺人才，导演啊、策划呀、监制啊，作为教坊院都有。而且还有专门的文艺创作人员。

社会就是这样怪怪的，您需要什么就有什么。

这些创作人员大都是一些屡考不第，或者非常热爱戏剧事业的人。开始的时候，他们去教坊无非是消遣一下（心情不好，又没考上功名），散散心，找不相干的人说说心里话，宣泄一下，倾吐一下，花点钱，值。何况那里的小姐也都不错，能拉会唱，也能表演几段戏文，人也好看，会顺着你说话，特别的善解人意。听说，当代的法国就有这样的服务。是投币的。弄进去一法郎，电视屏幕上就出现一个漂亮女人，你就跟她聊吧，失恋哪，失业呀，失宠哪，失误啊，都可以聊，破口大骂也行。比到教堂跟神父聊要好得多。跟神父聊，包括跟单位不靠谱的领导交心，都不是最佳选择。这自命不凡又怀才不遇的倒霉蛋到教坊混几个时辰，不高兴的心情就蒸发了，人也轻松振奋起来了，一振奋，就免不了有些放浪形骸，行为也粗俗起来……

教坊院的"妈妈"们知道这些落第的文人是一些人才，是另一种文化资源。她们知道，要想增加"院"的知名度，办得火，首先要把创作搞上去。所谓干什么吆喝什么。于是，她们便注意对其中有才华的人格外地加以关照，百般的殷勤。甚至免费让小姐陪他们过夜。目的是让他们给院写点东西，写曲儿也行，歌词也行，剧本更好。只有教坊院的文艺创作搞上去了，院里的戏曲才能常唱常新，日新月异。如此，岂能不火？白花花的银子还愁不进来么？

另一方面，"妈妈"们也贿赂一些贵族和士大夫，请他们闲暇之时为院写点什么。他们当然很高兴、很愉快呀。大笔一挥，甚至立等可取。《西江月》还是《卜算子》，拿回去唱吧。

想想看，这是某某达官贵人编剧或作词作曲儿的作品，生意一下子能兴隆得让妈妈、小姐、乐工、打杂的忙得满头是汗，饭都顾不上吃呢。

恕我不敬。古代有不少很有名的剧作家，都在"院"里走过穴，编过剧，写过词曲，甚至还亲自当导演排过戏的。真的。

当然，他们肯定都是正人君子，有文化修养的知识分子，绝对不可能与那些小姐有染！就是那些小姐一心想染他们，他们也绝不会被染。他们主要是为了繁荣大明帝国的文学艺术事业而废寝忘食地工作着，创作着。正唯如此，才留下了许许多多不朽的文艺作品，成为我国宝贵的文化资源。

明朝历代的教坊也好，院也好，梨园也好，之所以那么火，主要就表现在创作方面。为什么会这样呢？我想，主要是"院"领导的扶植，以及相关的创作人才的积极介入和广大人民群众喜欢的结果。

大明帝国的文化休闲

大明帝国不像现在，家家都有电视。广大人民群众为人民服务、为四化建设和为改革大业服务一天了，下了班，累了，喝点小酒，夫妻彼此交换一下单位情况之后，骂骂领导，骂那些专门蝇营狗苟的小人之后，就打开电视机看吧。十几个频道呢，关心国家大事的，可以专看新闻之类的节目；爱看电影的，可以专看电影频道；看爱戏曲的，有戏曲频道；爱唱歌的，有音乐频道；爱看体育的，有体育频道。都不爱看，出门打个出租车，到迪厅疯一家伙，或到大酒家醉一家伙，到卡拉OK厅嚎一家伙，到旱冰场转一家伙，齐活了。

明朝不行，没这些设施。要想玩，要想消遣，除了各种赌，各种博之外，就得去古代夜总会、演歌厅、练歌房了。

古代的这些娱乐场所，跟今天的歌厅很不一样。现在的歌厅有卡拉OK机就行了，唱碟有的是，你点什么唱什么。如老歌《冰山上的来客》或者《我爱五指山，我爱万泉河》，如新歌《我被青春撞了一下腰》或者《对面的女孩看过来》等等，都有。唱吧。不会唱，或者唱不好，没关系，还有三陪小姐依偎在你的身旁，陪你唱，带着你唱。

明朝不行。唱固然得唱，只是要想唱，首先得有一个响器班子。清唱当然不好，没气氛，得有伴奏。

另外，小姐演唱的水平与表演水平不高也不行。作为三陪小姐，各方面都得过硬才能出来招待客人。三脚猫似的就出来了，非砸了生意不可。

我记得冯梦龙先生写过一本《墨憨斋定本传奇》，这本书的大意就是对一些剧的批注，阐述关于演出的艺术构思和舞台调度方面的事。那么，冯先生是不是常去教坊呢？如果去，我想也是社会考察，艺术参与。绝不会有其他的什么目的。

我还记得李渔先生也写过一本叫《闲情偶寄》的书，内容也是谈剧本艺术和舞台艺术的事。

还有一个叫潘之恒的人，他写了一本《亘史》，主要是写嘉靖、隆庆、万历年间众多女演员的小传及演出情况，还有一本《鸾啸小品》，内容也是对演员、乐师、演出方面的评论。除此之外，还有沈采、汤显祖、王子一、刘东生、谷子敬、汤纳、贾仲明、朱权、王九思、康海、徐渭、汪道昆、陈与郊、王衡、杨开先等等，都写了不少剧。

足见大明帝国教坊院的艺术档次不低呀，创作力量很强啊。

哦，天天过年的教坊院

坦率地讲，我总感觉大明帝国的教坊院，有点类似今天的娱乐城、娱乐中心、娱乐广场、娱乐大世界。普通老百姓只能远远地往教坊那儿看。教坊院，院院披红挂绿，张灯结彩，俨然大年除夕。还未走进教坊呢，便有一股浓香扑鼻而来，

教坊的大门外总有不少马车等候着。就像今天许多出租车等在大酒家、夜总会门口一样。没客的时候，他们蹲在地上下五子棋。

一般说，各院得闹腾到次日凌晨，方能静下来。

白天，特别是上午，这儿特静。艺妓们都睡大觉呢。折腾一宿了，多累呀，骨头架子都快散花了，天下哪有什么好男人呀。睡觉，睡觉！若是哪个不识相的，在这儿附近敲锣耍猴，教坊的伙计就放狼狗咬你。或者用利箭把猴射死。打官司，你打不过他们，他们认识的人太多，不少还是领导呢。

前途茫茫，落叶无根

赶上淡季（各行业都有淡季，这不奇怪），各教坊院的客人就少了。艺妓们闲着了，人一闲，各种幻想也都上来了。须知，艺妓也是人，而且还是女人，而且还都年轻。干艺妓这行，只有年轻、美貌、

多才多艺才有资本，才值钱，才招客，换句话说，才能进银子。一旦老了，所谓老来门前车马稀，就得夹个小包袱，从教坊院滚出去。孤孤单单，从教坊院出来，人海茫茫、四处无家，既不知乡关何处，也不知命丧何方。凄凉的晚景，真是不堪设想，怎么办？唯有靠两行浊泪和自身的美好幻想，弥补凄凉且悲惨的精神世界吧。

艺妓们不光幻想，光做白日梦，也挺现实，也挺悲观的。平日，那些到教坊院来玩耍调笑的客人，有几个是好东西呢？能把自己的终身托付给这样的人么？

那些当官的到这里来，不过是想轻轻松松。

白天，这些领导公务太忙，人来人往的，应接不暇，还要摆份儿，还要装孙子，动脑筋，写公文，累个死。晚上了，家里的那几个女人，原配也好，什么配也好，日子一久，没劲了，臭豆腐了。别见面儿，一见面就是一大堆婆婆妈妈的事，烦死了。于是，便想到了教坊院。到教坊院来，简简单单，花钱买笑嘛。艺妓们当然知道把自己的终身托付给这样的人，也不行。顶多顶多去给人家做个小。然而，这"小"在官府的深宅大院里还有个当啊？明明是活受罪嘛。再者说，这些当官的只要光顾教坊的，几乎个个花心！都是一些"只闻新人笑，不闻旧人哭"的主儿。嫁给这样的人，还不如在教坊院里当老妈子呢。

商人就更不行了。所谓"商人重利轻别离"。你是商人花钱买去的玩物。而且总会有玩腻的一天，他不一脚把你蹬了才怪呢。再说，大部分商人心都黑、都狠，嫁给这样的人，如同与虎狼共枕，太可怕了。弄不好，让他们给秘密杀了，那就惨了。平常，倒是也有一些知识分子到教坊院来走动。知识分子倒是温文尔雅的，然而无论这些人表面上怎样温文尔雅，他们肚子里包藏的花心无论如何是隐藏不住的。另外，知识分子属于小资产阶级，个性摇摆不定，主意一天三变，今天爱你是真的,明天爱她也是真的。还能写一些古怪的诗让人受骗上当。另外,这些知识分子差不多个个都属于囊中羞涩的主儿,在家里凑俩钱儿,是硬撑着到这里来风流的。能嫁给这样的人么?其他,如市井泼皮,穷手艺人,军士,他们更没戏。这些人才不管你教坊院的什么曲不曲的,就是一个脏字的勾当。一手钱,一手货。少他妈的跟大爷啰唆!你以为大爷我的钱是大风刮来的么?那也是老子的血汗钱!

艺妓们非常看不起这些人,从心里十分蔑视这些人,背后管他们叫"张甲鱼""刘甲鱼"。从不叫什么官称大号。所以,这样的人,更不能将自己的终身大事,托付给他们。托付给他们,不是让他们活活打死,就是让他们转手给卖到下三烂的窑子去。说实话,前途渺茫啊,苦海无涯啊,混吧,混到哪天算哪天吧。

假做真来,真亦假

到教坊来的客人,的确有一些人是真正爱好文艺的主儿,但同时他们也是兼好女色的色棍。古怪的是,他们骨子里瞧不起这些艺妓,表面上"甜心儿""蜜糖""亲爱的""我的心肝儿"叫得那个甜哟,可私下里叫她们"臭婊子"。

他们到这里玩耍,绝对不是想在这里找一个意中人回去,所谓娶妻生子,成家立业,以图光宗耀祖,就是寻开心,满足一下自己的私欲而已。另外,他们到这里来大都是隐姓埋名的,从不说出自己的真实姓名,怕传扬出去,对自己的名声不好,影响自己纯洁、质朴、端庄的形象。更怕别人说闲话。他们都烦死了那些喜欢说闲话的人了。自然，他们到这里来玩，也假惺惺地说一些君子之类的话："呀，看你这个小女子，长得这样清纯，唱得又如此之好，在这里做，嗨，白瞎了，可惜呀——"听着像真事似的。倘若那个小艺妓年轻，经验不足，也不是不能上当，但刚有上当的意思，"妈妈"或者其他姐姐就会出来告诫她，千万别上当！这帮孙子一个好东西没有。你的任务，就是使劲骗他，哄他多花钱。他能把你娶回去当正房么？不能！你不能跟他来真的，缺心眼呀？小艺妓一下子就清醒过来了。再跟客人动情，就是假情了。

　　说来也是，这些客人绝对不可能娶这里的烟花女子为妻的。在明朝就更不可能了。那时候，朱熹的理论已经深入人心了，娶了艺妓回家岂不让同乡同府，亲戚朋友，高堂父母鄙夷么？那还怎么做人呢？所以，在教坊院里说的话，都是不算数的，当不得真的，所谓"乐场无真爱"就是这个道理。不仅没爱，从本质上说，这里的客人与艺妓，是相互对抗、相互仇视、相互鄙夷的关系。客人瞧不起艺妓，艺妓也看不起客人。这里的亲亲热热、甜言蜜语，甚至同床共枕，都是逢场作戏而已，是用银子支撑与维系双方的"爱"的。银子光了。呀，先生，开什么玩笑，谁爱谁呀，大白天说梦话呢？喝高了吧？

试问，妾身将托付何人

　　虽说艺妓从事的是一些逢场作戏的职业，但说实话，她们也是需要爱的，也想着成一个家，做一个普普通通的女人，妻子、母亲，过寻常百姓平平常常的日子。再生个儿子、女儿，享受一下天伦之乐和幸福无忧的晚年，也就不枉人世上走一遭啊。艺妓们有了这样纯洁、崇高而伟大的想法之后，她们个个都在入院不久就偷偷地攒钱，为自己的后事做准备。她们大都极力迎奉客人的好恶，从精神上，包括肢体上替客人排忧解难。总之，什么中听她说什么，客人想听什么她们就说什么。客人管她叫娘子，她也甜甜地答应，还积极配合地叫客人"郎君哎——"，所谓不是夫妻胜似夫妻。目的就一个，让你从兜里多掏银子。

有的客人大方，或者装大方，太好了，艺妓们就装傻，装伤心，装"梨花一枝春带雨"，哄对方多掏点钱。然后自己偷偷地顺下一部分，或者最精华的部分藏起来。其他的，正常的费用，上交"妈妈"。当然，这些私货不能藏在院里。妈妈们是鬼精鬼精的，她们也是艺妓出身，深知此道。没事，妈妈们还偷偷地过来搜一搜姑娘的房呢。为了防备被妈妈搜去。各个院的艺妓彼此都串通好了，分别把钱藏在对方的院里。这样就万无一失了。

看看，弄点过河钱有多不容易啊。

当然，光有钱还不行，重要的是，得有可信赖的男人。然而，找这种人可是天大的难事。于是，艺妓们便把目光转向教坊之外的那些附属的、服务性行业。比如那些送客人来这里玩的马车夫。她们觉得马车夫们不是那种看不起艺妓的人，而且他们个个吃得起辛苦。把自己的后半生托付给这样的劳动人民，值。这样，院里一旦没有客人的时候，艺妓们就倚在教坊院的墙头上，把银子包在手帕里，扔给自己中意的马车夫。马车夫接了银子抬头往上一看，眉眼都笑了起来，来个飞吻吧。这么一来二去的，通常可以成就一段姻缘。

听说也有艺妓养"小白脸"的。所谓小白脸，大多是响器班子的乐师，属于本行业的人士，或者个别青年学生。虽然他们也大都靠不住（扯一阵子，就没戏了）——不过，自己总算享受到了一段真的爱情。细想想，这也就知足了。毕竟自己不是什么好女人。

总之，谁能遏制艺妓们幻想与追求自己未来的幸福生活呢？

谁也做不到，也阻挡不了！

这样，才有了我要写的这个故事。

辉煌且多灾多难的明朝天下

《李甲去北京念大学的日子》的故事，到现在才算真正开始，不好意思。不过，若是不把教坊院的这些事儿事先都说清楚了，看官也摸不着头脑。而且这也是不负责任的写作态度。都说明白了，周遭全是那个时代的事儿了，进入好进入，不觉得别扭。

说到李甲这个太学生是怎样到了京师来念大学的，恐怕我还得啰唆几句。正所谓，冯梦龙先生取之简约，而在下取其烦琐，一简一繁，相得益彰，算是相互扶持，又各得其乐吧。

冯先生在《醒世通言》第三十二卷《杜十娘怒沉百宝箱》的一开篇，有一首诗，我觉得应当介绍给各位看官，现恭录如下：

> 扫荡残胡立帝畿，
> 龙翔凤舞热崔嵬。
> 左环沧海天一带，
> 右拥太行山万围。

> 戈戟九边雄绝塞，
> 衣冠万国仰垂衣。
> 太平人乐华胥世，
> 永永金瓯共日辉。

冯先生的诗固然是好诗，尤其是最后一句"永永金瓯共日辉"，写得有激情，很自豪，令人慨然击节。冯先生接着又说，他这首诗是个什么意思。

他说："这首诗，单夸我朝燕京建都之盛。"又讲："说起燕京的形势，北倚雄关，南压区夏，真乃金城天府，万年不拔之基。"还说："当先洪武爷扫荡胡尘，定鼎金陵，是为南京。到永乐爷从北平起兵靖难，迁于燕都，是为北京。只因这一迁，把个苦寒地面，变作花锦世界。"

虽说冯先生的话小有出入，但毕竟大致不虚。只是，冯先生说到"永乐爷传于万历爷"时，却只说了在国防方面，即平定边关方面所取得的辉煌成绩，"一人有乐民安乐，四海无虞国太平"。至于其他方面的事，他没讲。估计是先生怕摊事。再说也犯不上。历朝历代，文人们的自我保护意识都是很强的。冯先生再狂傲，再"愤青"，再"问题青年"，再"流浪诗人"，不该说的话他也知道不说。他还不是一个在政治上犯浑的人。

只是，该说的不说，那本书的主人公李甲出来与广大读者见面，就显得有点突然，有点别扭了。

看来，冯先生不说的，就得由我来说了。我又不是明朝之人，没什么顾虑。

其实到了万历爷的那几年，并不是"四海无虞国太平"。我就近举几个小例子。

十一年延庆王府旱灾，河南水灾。
十二年平陇咱贼乱。五月甲午京师地震。
十三年二月丁未年南京地震，京师自去年八月一直不雨。八月京师地震。
十四年山西盗起，并西闹灾。
十五年江北蝗灾，江南大水，山西、陕西、河南、山东，旱。京师疫。
十六年六月京师地震。
十七年浙江大旱、太湖水枯。政府拨80万银两赈灾。
十八年湖广闹灾。
十九年河南闹灾，四川贼作乱。
二十年河南、浙江闹灾。
……

总之，这近十年间就没好过。政府还为此耗费了不少银子。国库空虚，财政上困难透了。那一阵子拆东墙补西墙的事特别多。皇上的情绪，包括胃口，都很不好，很坏，有点见谁跟谁急的样子了。但是，国家的这些困难必须瞒着。第一，不能让邻邦知道。第二呢，也不能让黎民百姓知道。所谓"民可使由之，不可使知之"。该怎么样，还怎么样。该玩玩，该唱唱。让人感到大明帝国真的是一派歌舞升平的样子才行。

纳粟入监成全了李甲

俗话说，越肥越添膘，越渴越吃盐。

在万历二十年，就是1592年，日本的"关白"（官衔）丰臣秀吉在统一了日本之后，发狂了，又悍然地发动了侵朝战争。这之前，丰臣秀吉曾派使臣到朝鲜去，让朝鲜政府给日本纳贡，并唆使朝鲜跟日本一道进攻大明帝国。结果被朝鲜国王拒绝了。于是，丰臣秀吉就派了几百艘战船，调遣十万大军从釜山登陆，很快就占领了汉城、平壤。接下来，眼瞅着朝鲜八道要全部陷落了，差不多是国破山河在的意思了。

其实，这以前，倭寇就没少琢磨进犯中国，他们总觉得中国是一块肥肉，不吃，或吃不着，心里折腾。

国难当头了，朝鲜国王立刻派使臣到明朝廷求救。中国和朝鲜，唇亡齿寒哪。中国当局当然不能坐视不管。

但是，国库空虚，银子不足哇。这几年，大明朝让国内那些闹心事闹腾得够呛了，国库里真的没有多少黄金储备了。剩点散碎银两好干什么呢？单是，打仗没有足够的军饷绝对不行。没有足够军饷的军队能打胜仗么？兵书上都说，兵车未到，粮草先行。

但是，不管怎么着，救兵是一定要派的。只是军饷怎么筹办？上哪儿筹办？

这时，户部打了一个报告，给左右为难的皇上出了一个主意。现在叫提案。这个提案的大意是说，"日今兵兴之际，粮饷未充，暂开纳粟入监之例。"

户部是干什么的呢？户部又像财政部，又像民政部，又像军队的后勤部，还有点像商业部，是这么一个衙门。户部的报告当然是有分量的。而且户部能出此报告，也是万不得已的事。

然而，恰恰是有了这个户部的报告，才有了李甲到北京来上大学的资格，继而，才有了他和杜十娘的那一段古怪的姻缘。

不然，一切都无从说起了。

自费生之溯源

所谓"纳粟入监"，说穿了，就是针对那些想取得大学资格，一心想到大学念书、镀金的富家子弟而言的。这些人家的子弟，坦率地说，学习好，肯用功的，不是没有，但太少了。为什么太少了呢？道理很简单，古人云："穷则思变。"变什么呢？一是由穷变富，二是由平头百姓变成达官贵人。最后一条，是指有识有志之士，目的是想变成国家的栋梁之材。但得有一个基础条件，即原动力，那就是家贫。家贫对一个人来说，是最有效的推动与鞭策。所谓"寒门出贵子、白屋出公卿"嘛。富家子弟没有这种求变的基本条件，家道富裕，要吃有吃，要喝有喝，要地位，老子的钱就是地位。变个球哩。几乎个个游手好闲，无所事事。但他们的老子明白，儿子上不了大学，无论如何是一桩跌份儿的事，上了大学，至少是一种资格，一种本钱，一种"份儿"，而且，有了这样的资格，出国也好，当官也好，评职称也好，发财也好，方便。用冯先生的话说："原来纳粟入监的，有几般便宜：

好读书，好科举，好中，结未来又有个小小前程的果。以此宦家公子，富家子弟，都不愿做秀才，却去援例做大学生。"

看来，冯先生是个明白人。把这种事看透了。

这一层，跟当今的某些情况十分相似。不少富家子弟干别的都行，玩更是高手，车呀、名牌服装啊、旅游啊、打保龄啊、打台球啊、打羽毛球啊、打高尔夫球啊，全行。而且好与坏的心眼子也多（这跟家庭熏陶有关系。所谓跟啥人学啥人，跟着巫婆跳大神儿），派头也足够，钱也十分充足，人民币呀，美元呀，这个卡那个卡呀，这个车那个车呀，都有。想吃什么就能吃到什么，想上哪玩就能坐飞机去。想安排谁做自己的情人，就立马能搞定。可就是一条，学习不好。什么学校也考不上。或者是个初中生，或者是个职高生，或者走走关系，开开后门，勉强当个普通中学的高中生。正规大学，想也不要想，门都没有。怎么办呢？这也不是个事儿呀。于是，家里花大价钱，送儿子去念贵族学校，上自费的大学。毕了业，你管什么自费不自费的，老子是北大的，老子是清华的。你能不认么？得认。

伟大的父亲与不争气的儿子

李甲就是这么上的大学。

李甲的父亲叫李布政，是浙江绍兴人。李甲是他三个儿子中的老大，从小就在浙江的私塾念书。也多多少少知道一些知识，像三皇五帝，诸子百家，也能挤出个大概意思来。只是深问深究不得。考题也不能出得太难，太难了，考题一玩花，人就糊涂了，没主意了，老想上卫生间（古代叫茅房）。说起来，天可怜见的，这几年来考也考过几次，只是从来没考上过。其实，李甲这个小伙子，人长得还不错，本本分分，斯斯文文的，看上去眉清目秀，果然有几分江南弟子的样子。然而，每当老爷瞅着他落第回来的那个熊样，就想把他活蒸了。单是这个李甲又不是个淘气闯祸的主儿。平时，顺眉顺眼的，也是该读书读书，该写字写字，该干什么干什么。说话温声细语的，挺文明、挺规矩的样子，而且自尊心特强。老爷一训斥，眼泪就唰一下子下来了。瞅着让人心疼，就想把他搂在怀里，安慰一番，替他抱一顿委屈。

的确，李甲从不出去跟人家打架，便是打，恐怕也打不过人家。而且他也从不参与赌博一类的游戏。一回课也没缺过。上课就那么老老实实地听，听完了，又确确实实啥也不会。若说他有什么毛病，就是喜欢看一些言情小说。姐姐妹妹的，特别让他感动。言情小说不让他看，从他手里夺下来，他就一个人在那里呆坐。久而久之，也就算了，看就看吧，这也是他的精神生活嘛。

老爷呢，无计可施，也只能仰天长叹——

李布政是个生意人。最早最早，也是个穷人，一切也都是从零做起的，一点一点，风里雨里，积攒了点家产。而且，除了贩盐，还兼营纺织品一类的活计。于是，家道渐丰，有点儿中小资本家的意思了。人说，他家有万贯，万万贯，怕也不是市井虚言。

李布政读书不多，他的父亲就是一个没有文化的人，从小父亲也不让他读书，跟着老爸做一点赚蝇头小利的买卖。久而久之，人前人后，终是显得有些不仗义，理亏似的。特别是有些儒商，聚在一起，大谈念大学的一些事，大几的时候怎样怎样，如何如何。他在一边插不上半句嘴，特别的尴尬。

他越尴尬，人家聊得越热烈。

更何况，明朝也是一个万般皆下品，唯有读书高的社会。而且，封建社会读书，尤其是读诗书，考取功名，是一件动真格的、要真本事的大事。这一点，跟当代有很大不同。现在的大学生毕业了，就是博士后，也未见由中组部安排你一个部长、司长、师长、团长之类的官儿。就是一个学生。毕了业，你得一步步来。先副科，然后正科，然后副处、正处、副局、正局、副部、正部。其实，当你熬到正局时，你已经是花甲老人了，二、五、八，或者一、四、七，该退养，离岗，离职了。古代不用这么熬。考上三甲，或状元，或探花，或榜眼，至少是个司局级干部。这一点绝无问题。古人举行的就是"学而优则仕"的方针政策。

细想想，这不是挺有积极与进步意味的吗？

要是不读书，不考功名，还想当官，也不是没有可能，一是世袭，老子一死，儿子替上。特便当。二就是花钱买官。这一点，有政策，有明文规定，挺有趣儿的。三是当兵，在保家卫国的战斗中，在与敌人的殊死拼杀中，能屡建战功，当个武将是毫无问题的。只要你没被敌人杀死，挺尸疆场就行。这类的例子历朝历代也不少。只是这几点肯定与李甲无缘。

李布政自娶妻生子之后，就对自己的儿子管教得非常严厉，目的就是一个，好好读书，考取功名，光宗耀祖。

因此，李布政对这三个儿子抓得特紧。三个儿子一见了老爹，就像老鼠见了猫似的，吓得浑身发抖，胸腔里的心脏都快提到嗓子眼儿了，明明会的知识，让李布政横眉立目地一问，也吓忘了。为此，三个儿子从小挨了不少打。李老爷子就差给自己不争气的儿子上大刑了。

而且，其中挨打最多的，就是大儿子李甲。

若是从这一点看，当个富家子弟，也有不容易的地方。虽说有吃有喝，但精神上的压迫，无异于酷刑！假如，你给一个人一顿八个菜，鸡、鸭、鱼、肉、蛋，全有，还有XO、扎啤，但条件是，吃完以后，得挨一顿痛打，你干吗？宁可风餐露宿、饥寒交迫，也绝不扯这个呀。所谓"不自由，毋宁死"，就是这个意思。

但仔细想一想，李布政之所以这么做，也是恨铁不成钢，是为儿子好呀——是人间的一种大爱呀。

应当说，他是一个伟大的父亲。

欣喜若狂，喜从天降

皇天不负有心人，吉人自有天相。

突然，大明帝国要面对这件日本人侵犯朝鲜的事了。而且日本鬼子都干到朝鲜首都平壤了，朝鲜国王正十万火急地请求中国政府派兵解救呢。可朝廷恰好缺少粮饷，一时无法支援朝鲜政府的救急请求。于万般无奈之中，才向天下公布了一条新的政策，就是"纳粟入监"。

大明帝国还是挺看重与邻国之间的友谊的。

纳粟入监的意思就是，无论是谁（当然，至少也得是个秀才），只要按照国家的规定，缴纳相当数量的粮食（如果没粮，也可上缴相当数量的银子），经过一定的考核（基本上是走走形式而已），就可以上太学去读书了。

太学是明朝的最高学府，类似于今天的清华、北大和人大。只是，明朝有两个太学，一个在旧都的南京，称"南雍"，另一个在北京，称"北雍"，都是国子监，都是国家最高学府。若能考上这样的大学，基本上就是有官可做了，只是大官小官而已。

然而，这个"纳粟入监"，也是限额招生的，南北太学，各招一千名学生（当然，个别好的，也可以再多一点。据实际情况而定，比较灵活）。

李布政听到这个消息，欣喜若狂，这分明是天降恩泽呀。虽然，这"纳粮入监"，不是正儿八经考上的大学生，可毕竟也是大学生呀。更何况是限额招生呢？限额的本身就说明，并不是什么人都要，也要有一定的水平，一定的能力，而且全国只招两千人，那么分到各省各市各县，平均能摊上几个人呢？弄不好，一个也摊不上呢！

好啊，太好啦。这个学一定要上！交多少银子都行。再说，挣钱干什么？不就是让儿子们个个出息了，光耀李家的门庭嘛？！

南京？北京？

李布政经过慎重的考虑之后，决定，让大儿子李甲上大学。

大儿子毕竟岁数不算小了，这恐怕也是他的最后机会。另外两个儿子还都小，机会还有的是。年轻就等于机会！这个道理是很浅显的。我国二十世纪六七十年代也是这样，总是把各种"机会"让给年龄大一些的人。大一点的同志，机会仅是年轻人的百分之十到二十。而且这也是一个礼貌问题。不要什么事都跟老同志争。没出息，也不好看，丢人。

李布政的意思是让李甲上南京的太学。为什么这样安排呢？一是南京离家近，水土也服。二呢，抽空，无论是自己或者家人，还能过去看看，是个照应，更是个鞭策。

于是，李布政把自己的想法跟儿子李甲说了。

李甲听了半天没吱声。

李布政问，怎么不说话，混账东西，难道你不想上大学么？

李甲吓得扑通一声跪在地上，说，上大学是儿子一生都梦寐以求的事。这次有了这样的机会，高兴还来不及呢，怎么会不去呢？只是儿子想，父亲花了这么多的心血钱，安排我上大学，儿子心里万分的不安。儿子是想，父亲的血汗钱既然都花了，何不如让儿子去北京的大学念书呢？一是，北京的大学，在天子脚下，全国最好的教师在那里，儿子可以学到真东西。二呢，在天子脚下，儿子还能扩大眼界，增长知识。三呢，在京城读书，认识官员的机会自然也多，这可以为儿子日后当官入仕，打下良好的人际关系。这就是父亲刚才问儿子，儿子一时没有回答的原因，请父亲明鉴。

李布政一听，大吃一惊，没想到自己这个窝窝囊囊的儿子，不言不语的，竟有如此的韬略。

好！那就去北京念书。血性男儿，志在四方，出去闯一闯也好。

其实，李甲有李甲的心眼儿，如果自己在南京念书，从南京到绍兴，几步远，自己还是逃不出父亲的魔掌，不如远走高飞，乐几年是几年啊。再说，这些年来，过的是他妈的什么样的鬼日子啊！

可怜的父亲，称职的父亲

父子俩商定了去北京念书的事，就马上开始着手运作。

虽说浙江一带闹灾荒，但报名上大学的人还是不少。尤其报北京国子监的人更是十分踊跃。看到这种情况，李布政心想，没想到这事儿还叫儿子李甲猜着了。

想到这里，李布政非常自豪。他觉得过去打儿子有点打狠了，考验一下年轻人，应当在关键的时候，看他怎么说，怎么做。他隐隐地感到，自己的儿子李甲，是一个不俗之才。什么叫不俗之才，就是在关键的时候，有主意，主意正，有自己的见解。好啊——心里痛快呀。

于是，李布政更加努力地给儿子办上大学的事。他层层地托关系，层层地打通关节，从区教委，到市教委，到省教委，层层地送礼，层层地请客。礼就是糖衣裹着炮弹，可以炸开一个个阻碍前进的障碍，使天堑变为通途，使理想化为现实。

那些难忘的日子，李布政为了儿子上学的事真是费尽了心机，动用了自己所有的关系，甚至多年不用的老关系，死关系，也厚着脸皮用上了。他真是一个了不起的父亲，一个很称职的父亲，一个锲而不舍的父亲。

最后，李布政成功了。

我们为他热烈地鼓掌吧。

李布政将事情办成回来，坐在椅子上，流泪了。心想，要是自己的儿子争气，学习嘎嘎叫，整个一个神童，自己至于栽这么大的面，跌这么大的份儿么，嗨，什么也别说了，不管怎么样，事情总算是办成了，我们李家总算出了一个大学生。自己上对得起列祖列宗，下对得起儿子。行了。一个当父亲的还能怎么样呢？

父亲落泪这一幕，恰好让李甲看到了。他本来是过来想打听一下事情进展得怎么样了，有没有什么消息，不想，却看到父亲独自一人坐在房中流泪呢。看到父亲流泪的样子，李甲心想，八成是没戏了，心也因此凉了一大截子。想到今后在严父手下受训的漫长日子，李甲也不免暗自伤起心来。他想，看来下一步摆脱父亲的管教与压迫，只有早结婚搬出去住这一条路可走了。

李甲悄悄地离开了父亲的房间。回到自己的小房。

李甲躺在床上，辗转难眠。最后忽地坐了起来，披上衣服，来到书案前，展开宣纸，用特大号的题斗，挥写了一个大字："命"。然后把笔一扔，这才觉得把一腔的委屈宣泄尽了。

天遂人愿，涕泣交流

第二日，李布政早早把儿子李甲唤到他的房间。

李甲战战兢兢地来到父亲的住处。心想，这一回，轻则是一顿臭骂，重则又免不了一顿毒打。哎，自己的命为什么这么苦呢。

父亲冷静地看着他，看得李甲心里直毛，浑身不禁发起抖来。这时，父亲李布政慈祥地笑了，把好消息告诉了儿子。

李甲根本没想到，父亲告诉他的竟是一则大好的消息。他终于可以到北京的国子监去念书了。

如此看来，昨夜父亲流的泪是喜泪呀。

听了这个消息，李甲哭了，哭得很凶，泪水止不住地往下流。

父亲慈祥地看着他，一声不吭。心想，儿子，哭吧。我什么都理解。只要你也能够理解父亲的一片苦心就好。

李家大公子欲上北京太学读书的事，一下子传开了。一时间，亲戚朋友都过来表示祝贺。李布政乐得几天拢不上嘴，一口一个"犬子不才,有劳大家了"。

李甲也高兴得跟什么似的。除了随父亲做必要的应酬,几乎天天跟旧同学话别,相互请吃酒,赋诗,写对子。忙得不亦乐乎,也乐得不亦乐乎。

李甲的母亲则张罗给儿子打点进京的行装。老太太一下子给儿子做了好几件行头。大学生了,衣履自然要体面,免得让别人瞧不起。北京,那可是官宦如云的地方啊,穿戴寒酸怎么行。大小,儿子也是李家的门面,李家的代表,李家的光荣啊。

李布政给儿子写了几封信,这些信都是写给自己的那些商业上的朋友的,大意是,不才的犬子援列太学生,人生地不熟,还望指点迷津,多多关照,云云。

另外,老父亲还给李甲准备了足够的银子、银票,免得儿子在读书期间有后顾之忧,影响儿子安心上学,求得功名。

李布政对李甲说,只要你把书念好,出人头地,钱的事,你不必发愁。要多少给多少!

可以说,这些日子是李家最风光的日子了,情情景景,怕是终生也难忘啊。

绍兴特产——柳师爷

这次纳粟入监,进京上太学的,还有李甲的一位同乡,叫柳遇春。

柳遇春是一个读书人家的子弟。他的父亲是地方行政长官的一个幕僚,就是师爷。现在不叫师爷,叫政策研究员,或者秘书。古时候不这样叫，就叫师爷。而且绍兴那一带历史上就出师爷，就像山东出好汉一样。

绍兴为什么出师爷呢？这也是很怪的事。其实所谓的师爷，大都是屡考不第的学子，最后被迫无奈，只好到地方官的府上，应聘当秘书。而绍兴这个地方屡考不第的学子又多（真是怪死了）。久而久之，便形成这么一种特殊的出产师爷的这么一个社科类的行业。

而且，从绍兴而南京，从南京而湖广，从湖广而北京，绍兴的师爷遍满了全国，一时间，绍兴师爷的名气与质量愈来愈高，势力范围也愈来愈大。而且师爷的收入也日益见丰。成为了一种不容小视的社会力量。

当然，师爷也有好坏之分，有的是阴谋家，有的则是阳谋家。柳遇春的父亲，柳师爷则是一个口碑甚好的聪明人。这次朝廷为了出兵抗日援朝，手头有点紧，开始招"五大"学生。这件事，对某些人而言，在某种意义上说是件好事。柳师爷是没办法才做的师爷，难道还让几次没考上功名的儿子继续当师爷么？当师爷，说穿了，不过是官家的智奴而已，是上不了台面的货，既光不了宗，也耀不了祖。现在有上学的好机会，当然不能放过！也不应放过！

于是，柳师爷也四下活动，甚至不惜动用北京、南京的那些师爷关系。师爷毕竟是师爷，最后，柳师爷总算给儿子争到一个名额。

然而，柳师爷的儿子上太学的事，并没有张扬。他也不想张扬此事。我不是说什么，师爷毕竟是师爷，师爷做事都是前思后想，一步一个脚窝。虽然自己的儿子争到了这个名额，可是，那些没争到名额的官宦子弟，富豪之家，能不瞅着眼红吗？万一给朝廷写封举报信，麻烦可就来了，不管真假，先是调查，少则半年，多则几年，劳神伤财不说，最后恐怕连太学生的资格也保不住了，弄了个人财两空，岂不是让世人笑我柳师爷无能么！所以，还是谨慎从事的好。

因此，柳师爷把自己儿子上太学的事，封锁得跟铁桶一般，一点风也没透。他想，待儿子到了北京，四脚落地，念上书了之后，再听其自然也不迟。

这工夫，柳师爷听说李布政的大公子李甲也成了太学生了。同时还听说，李家打算专门雇一条船，从运河出发直奔京师。于是，柳师爷便前往李家拜访李布政去了。

行前琐事，小小一招

柳师爷到了李家，先是送上贺礼，然后分主宾坐下。

李布政对柳师爷也有所耳闻，而且还知道柳师爷是个有德声的幕僚，自然也就高看他一眼。

柳师爷开门见山，说，在下这次到府上来，除了祝贺令郎上了太学之外，还有一件小事相烦，不知先生能否答应。

李布政其实也是个痛快人，尤其是在这样的特殊时期，更是个痛快人了。忙说，但说无妨，只要是我能做到的。

柳师爷笑着说，这事先生一定能做到，倘若做不到，在下就不开这个口了。

李布政说，那好啊，快讲给我听听。

柳师爷说，听说这次令郎去北京上太学，先生专门雇了一条船，有这事么？

李布政说，是啊是啊，这样方便些。另外，犬子也是第一次出远门，况且，此行路途遥远，与其他杂人为伍，怕也不安全，所以才出此下策。怎么？先生觉得有什么地方不妥么？

柳师爷说，不不不。事情是这样的。我的儿子柳遇春也打算去京师，可是在下家境清贫，没有更多的银两支付船费。如果先生不弃，能否可让我的儿子搭你的船一道进京呢？我还可以略略少付一点船资……不知先生以为然否？

李布政听了大喜，说，这样最好，一则，他们是个伴儿，都是同乡嘛，二来也成全了令郎进京之难。岂不是两全其美的大好事。我打着灯笼还找不到这样的好事呢，柳师爷，我怎么能要你的钱呢。好了，就这么定了。旅途上的一切花费，由我们李家承担。

柳师爷听了，慌忙离座，要给李布政下跪磕头。

李布政慌得赶忙离座把柳师爷搀了起来。

柳师爷出了李家的大门，不觉仰天大笑。

李布政的训导

行程在即，李布政把儿子李甲叫到自己的房中来，要做一次临别谈话。

李布政第一次让儿子坐下。李甲有点诚惶诚恐。同时，他觉得自己已经是太学生了，似乎也应当有这样的待遇。

李布政说，这次你要走了，远离家门，不仅要离开你的母亲、兄弟，而且也要离开我，这下子可是没人管你了。一切只能靠你自己了，是不是呀？

李甲说，是的，父亲。

李布政沉下脸说，我对你有这么几条要求，你记好了。第一，要好好学习，刻苦努力。听见没有？

李甲说，听见了。

李布政说，第二，不准跟那些不三不四的人混在一起。

李甲说，是。肯定不混。

李布政说，不准上歌厅，卡拉OK厅，夜总会，洗头房去！听见了没有？如果让我发现你到这些乌七八糟的地方去，我打折你的腿！

李甲说，是。打折我的腿。

李布政说，还有，不准逃学，不准旷课，不准到处闲逛。不准大吃二喝，到处下馆子。你的任务就一条！

李甲问，啥？

李布政火了，喝道，就是读书！混账东西！别以为你是太学生了，我就不骂你了，你的太学生是怎么来的你知道吗？站起来！

李甲立刻站了起来，哆哆嗦嗦地说，知道，挺费劲弄来的。

李布政缓了口气说，知道就好！行了，对你，就这些要求。睡觉去吧。

李甲说，谢谢父亲。

李布政说，不谢。

柳师爷的教导

柳师爷回到家，把到李家的事情如此这般，给儿子讲了一遍，爷俩都忍不住笑了起来。

柳遇春非常崇拜自己的父亲。他觉得父亲就是一个智慧的化身。只是父亲生不逢时，不然，怎么也不会去做一个供人驱使的师爷。

明天就要走了，爷俩就要分手了。当晚，爷俩置办了几碟简单的酒菜，对酌起来。

柳师爷三杯酒下肚之后，放下酒杯对儿子说，儿子，这次你要出远门，上太学去了。有些话，当父亲的该说也得说呀。

柳遇春说，父亲您讲吧。

柳师爷说，照说呢，能去京师到国子监念书，自然是件大好事。可天下凡事偏偏有它的两面性。所谓矛盾的双方。因此，这件事我们还得辩证地看。我的意思是说，好事，也可能转化成坏事的。你说是不是呢，儿子？

柳遇春不住地点头。小小的柳遇春，已经在父亲的熏陶下，早早地成熟与老练起来了。

柳遇春说，儿子知道到北京后该怎么做。

柳师爷不住地摆手说，不不不，为父不是这个意思。你想好好读书，出人头地，这一点，我一万个放心。知子莫如父嘛。

柳遇春奇怪起来，那父亲担心的是什么呢？

柳师爷说，我说的是为人与处世啊。儿子，世道不公啊。你可千万不要以为只要自己学习好，就万事大吉，等着做高官了。儿子，满不是那么回事呀。所以，在京读书期间，有几条，你得特别注意。

柳遇春说，父亲请讲。

柳师爷说，好。你听好了，第一条，一定要尊敬老师。

柳遇春说，是。一定。

柳师爷说，不必管他是好老师还是坏老师，你都得尊敬。至少在表面上要特别尊敬。你在心里骂皇帝，可谁知道呢？为什么要尊敬老师呢？因为老师也可以决定你的前程呵。他一句好话，你可以步入青云，他一句坏话，就可以让你四面楚歌。我知道这方面的例子实在是不少啊。老师误人前程，常常是不以为然哪。这你懂吗？

柳遇春说，懂了。儿子记下了。

柳师爷说，第二，要团结同学。在这一点上，要特别注意，千万不可拉帮结伙。你要做一个中立派。跟谁都和气，谁也不得罪。你知道哪个同学的背后有什么背景呢？你不知道。因此，你要处处加小心。古人说，千里之堤，毁于蚁穴。就是这个道理。要特别记住，同学，同窗，不可能永远停留在学生时代，长江之水，不可能永远停在汉口不走了，它要奔赴大海呀。现在是同学，将来就是你的关系网，你的社会基础。因此不可以短视，要风物长宜放眼量才行。

柳遇春说，是。

柳师爷说，第三，要时时刻刻地注意去结交高官，结交有实权的人。在这方面，该花钱花钱，该吃酒吃酒，不要舍不得。俗话说，舍不出孩子，套不住狼。为什么要这么做，是为你今后步入青云做好准备呀。朝里有人好做官哪。一个人，谁也不认识，一点背景也没有，在朝廷，在官场，你就是一个陌生人。儿子，你听说过一个陌生人被提拔做官的事么？

柳遇春说，没有。

柳师爷说，当然，这种事不要做得太过，一切自自然然地才好。太过了，做作了，目的太明显了，让人觉得好笑了，效果必然适得其反。分寸与尺度的把握，是衡量一个人有没有出息的重要标准。

柳遇春说，好的。

柳师爷说，第三，要理解一些人的习惯和不良的毛病，甚至包括恶习。知道为什么？

柳遇春说，不知道。

柳师爷说，哈，你自然不知道。这里我只告诉你一个道理。普天之下，做官的人，没有一个是白璧无瑕的人。难道你都不交么？正义感只能在心里，不能在脸上。这是人生的大策略。一个人在社会上走，不能个性太绝，烦恶这个，讨厌那个。最后，你就成了一个孤家寡人了。记住，社会是残酷的，没人惯着你。

柳遇春说，是。儿子记下了。

柳师爷说，还有，就是第三，做人要做一个善良的人，有德行的人，乐于助人的人。越是朋友、同学有困难的时候，越是要伸出友谊之手，拉他们一把。为什么这么做？一，心中愉快。二，这个世上不乏聪明绝顶的人，他们能够一眼看出你是一个什么样的人来的。所以伪善的人，万万做不得。

说完，柳师爷看着儿子问，我说错了什么没有？

柳遇春说，没有。

柳师爷问，真没有？

柳遇春说，原则上没有。

柳师爷问，这是什么意思？

柳遇春说，比如，父亲刚才连着说了三个"第三"。但这没什么，看事要重大节。这些枝节，应当略而不计。

柳师爷叭地一拍桌子说，好！我问你就问的是这个意思。这三个"第三"，也是我有意要说的，就是考验考验你，有没有耐性。果然是个好小子，不愧是我的儿子。记住，现在的领导，讲话是他们的家常便饭，讲着讲着，第一第二还能记住，到了第三以后，就乱套了。说不清说的是第几了。这时候，一定要不动声色，装作什么也没听出来。如果你挺不住，提出来，说"领导，你错了，该第四了"。就这么一句，就可以让你永世不得翻身。这难道是枝节么？

柳遇春说，不是。恰恰是大节。

柳师爷说，好，喝酒儿子，干了它。现在，我放心了。

柳师爷干了酒，又问，儿子，你上太学的事，什么时候告诉那个叫李甲的人呢？

柳遇春说，船一开走，我立刻就告诉他。

柳师爷笑了，不断地点头。

别了，故乡

送行那天，李家去了一大群人。唯李布政没去。老子送儿子，有失体统，也有失为父之尊。他坐在家里喝茶，想象着儿子李甲上船别故里的情情景景。

李布政雇的船，是一艘中型的木船。这种木船类似于今天的客货两用船。一方面可以载一定的小批量货物，另一方面还可以载几名客人。所谓两全其美。而且客人搭乘这样的船，也比较便宜。

李布政毕竟是商人。送儿子走水路去京师，单纯雇船一送，那就不是李布政了。他想借此机会，送一些京师紧俏的货过去，买卖顺便就做了。送子卖货，所谓一石双鸟。另外，货到了京师，出了手之后，赚了钱，即可做儿子的学费、生活费。还少了汇资的费用。无论如何也是一宗便当的事情。

此刻的李甲，一身新装，在绍兴码头上与前来送行的家人、同窗、旧好之类，一一话别。男人道的是珍重，并贺鹏程万里，一帆风顺。

女眷们则哭哭啼啼，说的是儿女情肠，千叮咛，万嘱咐，似乎李甲不是上太学，而是千里充军似的。

李甲是软性的人儿，何况自古以来，属生离死别为最苦。因此，他也哭得跟个泪人儿似的。

柳师爷和儿子柳遇春，则早一步上了船。爷俩儿都温着脸，站在船上看船下的情景。柳师爷的儿子这次远行，并没惊动任何人，家人之间的钱行，就在家里简单地举行一下就算了。万事不可张扬。这是柳师爷的人生格言。

柳师爷把这个世界算是看透了。他是个悲观主义者。

就要开船了。李甲再一次抓紧时间与各位依依惜别。之后，登上了客货两用的木船。

这时，柳师爷也与儿子柳遇春紧紧地拥抱了一下，然后，匆匆地下船了。

船刚刚驶离码头，码头上立刻鞭炮齐鸣，噼里啪啦震天价响，弄得十分喜兴，颇为有气氛。

……

家乡渐渐地远去了，八字轿、灵鹫惮院、沈园、兰亭、禹陵、摩崖石刻，乃至严厉的父亲，也都渐渐地远去了，远去了。留在眼前的，是两岸的水田与时断时续的农舍，以及不绝于耳的鸟鸣声和木船潺潺的划水声——哦，哦，真个是自由了呀。

此时此刻，李甲面颊上的泪，已被江风吹干了，咸咸地滞留在他那张有些木然的脸上。

江浙一带，自古以来，都是出大人物的地方，高官、学士、贤人、禅师，几乎无所不包。李甲想到这些，一种天降大任于斯人的感觉又袭上了他的心头。心想，此次上太学，一定要挣些个样出来，一定要得换个功名，不然，怎么有脸回来见家乡父老呢？

同乡同行去北京

李甲与柳遇春的卧仓，安排得很不错。他们一人一个单间。单间里干干净净，文房四宝之类，应有尽有。并且还专有小僮伺候左右。这一切在柳遇春眼里，觉得实在是不能再好了。心想，真是可怜天下父母心哪。不觉仰天长叹起来。

而且，一路上的伙食，李甲的老子李布政都事先做了精心周到的安排。一句话，旅途上要吃好，喝好，睡好，休息好，不能生病，不能出意外。安全第一，健康第一。李布政再三告诫陪去的下人们，要保证他们顺畅、安全、快捷地到达京师。回来后，个个有赏！

船离开码头不久，柳遇春才告诉李甲，自己此行京师同他一样，也是到太学读书的。

李甲一听，吃惊不小，甚至觉得柳遇春这样悄悄地走，有些匪夷所思。

柳遇春说，人活在世上，无非是争个脸面而已。哪个不想在上太学之际，风光一番呢？只是父亲不过是一介小小的师爷，寄人篱下，仰人鼻息，所得酬金也寥寥无几。更何况，这次为了送儿子上太学，东借西赁，好不容易才凑足了钱。怎么好大张旗鼓地送儿子走呢？故此，只才悄悄而行，免得同乡前辈笑话。再说，也实在没钱做这些抬份儿的事啊。

李甲听了，觉得柳遇春说得有些道理。常言说得好，家家都有一本难念的经啊。如果柳遇春不是家道贫寒，也断乎不会搭自己的船去京师的。

李甲见柳遇春性格温文尔雅，态度善良，且不卑不亢，说话也十分坦率，很快，两个人就成了知交。

及至京师之日，两个年轻的太学生已经是亲密无间、无话不说的好朋友了。

报到国子监

到京师那天，是个很好的日子，天气晴和，气候还十分宜人。首先让人有一个良好的感觉。

二人下了船，第一项，先找客栈住下。

然后双双到国子监报到。

二人到了国子监，见前来报到的太学生还真是不少，其中不少人是家长亲自陪同来的。国子监的牌楼上，张灯结彩，写着巨幅标语："欢迎新同学！""新同学您好！""国监欢迎您"。另有先一步入校的太学生自愿成立了"新生服务处""饮水处""导游""问事处"等。张张罗罗，忙忙乎乎，人头攒动，好不热闹。

牌楼外，车马轿子，一排排的，多的是，如同赶庙会一般。引得不少当地居民驻足观看。

有人说，这些人现在是学生，将来就是官老爷呀。

听的人说，那是。

这话恰好让李甲听在耳里，脸上不免露出了得意之色。

二人在国子监志愿服务人员的引导下，很顺利地就报完到了。

然后，二人回到下榻之处，各自去联系租房事宜。

李甲本想同柳遇春二人同租一处。同乡同学，又是同好，彼此住在一起，也是个照应。但李甲的提议却被柳遇春婉言谢绝了。

柳遇春说，这次能搭仁兄的船到京师来，已经感谢不尽了。

柳遇春说，我说的绝不是客套话，是发自肺腑的声音。因此，不能再叨扰仁兄了，我还是另觅住处吧。

李甲听了有些急。李甲生性胆子小，一个人住他有些害怕，心里不托底。

李甲便说，嗨，咱们已经是好朋友了，更何况又是同乡兼同窗学友，我们二人住在一起，理所应当。至于租金方面，你尽可放心好了。我知道你的经济条件不是太好，但是如果不让你掏钱呢，你会觉得心里过意不去。这样，你拿三分之一，或者四分之一的租金就行了，其他的我全包。好不好？

柳遇春说，太谢谢您啦。我想还是各租各的吧。让为弟只拿少量的租金，会觉得不仗义。我也是个男人嘛。另外，我们的伙食标准也不一样，这样会影响你的正常学习生活和身体健康。好，就这么定吧。只要我们的心是在一起的，又岂在朝朝暮暮？我没事就过来，你没事就到我那去，都在京城里，来来往往，不是很方便的吗？而且各自独居一处，对学习也有好处。不然，住在一起，我们光闲谈了，学习也会受到影响。您说是不是呢？

李甲见柳遇春去意已定，也不好再做坚持，只好由他去了。

自费生下榻民间

京师的国子监，其实也不是没有学生宿舍，但那都是正规学生的宿舍，没他们这些自费生的地儿。何况，这一下子来了一千多自费生，学校怎么安排呀？因此，在他们的入学通知单上，早已清清楚楚地写明了：食宿自理。换句话说，就是走读生。

按说，这是一种不友好的态度。然而，对这些自费生来说，还乐不得在校外自己找房子住呢。想想看，与那些公费生住在一起，心里怎么的也是别扭。绝对是那种低人一等的感觉。出来自己租地方也自由啊。哪个青年人不向往自由呢？

来了一千多自费生的事，在京师里早就传开了。不少京城有心眼儿的人，还没等这些学生进京呢，就早早地干起了出租房子的生意了。

因此这些太学生一来，走到街上，胡同里，馆子中，到处都可以看到房屋出租的广告。而且还完全包伙。条件，看上去似乎家家都是十分优惠。

李甲在下人的帮助安排下，租了一个套院。两厅两室，十分宽敞，真挺不错的。而且环境十分清静。对面就是一个饭馆儿，专门有给太学生送餐的服务。当然，你也可以自己去饭店里就餐。一切随您。

柳遇春也租得一处，不过是一个小院落，而且还在闹市区。房间也小很多，只有一个卧室，半个书房。所以要价十分低廉。而且那个房东老大娘是个孤老婆子，愿意为柳遇春一天做三顿饭。她正犯愁一个人住着没劲呢。柳遇春来了，等于是有了一个儿子似的。

柳遇春就这么安定下来了。

安顿好了之后，柳遇春就去李甲处看看他安排得如何，有什么忙需要帮的没有。

烟雨蒙蒙送乡船

李甲那边，在下人的帮助下，当然都安排得十分好。随船带的那些货，因是京师的紧俏商品，几乎是一下船就让人包销了。出手非常痛快，价钱也很理想。这都是没承想的事儿。

李甲让这几个下人在京师里玩两天，再准备一些行船的给养，以及办置一些京货，连同自己孝敬父母的礼品后，就可以回去了。

船临走的那天，正赶上下雨。李甲打着伞去大运河的码头送他们。按说不送也可以，毕竟李甲是个公子，是少主子，然而，乡情难遣，九曲回肠啊。就一定要送，弄得船上的人们一个个都很感动，都说太学生到底是太学生，就是不一样啊。

看到家乡的船渐渐远去了，渐渐地消失在烟雨之中，李甲心里好不失落，好不凄凉。心想，现在就是自己一个人了。

船在迷蒙的烟雨中完全不见踪影之后，李甲一个人打着伞，慢慢地往回走。李甲身上的领青衫和鞋子差不多都被雨淋透了。况且，北京毕竟是北京，地处塞北，比不得江南的绍兴。让他觉得很冷，有点儿瑟瑟兮难当。

李甲回到寓所，见柳遇春已经等在那里，不觉喜出望外。

柳遇春说，船走了？

李甲说，走了，刚送走。

说完，李甲拍着自己的脑门说，哎呀，我真混，怎么忘了问你一声有什么东西要往家里捎呢？

柳遇春笑着说，这有什么。再说我还真的没什么东西捎回去。倘若有，这京杭大运河上的船天天都有，什么时候捎都是很方便的，仁兄不必在意这样的小事。赶快把湿衣服换下来，小心着凉，换一身干衣服穿上吧。

李甲换了一件干衣服穿上，又让房东端了一个炭火盆过来，两人相向而坐，烤火取暖。外面的雨还在唰唰地下着呢。

柳遇春说，咱们到京师来，还没人给咱们接风呢。这样吧，今天我做东，咱们自己给自己接接风，喝一盅。从现在开始，我们也算是北京人了。再说，下雨天最是喝酒的日子。

李甲说，别别别，还是我做东吧，你比我困难。

柳遇春说，困难固然是困难，但是，总不至于敬仁兄一杯淡酒的钱都没有吧？一路上承蒙尊堂大人和仁兄的照顾，我还没谢谢你呢，怎么你也得给我个机会，让我表表心意呀。

李甲看着窗外越下越大的雨说，只是这大雨……

柳遇春说，这有什么关系，安排房东去酒家替咱们买回来吃，不就行了。

李甲一听，说，这最好。

于是，柳遇春取了银子，让房东安排人去酒家，特意嘱咐要点些可口的酒菜送过来。

1593 年的抗日援朝战争

就在李甲、柳遇春,以及南雍、北雍两千学生欢天喜地上大学的时候。明朝廷派宋应昌为经略,李如松为东征提督,带领着军队,雄赳赳、气昂昂,跨过鸭绿江,去支援朝鲜人民的解放战争事业。而且,由日本侵略者悍然发动的侵朝战争,已经引起了朝鲜人民的无比的愤慨,各地的义军也都纷纷起来抵抗。在万历二十一年,就是1593年的2月,大明帝国派出的援朝军队,在朝鲜人民军的配合下,打了一个又一个的胜仗,迅速挺进平壤,打垮了日本最精锐的小西行长的军队,光复了平壤。然后,乘胜作战,又攻克了汉城。这时,东征提督李如松侦察到了日军在龙山囤积了十万斤粮食,他立即带领敢死队,步行十几里,纵火烧了日本的粮草。没有了粮草,日军只好退据釜山,并提出与朝鲜国和中国政府议和,同意将汉口以南千余里之地复归朝鲜所有。

其实,日军只是假意议和,目的是先把中国军队骗回去再说。光剩下朝鲜军队就好对付了。这一层,有识之士当然看出来了。然而,兵部尚书石星却主张与日军议和。大意是,省得劳民伤财。而且这毕竟是朝鲜的事,咱们打一家伙,把日军干败了,行了,适可而止吧,别太实心眼儿了。犯不着继续投入更多的军力与财力扯这个事儿。

朝廷同意了。

结果,到了万历二十五年,就是杜十娘怒沉百宝箱之后,日本再度大举进攻朝鲜。这样,朝鲜只好再一次地请求大明帝国出兵。这次是派的邢玠。明朝的将领刘铤、陈麟，给日军很大的打击。在朝鲜南海海面上与日军展开了决战，日本侵略者几乎全部被歼灭。与明军一同作战的朝鲜杰出将领李舜臣，明朝将领邓子龙不幸在这场战争中光荣捐躯。日军的第二次侵朝战争，再次失败了。

这些事，杜十娘也好，李甲也好，他们未见得知道。单是，如若不将大明帝国的这些历史背景介绍给各位看官，就无法进行历史的、哲学的、生命的乃至文化方面的思考，以及对李甲其人的审定与深层次的把握。

许多人，有这方面的特殊爱好（评职称，或者毕业论文需要这个）。这也是阿成冷不丁想起来的，马上补上。

文无定法，推陈出新

咱们花开两朵，各表一枝。

前面，咱们说到李甲、柳遇春到了京师，并很快安顿下来的事。毫无疑问，现在该是冯梦龙先生的那篇脍炙人口、千古流传的名篇《杜十娘怒沉百宝箱》中的主人公杜十娘出场的时候了。

冯先生在《杜十娘怒沉百宝箱》中，是这样介绍杜十娘的："那名姬姓杜，名媺，排行第十，院中都称为杜十娘。"又说，"那杜十娘自十三岁破瓜，今一十九岁。"

一共34个字。言简意赅，惜墨如金。此不失为短篇小说写作的妙法之一。

我很敬仰。

只是，这篇意在"重说风流学子李甲"的十万余言的"小说"，再采用微雕的方法，就不再是冯先生赞许的事了。更何况，毛润之先生曾说过"古为今用，推陈出新"呢。

看来，我无论如何也得做一点补充。而且这一点，古往今来也是有许多先例可循的，并非是阿成的创造。一个好的小说题材，像是一棵树，它应当是活的，不断成长的。有人写它的初始阶段，有人写它的成长阶段，也有人写它的繁茂，更有人愿意为它修剪枝条，使之更美。中国的许多名著，差不多都经历了这样的过程。

顺便再说一句，小说毕竟是小说，与临摹唐、宋、明、元之优秀碑文，有根本的不同。

杜十娘的身世之源

杜十娘是北人，而且是东北人。

其实这样说也是不准确的。从原著与据史上研究，杜十娘的祖上当是蒙古人。

千万别惊异。这很正常。在我们周围有许多已经汉化了几辈子的蒙古人。

随着元朝的灭亡，蒙古军队中的那些战败的战士，为躲避明朝的惩罚，便亡命来到富庶的东北，开始了他们隐名埋姓的流亡生活。在黑龙江境内，至今还有蒙古人自己生活的圈子。这期间大约持续了有一百多年。这样，蒙汉通婚的事儿就时有发生。这现象不奇怪。我想，这主要是爱情的力量。任何偏见与文化背景都阻止不了爱情的发生。

为什么？因为爱情是梦幻型的。而生活本身太现实了，让人失望。如果我们忽略了梦幻，就不是真正懂得生命、懂得生活甚至是懂得历史的人了。

狡辩完了，我们说正事。

其实，杜十娘的祖上并未发生过这样的事。这样的事是发生在她的母亲身上的。

杜十娘的母亲与汉人通婚后，生下的孩子，自然就不再是真正意义上的蒙古人了，只能说她身上有蒙古人的血统，包括部分灵魂，并且能歌善舞。当然，她身上更有汉人的血统。恰好这个汉人又通文化。因此，杜十娘的文化修养，也就自然而然地蕴育其中了。

说起来，历史上出了杜十娘这么一个女人，也挺不容易的。

据我所知，蒙汉通婚，有相当一部分是汉人主动的。这些汉人也比较特别，他们大都是往来于蒙汉之间，做皮毛或贩卖牲口的生意人。这些汉人看到某家的蒙古姑娘好看，心里不安静了，夜不能寐了，辗转反侧了。于是，便大胆地去求婚了。

银月亮之下，敖包相会的事也就发生了。

这个汉人也可能家里有妻子，也可能没有。谁知道呢？反正，最终这个蒙古姑娘还是嫁给了这个多情的汉人。

经常去蒙古人生活的地方做生意的，大都是一些内地的商人。这些商人当然也希望在蒙古人生活的地方安个家，有自己的妻子和自己的孩子，有一份温馨，藉以享受天伦之乐，以解鞍马劳顿之苦。这种事，往细里想一想，一点也不过分，似乎还有一点苦涩呢。

当然，蒙汉通婚后的夫妻生活，并不都是喜剧，也有种种的不幸发生。

我所得到的资料里，杜十娘的生身父亲，是在去京师做生意的途

53

中，生了病，不幸死在了客栈。即所谓客死他乡。他的一个同行的伙伴觉得有机可乘。借机侵吞了死者的银子和货物之后，仍有些不满足，觉得还有文章可做。因为在这之前，这个人见过聪明、可爱、美丽的小杜十娘。于是他编造了一个弥天大谎，就从杜十娘的母亲那里把杜十娘骗到京城（还顺便骗了一些东北的皮货，说是杜十娘的父亲让捎过去的），说是受其父的委托，带她去见见她的父亲。母亲也就相信了。

到了京师，歇都未歇，那个家伙立马就把她卖给了教坊院，做了艺妓。

那年杜十娘才6岁。

好像这种顺手牵羊，拐卖儿童的黑心事，在今天也时有发生。好在是伟大的社会主义祖国没有"教坊"，如果有，那这些被拐卖的小孩子，差不多都得被卖到那里去。

这件事，做得是神不知鬼不觉。

多少年之后，杜十娘的母亲还以为丈夫黑了心，单把他们女儿接过去，抛下自己不管了呢。绝望之际，在家人的劝说下，她又重新嫁了一个人家。不久，举家迁回到蒙古去了。东北发生的故事，她想都不愿再想了。她觉得，汉人不可靠啊。

这些事，是当了艺妓多年的杜十娘以后才知道的。

这就是命啊。

另外，我之所以特别介绍一下杜十娘的出身及当艺妓前的情况，是因为李甲在北京念大学的日子里，与她接触的时间最长。神秘些说，无论是李甲到北京，还是杜十娘被转卖到北京，似乎他们都是专门为了完成这一段千古流传的姻缘而来的。

不过是杜十娘早来了些日子，因为有些技艺和基本功要完成，李甲可以晚一点来，待到日军侵朝，中国出兵，纳粟例监，他就有机会到北京来了。

杜撰出来的漂亮女孩

杜十娘当然有自己的名字。这件事，确已不可考，也无人知道了。或许冯梦龙先生知道，或许写《负情侬传》的宁懋澄知道。但他们都没说。隐去真名，虚构虚名说事儿，这也是小说家们的惯技之一，不足为怪的。要知道，一旦用了真名，就会有许许多多的麻烦。那就不好了。因此，就不能用真名。

但是，不要以为不用真名，连这件事儿都是假的了。绝对不是这样。我一开始写这篇故事之前，首先想到的就是这一层，杜十娘是一个虚构的人物呢，还是一个被隐去真名实姓的真实人物呢？后来，我认为，这应当是一个真实的故事。至少说，有这么一个真人的坯子。不然，这个故事就不会在民间流传，然后被小说家看重，再加以改造，润色，添油加醋，成了假做真来真亦假的传奇故事了。

这是闲话。

说到底，无论是真，也无论是假，不论是简，也不论是繁，有人看就行了。

写小说不就是想让人看得么？

权作休闲吧，别太较真儿。

杜十娘被那个人卖到的教坊，是一个叫"怡春院"的妓馆。

冯先生其实也没说这个院的真院名，估计也是有所顾忌。有些人就喜欢东猜西猜，以为是研究，以为是乐趣。抓住一点，不计其余，精力充沛着哪。所以避着点儿好，冯先生做得对。

杜十娘一进院，一打脸儿，妈妈就很喜欢。不仅这个小人儿长得美，而且十分聪慧可人，让她唱她就唱，让她跳她就跳，是个天生媚人的美人坯子。粗俗一点，实际一点说，这是一棵绝对的摇钱树。

当时教坊院有九个名艺妓，新来的这个蒙汉混血儿正好排在第十位，就称她为"杜十娘"。"杜"就是"杜撰"的杜。"嬊"则是"好漂亮的女孩儿"的意思。加起来是"编一个好漂亮的女孩儿"。意思是说，看官就不必再费心去找了，这个漂亮的女孩儿的名字，是杜撰的。

再者说，当了艺妓，就不可能再讲真名讳了。一是辱没家门，二是可以少惹麻烦。这也是院里人不成文的规矩，甚至是铁的纪律。

一条龙服务

杜十娘一进院，"妈妈"就没让她干什么粗活，而且对她宠爱有加。让她学习艺术表演，唱、念、做、打、琴、棋、书、画。而且还要学种种唱腔与表演。北京毕竟是大都之邦，天子脚下，全国各地的人都要到北京来，汇报工作呀，述职呀，打通各种关节呀，开会呀，交拜名人啊，朝贡啊，做生意呀，上学呀，包括"北漂"混日子找机会的，多了去了。而且，什么地方的人都有，什么奴儿干都司的，亦里八里的，鞑靼的，瓦剌的，杂甘都司的，马思藏司的；什么凤阳府的，扬州府的，庐州府的，池州府的，徽州府的，应天府的，济南府的，兖州府的、什么北山女真部，建州女真部，苦兀的，大同府的，西安府的，汉中府的、什么哈密卫，西宁卫，肃州卫，凉州卫，镇番卫，等等等等，真是数不胜数。奇装异服，各色人等，都要到京师来，跟走马灯似的。

来了就得接待呀。

一般是先办公事。然后，游山玩水，指点江山，激扬文字。然后去吃各种名吃。名吃可就多了去了，敞开造吧。吃累了，先是泡脚，然后去洗头。然后去桑拿浴、蒸气浴、人参浴、海水浴（就是往淡水里放点盐末子）、牛奶浴、矿泉浴，以及乱七八糟的扯淡浴。都浴完了，再修脚、挖耳、按摩、推拿。有中式的，港式的，俄式，泰式的，日式的，荷兰式的，非洲式的等等，喜欢什么式就练什么式。都"式"完了。神清气爽，便怀着一股躁动，被主人安排到教坊司的各院来消费了。那么，负责接待这些贵客的，当然是像杜十娘这样的女人了。

总之，是一条龙服务。不然，办事、做事、疏通都难，头摇得跟拨浪鼓似的。如果被"一条龙"服务了，头就不那么摇了，笑眯眯的，很有人情味的，频频点头了，说，可以，可以嘛。

这说的是明朝，别跟今天混了。

当文化型的艺妓，须全才

针对如此众多、复杂的被服务对象，艺妓们当然得有一套过硬的本领才行。客人要听巴陵戏,你得会唱几句,人家要听八仙戏,你也得会唱,人家要听高阳昆曲、白字戏、大腔戏、大弦子戏、罗子戏、九江高腔、瑞阳高腔、新昌高腔、祁阳戏、清戏、万荣清戏、湘剧、袁河戏、正字戏、竹马戏等等等等,你都能来两手,亮两嗓才行。

如果客人一点什么戏。你说,对不起先生,俺不会……得了,那可就真是没戏了。客人呢——也就是财神爷拔腿就走了。

客人都气走了怎么行呢?这太让人生气了,窝囊啊。妈妈能不骂你吗?

因此,艺妓们都得掌握这些杂七杂八的剧种才行,而且哪个掌握得多、熟、精,甚至于地道之中尚有创新,人又长得漂亮,不火才怪呢。当"妈妈"的,整天价数白花花的银子,数也数不过来。多好!而且上上下下,大家都好。

当然,光有了这些本领还不行。还要学会各种礼节,像怎样叉手、作揖、下拜、下跪、站立、坐席、举步、言语、视听、饮食、应对、进退、出入、待坐等等,都得懂,不懂怎么行呢?没有规矩不成方圆嘛。比如"应对",怎样应对呢?这也是有规定的,"应者,让人之呼,对者,对人之问。须当气度雍容,言语委婉,应毋太缓,对毋太骤,以卑承尊,尤其敬谨。虽问未及,当先察其颜色,以便应对……",在遵规之时,还得察言观色呢。

再比如"坐席"同样有规定,"坐必端正,不得偏斜,足宜敛齐,手当环拱,不可倚几席,若与人同坐,尤要整肃,未使拱臂,妨碍傍人",等等,等等。

这些事都得先练,练成自然而然的水平才行。

而且这些技能,都是用血的教训,前人用一生的失败,终日的倒霉换来的经验。这不是儿戏,也不是形式主义。这种做法,与其说是爱别人,毋宁说是爱自己,保护自己。试想,你面前坐一个恭恭敬敬对你的人,能不高兴呢?

既为艺妓,主要的工作就是陪客人消闲、玩耍、取乐。这也是客人到这儿来的主要目的。这当中免不了要行酒令。这种技能恐怕更得掌握了。比如"一令"这样说,"一对姻缘天上来。(云)三百年夫妇今宵合"。或者"一枝红杏出墙来。(云)彩墙儿高似青天"。再比如"洞房花烛夜。(云)乐亦在其中矣"。比如"人间灯,天上月。(云)月光明,灯光也明"。还有"十娘子送尚秀才赴考。(唱)送别阳关道,难觅人"。等等。粗一点儿的像"晚布衫与虞美人同睡。(唱)我将你柳腰款摆,花心轻拆"。

除此之外,还有什么七月令、八月令、重阳令等等。总之,一月一节都有令。艺妓们都得会才行。

当艺妓多难啊。有点儿硕士生、博士生的意思了。

百态人生,八面玲珑

毋庸置疑,作为一名艺妓,肯定要接待各种各样的客人。客人当中什么禀性的都有,什么脾气的都有。你得大肚能容,容纳百川才行。见了什么样的客人应当说什么话,用什么样的接待方式。比如见了文官,问就问"老大人贵职?",见了武官问"营扎何处?",见了文人问"专治何经?",见了商人问"一向生意茂盛?",见了美术家就问"久闻书法精工……"。

见了梢人问"宝舟载货多少?",见了小偷就问"近来在何处得意?",等等,都有一套相对固定的问候。

特别是见了市井无赖,你也得是个行家里手才行,至少你得会说"黑话"。比如,死为"归原",乳房为"缠手"或"递子"。血为"光子",坟墓为"佳城",交合为"拿蚌",绑架女孩叫"请龙女",绑架青年妇女叫"请观音",遭杀叫"出关",出卖女人叫"挑壳叉",放火烧房子叫"大明",行劫叫"叫眼子",等等。还有一些污秽之词,碍于各位看官都是人间雅客,这里不提。

这些乌七八糟的"黑话",艺妓不会也不行。所谓见什么人得说什么话嘛。

假如你接待的是当官的。这就更得察言观色了。一般地说,官嘛,喜欢绷个脸。尤其是刚当官不久,心还有点发毛,肚子里没货,生怕别人拿他不当碟子,因此,脸绷得要厉害一些。这种模样常常让没经验的对方摸不着底。遇到这样的,艺妓得格外小心才是。弄砸了,弄得他没面子,非整你不可。所以要配合他,装得吓得战战兢兢的。赶到他要荒唐了,一荒唐,再配上当官的架子有点不合适。这时候你就可以嬉皮笑脸了。下回这官儿见你也不板脸,或少板脸了。

比较成熟的官,一般不板脸,也犯不上板脸,多累呀?大都和蔼可亲。人家的威是骨子里的威。明眼人一眼便可以看出笑里藏刀的意思来。遇到这样的,艺妓也不能忘乎所以,免得乐极生悲。要掌握好尺度。

来了商人,这太好不过了。尤其刚刚发了点财,喜欢摆阔的傻瓜蛋、暴发户。艺妓们只管曲意奉承便是了,说:"呀,一看你,肥头大耳的,就是个福相。是个大老板的样子。"这一套词儿一出,新财主立马就晕了,开始大把地往外掏钱了。他一走,艺妓们笑得肚子都疼。

那么遇到真财主呢,就得装文静一点,纯洁一点,乖一点,讨人喜欢一点，嘴甜一点，好像刚刚下海的样子。只有这样，才能多弄点钱。

假如客人是文人。文人都是穷主儿。但喜欢装，喜欢摆谱，其实口袋里也没几两银子。似乎到这里来一趟也并不容易，一整，还老脸红。艺妓们遇到这样的，应付应付就算了。倘若心情好，可以再奉承几句。文人都是有花心的，摸两把就摸两把。然后，脸一摆，早早地打发他滚蛋就是了。

不过，遇到衙门口的，流氓、歹人，那可得小心翼翼地伺候。艺妓们没毛病他们还找毛病呢，得格外殷勤才行。只要不挨打，不挨骂，就烧高香了。

如果是一般穷人，过大年似的到这来逛一趟，使点技巧，打发他走人就是了。如果你心软，可怜他，那就多留他一会儿，说说家常话，拉着他的手儿，安慰他几句就行了。

这些等等之类的本事，杜十娘经过四五年的认真学习，都掌握了，精透了，游刃有余了。是高手了。

色艺双全，绝代佳人之心计

看来，我们得把杜十娘的情况说足，不然，李甲的倾心就成了无本之木，无源之水了。

总之，什么事儿，就不是随随便便的。

这时候的杜十娘已经19岁了。像冯梦龙先生描绘那样，这时杜十娘出落得"浑身雅艳，遍体娇香。两弯眉画远山青，一对眼明秋水润。脸如莲萼，分明卓氏文君；唇似樱桃，何减白家樊素"。

我怎么总感觉冯先生见过杜十娘似的。

自从杜十娘13岁正式接客以来，七年之内，不知经历过了多少公子王孙。她把这些情种一个个弄得情迷意荡，形销骨立，倾家荡产。

在教坊中流传着这样一段话：

> 座中若有杜十娘，
> 斗筲之量饮千觞。
> 院中若识杜老媺，
> 千家粉面都如鬼。

这样看，此时此刻的杜十娘，已是一个色艺双全的绝代佳人了，在"艺"上，她不仅有很高的文化艺术品位，而且在"妓"上也很有修养。因此，每天前来一慕芳容，一听清曲，或者求千金一笑，春风一度的人，真是推不开门，也关不上门，得排号，提前预约。

有点类似今天大医院的专家门诊。

一般的客人，杜十娘基本上就是陪着说几句话，问问对方的一般情况，如果印象还好，就说几句温情的话。如果对方肯花大价钱点歌，她也唱一曲。临走的时候，轻轻地用纤指托起对方的下巴，说"你很英俊"就算是完活了。对方呢，有了这么一托一说，即刻心旌摇曳，夜不能寐了。回家攒钱，争取早一天再到这里来一睹芳容。牡丹花下死，做鬼也风流嘛。

对于京城里的官员，杜十娘不卑不亢。这其中的道理很简单。虽说杜十娘是个艺妓，但七年来，认识来玩的官员也不少，什么样的大官没见过呢？因此，除非官至极品，一般的官，都唬不住她。对方想着打折，或者免单，或者提谁谁谁我认识，是我的铁哥们儿，没用。门儿都没有，该交多钱交多钱。在这儿讨便宜，白日做梦。

对于那些地痞之类，杜十娘根本不见。主要是闹心，怕倒不怕。那些人不仅层次低，而且没皮没脸，没深没浅，没完没了。

一般说，杜十娘最高兴见的，还是那些外埠到京师来办事的官员、到京城做买卖的商人，尤其是那些来自四狄八夷的客人。这些人有的是钱，而且手中的珠宝大都是稀世珍宝。这些人哪儿的都有，云南的、西藏的、贵州的、黑龙江的、海南的，蒙古的。来自大明帝国的四面八方。这些人是真有钱，不是假有钱。他们到了京城，除了办正事，就是消费。而消费中非常重要的一项活动，就是到教坊院来玩玩。

这时候，杜十娘都要精心准备，认真打扮，出来见客，宛若天仙一般。那些外埠的客人都看呆了。什么猫儿眼呐、夜明珠哇，祖母绿呀、古玉紫金玩器、玉箫金管、翠羽明珰、瑶簪宝珥之类，猛往外掏，让下人送过去，请杜十娘再唱一个，再跳一个。那时候就讲究这个。现在没这种事，就是帕瓦罗蒂在台上唱，也没见谁把手腕子上的金表摘下来，扔到台上去的。

倘若客人想在这里过夜，上帝哟，那可是个天文数字啦。

杜十娘是个有心计的女子，她当然不会把所有的珍宝都交与妈妈，除了银子之外，其他的，一律悄悄地藏起来。

杜十娘有一个极其秘密的计划。这一点，她必须做得跟职业特工一样，万无一失才行。

杜十娘虽说是名艺妓，但她同时也是个女人，她也有自己的追求——

艺妓的梦想

杜十娘在怡春院干了七年的艺妓。她十分的出色，加上她结识那么多崇拜她的达官贵人、公子王孙（而且，这些人都十分乐意为她效劳），因此，杜十娘对自己的身世，通过种种渠道，已经了解得很清楚了，她知道自己是一个蒙汉混血儿，也终于知道自己的父亲客死他乡的事，而且还知道害她并把她卖到怡春院的那个男人是谁。

那个男人现在的情况是生不如死。一次在贩途中，这个男人的坐骑遇到了一只草狼，受了惊，狂奔而逃，把这个商人摔下马来，脑瓜子摔到了石头上，往外喷了不少鲜血。后来，经医护人员多方尽力挽救，才保住了性命，但却成了植物人。他现在还以这种不死不活的姿态，继续残害与折磨他自己的家人。据了解内情的人说，他的家人被他折磨得已经痛苦不堪，多次有过用药悄悄毒死他的念头，但都在关键的时候放弃了。

杜十娘的母亲，也找到了。但母亲听说女儿做了艺妓，就打消了与杜十娘联络的念头。

然而，这时候的杜十娘已经成熟了，老练了，她理解自己的母亲，她知道所有正派的母亲，大抵都会这么做的。自己已经是个艺妓了，便是母亲愿意与自己相认，自己还有脸面回家与母亲团聚么？

但是，杜十娘绝对不想在这个肮脏的风流场干上一辈子，或者干到没人要的地步再挟个铺盖卷儿走。她始终梦想着找一个好男人，一个普通得不能再普通的好男人嫁过去，当一个贤惠的，知冷知热、知痛知爱的家庭主妇，照顾自己的丈夫，抚养自己的儿女，当一个好母亲，再后来当一个慈祥的老奶奶，把自己儿女、孙子，都看管好，照顾好，让他们好好读书，好好做人，而后立身立业，做一个正派的人，一个对国家、对各民族大团结有用的人。到了那时候，就是自己死了，也瞑目了。

杜十娘是一个很自信，也很自负的女子。她相信自己的愿望，自己的理想，自己的目的一定能实现，也一定能够实现。

苦难的自费生

现在我们回过头来，再说一下国子监的事情。

在国子监读书，尤其是对这些高价自费生，校方安排的课程并不多，甚至有点马马虎虎。整几个题，自己去琢磨，自己去调查，自己去评论与阐述就完了。基本上是有一搭没一搭的。再说，这些高价自费生往课堂一坐，就让教员的心里有一股天然的抵触情绪。文人学士都讲究真才实学。可这些仗着家里有钱，到这儿来混文凭的半吊子，实在是让他们心里不舒服。但是，为了国家利益，为了友好邻邦朝鲜，也得应付。马马虎虎地练吧。荒草中还能长出梧桐树来么？

李甲和柳遇春，乃至一千多自费生，刚刚开始上课与研究的时候，当然是非常认真的，一个个都摆出了誓与学问共存亡的架势，手里掐一支笔，像斯巴达克角斗士握着一把利剑似的，不把做学问的敌人杀得遍体鳞伤，死无葬身之地决不罢休！待有了真学问之后，或为官，或为贤，潇潇洒洒，不仅可以笑傲江湖，光耀门庭，弄不好，或者一不留神，还能流芳百世也未可知。所以他们在学习上个个摩拳擦掌，亢奋得让人目瞪口呆。

教员见了，鄙夷地淡淡一笑，在讲台上只是随便那么一讲，下面的学生全蒙了。

我想，主要是这些自费生的基础不好。他们不是不努力，都非常努力了，但的确跟不上，而且越跟不上越跟不上。

学生一个个跟傻瓜似的。教员的话也就变得越发尖酸刻薄了。开始，教员的尖酸还能让这些自费生无地自容，可日子一久，如此之类的话听多了，也就麻木了。爱说啥说啥吧。要是学习好能当自费生吗？岂有此理。

于是，除了个别不服输的学生外（柳遇春就是其中一个，而且他的学习成绩也确实不错，教员总用疑问的眼光看他，对他颇有好感），逐渐逐渐开始放弃了，不学了。爱咋咋地吧。反正是"朽木不可雕也了"，反正是"竖子不足以谋了"，就这玩意儿了。但不管怎么说，反正我们是太学生了，这一点，到哪儿我们也敢拍胸脯，添任何表格，我们也敢写上，本人毕业于"国子监"。小看行么？累死你！而且，太学毕业证是一定得给的，不然就等于是政府骗我们的钱！得了，好好地享受大学的业余生活吧。其他的，想扯也扯不起啦。

自费生的幸福生活

这帮自费生仗着有的是钱，一时间，把京城的生意搞得火上加火。像五星级的宾馆，高档的中外合资迪厅，金碧辉煌的夜总会，网球场，游泳馆，游戏机游戏厅，麻雀屋，咖啡厅、酒吧、同志吧，一家连一家的饭店，乃至洗头房，泡脚屋，美发厅，到处可以看到这些自费生的身影。

他们仨一帮俩一伙的，到处吃，到处喝，到处赌，到处玩。

校方也睁一只眼闭一只眼。

为什么校方是这种样子呢？说穿了，一开始的时候，校方就不愿意要这样的学生，觉得这样的学生不但会降低了学校的名声、品格和质量，而且还会给那些正规学生带来一些不良的影响。但是没办法，朝廷下的命令，只好硬着头皮要。经过不长时间的实践，结果怎么样？不幸言中，果然如此。自费生就是自费生，咋整也不行。让白痴驾驶歼7战斗机，那不是瞎扯么？

另外，这些自费生也的确不好管。一方面他们不住校，都是自己在外面租房子住，你怎么管？你还能打个的士可北京城挨家挨户地查看？另一方面，你说他们学习不好，可你却抓不住实据。因为，他们的论文之类，都是花钱雇那些正规的穷学生写的。有的人还让这些人捉刀出了论文集，诗歌集呢。你简直毫无办法。有心计的自费生呢，到处搞公关，今儿请这个吃饭，明儿个请那个喝酒，没事儿就打个电话，发个电子邮件，甜言蜜语的。总之，不管认识不认识，只要沾一丁点边儿，立马死死地咬住不放——为什么呢？将来得利用这些人，把这些人当垫脚石，步入青云哪。

自费生的家长，对子弟们在北京的所作所为，知道的不多。况且，北京毕竟是大邦之都，又都是青年学生，又都是一些孩子，吃点、喝点的事儿，在所难免，谁都从年轻时候过过。再说了，抠抠搜搜，忸忸怩怩的，拿不出钱来，也让旁的学生，甚至包括教员们哈哈大笑。所以，只要来信要钱，都立马寄去，都不过夜。只要不荒废了学业，坚持给家里念完，得一个功名，就成。

谢谢你，儿子！

可怜的太学生李甲

李甲这个青年人天性就脑瓜子不好使，加上在家的时候，父亲李布政像臭蚊子似的，从早晨骂到晚上，从春天骂到冬天，只要见了他的面，非打即骂，弄得他除了增加了恐惧感，其他方面，如智力、学识，都大幅度下降。因此，在太学学习期间，他觉得自己比别的学生还要苦很多，自己真的是跟不上，就是乘坐日本的高速列车也跟不上。他想，这就是那个字——"命"。再说，人和人的智力水准也应当是不一样的。都一样，大明帝国所有的青年人不就都成了太学生吗？

所以，李甲也把学业这事，采取半放弃不放弃的态度了，有一搭没一搭地混了。所谓当一天和尚撞一天钟。

李甲回到北京的寓所，就自己一个人，真是百无聊赖。跟其他同学聚堆，派对，他还不行，他有点孤僻，不太合群。怎么办？于是就看一些闲书（比如像我写的这类书），这类书好看。虽说不长学问，但有趣儿，还可以边看边骂，边看边批评，增加自己能力上的自豪感和自信心（总算是发现不如自己的人了），然后，还可以间或地评价一下，比如小说陷入低谷了，没人看小说了，都看电视剧呢，看小说多累呀。小说根本卖不出去之类。这样一说，至少可以在那些无知的、喜欢玩偏见的人当中获得支持（岂不知小说书籍的销量比电视机还大。而且将逐渐成为未来中华民族的四大支柱产业之一呢）。

没书看的时候，李甲常常一个人在街上失魂落魄、漫无目的地闲逛。看上去怪可怜的。

晚上，李甲经常失眠。一个人一个大空屋子睡觉，他有点害怕。略微有一点儿什么异常的响动，或者风吹瓦啸，他都吓得胆战心惊。常常是瞪个眼珠子，一直挨到鸡叫为止。

他觉得自己像个囚犯。他经常躲在宅子里偷偷地哭。

哭过了，心里还痛快一点。

柳遇春的业余生活

柳遇春与李甲不同，该学习学习，该休息休息，安排得非常有规律。闲着的时候，出去散散步，换一下脑筋，体察一下京师的风土人情，或者在小茶馆一坐，听听当地人和外乡旅客的谈话，增长一点知识，增加一点乐趣。

柳遇春是个有大志，心理素质也好的人。

柳遇春特别喜欢到大运河的码头上去看一看。尤其对家乡来的船，他都过去义务帮忙，装货呀，卸货呀，从不要一文钱报酬。顶多坐下来同工人同乡喝一碗粗茶，聊聊家乡的事。四海之内，皆兄弟也。柳遇春在灵魂里就是一个热心肠的人，那些工人也乐意把家乡的一些变化，告诉这位肯下手干粗活的读书人，更愿意义务地为他往家里捎信件，或者捎孝敬父亲的土产品。

在这些自费生中，大家都挺喜欢他。一是柳遇春这个人虽说清贫，却乐于助人，也乐于替逃学的学生打掩护，替他们值日干搞教室卫生的活儿，而且从不要报酬和报答。对人总是那么和蔼可亲，谦谦有礼。他是真诚的，不是那种伪装的。虽然他不能同那些有钱的学生去饮酒，但是他从不鄙夷他们。他觉得，每个人有每个人的活法。这就是命。

然而，这并不是说，柳遇春就没有自己的业余生活了。柳遇春也有自己的业余生活，他不可能把一天24小时全部用在学业上。而且他认为，必要的休息与调节，不仅对学业没有害处，相反还有好处。

柳遇春的业余生活说来也很丰富，一是，他喜欢写诗。这方面就不多说了，文士不喜欢写诗似乎也不太恰当。那么另外一点，就是他非常喜欢记日记。他记的日记，并非是自己一天生活的流水账豆腐账，或是一些小肚鸡肠的是是非非。他记的，大都是他在京师的所见所闻，比如哪天哪天，和进京的骆驼队聊天，都听到了什么，商业上的，天气上的，风俗上的，地方变化上的，等等。还有，京师某日某时，出了什么什么样的事，街巷之间，学生之间，都有什么样的议论，等等。这些事让柳遇春一写，是那么的有滋有味，而且活泼新鲜。日记写到一定数量，便托家乡的货船，捎给绍兴的父亲柳师爷。

柳师爷在家乡读儿子的东西，非常幸福。哈，儿子果然进步了。而且用这样别致的方式向自己汇报在京的生活，可谓聪明绝顶。将来必定是一个大用之才。

另一方面，由于柳师爷经常读儿子的日记，也使得他在绍兴的馆场中拥有了许多有趣的谈资。再加上柳师爷天生善于发挥，其有声有色的侃谈，让在座的大人们神迷心醉。这样，反倒是无形之中增加了柳师爷的声望与地位。

除写日记之外，柳遇春还喜欢画两笔。他更喜欢山水画。他觉得画山水的人必然心胸开阔，陶冶性情，能成为栋梁之材。

柳遇春的围棋下得也可以。闲来无事，也到茶馆与人手谈。聚精会神，纹枰论道。相当愉快。或输或赢，都不是什么大事，消遣而已。

亲不亲乡里人

国子监里有一千多自费生，平日里，柳遇春与李甲的接触也不太多，偶尔见了面，寒暄几句，也就是了。再说，都忙。

一日，柳遇春听说李甲病了，下了课，便步行去李甲的住处看他。途中，还特意买了点点心水果之类，聊以抚慰。大家都出门在外的，都年轻。

然而，李甲并无大病。只是由于连日的失眠，休息不好，也吃不好，有点低血糖的意思了。连日盗汗，头晕目眩，四肢无力，骨头散了架子似的。好像与日无多的样子了。

看到同乡柳遇春来看自己，就像在牢中看到了地下党似的，李甲一时泪如雨下，哽咽着说不出话来。

柳遇春看到同乡李甲这副模样，也是好个心酸。问了他的病情，又仔细地看过大夫写过的药单，之后便笑着说，仁兄其实并无大病，只是睡眠不好，才导致身上有种种的不适。

又说，现在京师风和日丽，不如我们出去走走。何况，自到京师读书以来，还从未好好地逛逛北京城呢。这也是个不大不小的遗憾哩。不知仁兄意下如何。

李甲说，这最好。只是……

柳遇春说，只是什么，难道仁兄连路都走不了么？我看不碍事儿，走一走，呼吸点新鲜空气，对你的身体一定有好处。走走走，我帮你穿上衣服。

说着，李甲在柳遇春的协助下，穿好衣服，又洗脸梳头。再打开窗户，放一放屋子里的浊气，病气。

如此这么一折腾，李甲自己也感到似乎精神起来。

一切都弄利落了，柳遇春领着李甲出了门，先到对个的小饭馆，陪他吃了一碗宽汤的鸡蛋面。这碗热面吃得李甲满额满脸的汗。他自己也觉得奇怪，自己的胃口从来没有像今天这么好啊。

吃饱了，力气也有了。两人开始逛。考虑到李甲身体虚弱，二人便雇了两匹坐骑。骑马逛就舒服多了。况且那两匹马又是那样的老实。

闲逛滋情

二人决定先逛太庙。

太庙在天安门的东侧，是大明帝国的祖庙，建于永乐十八年（1420年）。太庙很是宏伟壮丽，殿宇均为黄琉璃瓦顶。周围有三重汉白玉须弥座式的台基，四周为雕石护栏。差不多所有的梁柱都外包沉香木，其余的也均为金丝楠木。所有的天花板及柱子，都贴着金花。院内的青松古柏郁郁葱葱。

两个太学生边走边看边感慨，十分惬意。

从太庙出来，二人去了文天祥祠。

文天祥祠在东城区府学胡同。二人进了大殿,看了这位写《正气歌》的作者在院内栽的那棵枣树,自然又感慨了一番。

接着二人又去了孔庙。

孔庙在东城区安定门内的成贤街。这是元、明两代祭祀孔子的地方。建于大德六年(1302年)。到了这里,二人当然恭恭敬敬,几乎是三步一揖,五步一礼。先大成门、大成殿,而后崇圣门、崇圣祠,一一行礼。

在大成门与先师门两侧,分别列着元、明两代的进士题名碑。二人逐一地看这些东西,心中的那份崇敬与惭愧是自不待说的。尤其是李甲,更觉得无地自容。

柳遇春则坦然自若,指点评价,不卑不亢。

然后,二人又逛了正阳门(就是现在的大前门)、观象台、东四的清真寺、地坛、智化寺、帝王庙、月坛、景山。

一天逛这么些地方,倒是年轻,心胜腿又勤啊。二人中间还吃一顿小吃呢。真了不起。虽说是走马观花吧,一般人也不敢想象。

逛过了,二人还了马,付了银子之后,又找了一家颇雅的酒家,共进晚餐。

二人一边饮酒,一边谈自己一天的观感。彼此都觉得这一天过得特别有意义。

在酒楼上,还可以看到教坊院悬灯结彩的夜景。

借着酒劲儿,李甲想去那儿逛逛。

此时此刻,柳遇春也有了几分醉意,看到自己的这位同乡很愉快、好开心的样子,也不忍破坏他的兴致。便说,既然仁兄有此雅兴,我就舍命陪君子走一遭。不过,我有言在先,愚弟是个清贫之人,不可能陪兄去里面一坐，只能陪兄在外面走走看看。不知仁兄能否见谅。

李甲说，嗨嗨嗨，这话是怎么说的呢，你我二人不仅是同乡，还是同窗。而且彼此一如手足，什么清贫不清贫的，一切费用由我开销，只要高兴，千金买笑又有何妨呢？贤弟万勿推辞，咱们说走就走，干脆去玩个痛快。

柳遇春静着脸想了一会儿，最后还是点头了。

酒后无行

柳遇春听到李甲打算去教坊院一逛的想法之后，为什么"静着脸想了一会儿"呢？原来，即使是在明代，太学生去教坊院狎妓也是不光彩的事。而且那些有身份的政府干部，国家公务员，正派的商人，有正义感的军人，乃至仁人贤士，连同规矩的小户人家，都绝不涉足声乐场的，认为去那里是一件不光彩的事情，于名节、于身份、于门庭都不符。

假如说，一定想去，不去不行，不去闹心，那么基本上都是偷偷摸摸，隐名埋姓的去。包括皇帝也如此。皇上想去了，也得微服。不能穿着龙袍，傻呵呵地就敢进去了。那太不像话了。正派的老百姓该有多失望呵。因此，只能穿便服去，假装是什么客商之类的角色，去那里开开眼界，开开心，自由自由，或者很不像话一回。

当然，也有满不在乎去那里玩耍的人。这些人大多是一些半流氓式的闲人，或者放荡不羁的商人、文人。所谓，老子天生就是这种货色，就像前边我说过的那样，"牡丹花下死，做鬼也风流"嘛。李白就是这样的人。他还把自己狎妓的事，写在纪实性质的文学作品里。文人无行嘛。这要是在今天，全国的小报得把李白炒糊了，中国作协得把他开除了。——说句笑话，今天的人也是挺什么的，对这种事也同样计较得很。

再就是一些企业家，个体老板喜欢去那里。他们可不在乎这等事。这算什么呀？老子有钱，有钱干什么？不就是寻欢作乐嘛。怎么，老子有钱都得去盖庙啊，嫌天下的和尚还少是怎么的？

他们对自己去教坊之类的地方消费，从不讳言。

再就是一些比较特殊的人。比如像李甲这样的学生、失恋者、色情狂、老光棍，甚至包括个别规矩得要死的人。他们去那里，更多的不是玩，而是满足一下自己的畸形心理，发泄一下。然后，赶紧收回脚来，继续做自己的正派人。

不过，论说起来，太学生逛教坊院的影响最不好。广大人民群众都对太学生寄予着厚望，对待他们都像对待自己的孩子似的，他们要是去这种下流的地方，他们绝不答应！

所以，柳遇春听到李甲的建议，才"静着脸想了一会儿"。

我们得理解。

淡季里的教坊院

坦率地说，他们二位太学生赶的这一阵子，正是教坊院的淡季。

我好像说过，教坊院也是有淡季的。而且一年中总会有那么几回。客人突然间就少了，或者因为是南来北往的商人贩运的淡季，客人就少得很（这些行商是教坊院的主要客源、财源），或者呢，由于政令严，朝廷整顿纪律了，开始严打了，"闪电行动"了，客人也会少。须知，间或地，大明帝国也扫黄打非。这样子就影响了客人之踊跃。

总之，只要社会上稍稍有点风吹草动，都会给教坊院的生意带来负面的影响。

淡季里，教坊院的名妓也好，准名妓也好，也都无生意可做了。偶尔来了客人，也是玩几折几折的，或是九九折，或是八五折，或是五五折，或者干脆来一个"深情大派送"。这种灵活的做法，是视生意的情况而定。要是平时，名妓或准名妓对于一般化的客人是不接待的。但在淡季却不同，没生意了，也只好屈尊接待一下。要不咋整。有经验的客人，一般都选择这样的季节到教坊院来玩。一是有"折"的待遇，二是可花很少的钱跟名妓过招儿。妙得很哩。

在淡季里，艺妓们都能很好地得到休息。客人少，早早地就睡下了。因此，起得也早。白天没什么事，雅的，做做画，或者写写字，弹弹琴。俗的，便扎堆赌博——也都是小赌。赌大了妈妈也不让。再就是东院西院的串门子，嗑瓜子儿，说闲话儿。

淡季里的杜十娘自然也如此。她是绝不喜欢赌博的，只是画画，写字，弹琴，做点女红打发时光。实在闷了，便到别的院和那里的姐妹说说话。

这一日，杜十娘正在自己的房里做女红，就见贴身的丫环四儿跑进来说，小姐，外头来了一个算命的，算得可准了，小姐，你也过去算算吧。那个算命的先生说了，算得不准不要钱呢。

杜十娘道，不要胡闹，过得好好的，算什么命呢？我不去。

四儿说，嗨，小姐，那些姐妹都围着算命先生争着算呢，可热闹了。你还是去吧，不然姐妹们又说你清高了。就是玩呗，开开心的勾当，小姐你何必当真呢？再说，我也想算算呢……

杜十娘说，你个小蹄子算什么？

四儿说，算什么？算算将来能不能找个好人家嫁出去呗。那些姐妹都算的是这个呢。小姐，去吧，就算我求你了。

杜十娘放下手中的女红说，好吧，不花钱，还想讨吉利话。精的你！好，走吧，过去看看那个算命的都放些什么屁！

算命先生的神机妙算

杜十娘来到客厅，只见院里的姐妹们正围着一个道士不道士、和尚不和尚的人算命。这个算命先生有五十多岁，留着一圈胡人的黑胡子。相貌虽然丑陋，但两只眼睛却十分尖锐而且有神采。

姐妹们见杜十娘来了，都嚷着让杜十娘过来算一算。

杜十娘说，是四儿这个小蹄子要算，才把我拽来的。我花钱，她算命。这小蹄子，这些年都让我给惯坏了。

妈妈也在一旁笑说，嗨，你们像亲姐妹似的，她想算就让她算吧，这才是几文钱的事呢。

杜十娘说，那好啊，既然是几文钱的事，那就请妈妈掏钱给这小蹄子算吧。

妈妈听了开心地大笑起来，说，哎哟，我的宝贝女儿呀，偌大一个京师，谁不知妈妈是个有名的铁公鸡，是个一毛不拔的主儿，我怎么能舍得花几文钱给个没身份的小蹄子算命呢？你是想让我心疼睡不好觉是怎么着啊？

众姐妹说，哈哈，妈妈不但是只铁公鸡，还是玻璃耗子，琉璃猫呢。

四儿说，妈妈是铁公鸡蘸糖稀，一毛不拔不说，还要沾你点什么呢。

妈妈听了，欲去抓四儿打，四儿就笑嘻嘻地躲在姐妹的身后。

杜十娘说，行啦行啦，别闹啦，我花钱就是了。

说着，杜十娘对算命先生说，先生，你给我家四儿算算，将来她能不能找个如意郎君？

四儿赶紧从姐妹的身后出来，端端正正地站在算命先生面前，请先生算。

算命先生托起四儿的下巴，仔细地看了她的脸儿，然后，又托起四儿的手，摸索地看手相，半天不松手，也半天不言语。

四儿扑哧一声乐了，说，先生，你这是给我算命呢，还是借此吃我的豆腐啊？

说得算命先生也仰天大笑起来，说，好好好。我不吃你的小豆腐了。我现在就给你算。

四儿说，快说吧。我都急死了。

算命先生说，你这丫头的面相、手相都不错。虽说没什么大福，可命也还算不错。

四儿问，那我能不能找个如意郎君呢？

算命的说，能能，但得十年之后。隔江望金，眼下莫思念。

四儿高兴地说，真的？就是十年太长了，一个月就好了。

妈妈在一旁说，听见没有，安生在这儿待着吧，十年呢，少一天也不行。这可是命。好好地给妈妈挣足了钱，再赎了身，不愁你将来嫁不到一个好人家去。

四儿白了妈妈一眼说，行啦行啦，谁信哪。快给我家小姐算算吧。

杜十娘走了过去。算命先生只看了她一眼，就说，不用算了。我只说一句，三天之内，小姐的意中人就要来了。

杜十娘说，何以见得？你怎知我的意中人是什么模样？

算命先生说，天知地知，你知我知。

杜十娘说，我知？我知什么？你说我的这位如意郎君，是过去的熟客呢，还是生客？要是熟客，我的如意郎君可就多了，这京城里的公子王孙，哪个不是我的如意郎君呢？

算命先生说，这个人是个生客。

杜十娘说，好。如果真的是这样，我给你加倍的银子。

算命先生说，小姐的钱，在下分文不取。如果我算得不准，三天之内，我定死无葬身之地。好了，在下告辞了。

说着，算命先生果然分文不取，走了。

众姐妹们不禁面面相觑，没想到这个算命先生竟下这样的毒咒。

情缘之序曲

到了上灯时分，怡春院的下人们照例将一盏盏花灯纸笼点燃。姑娘们也都打扮得花枝招展。准备接待那些轻薄，或准轻薄的客人。

由于白天那位算命先生说了那样的一番话后，姐妹们都特别注意来找杜十娘的客人。

杜十娘坐在房中,也觉得那个算命先生的话有些怪。按说,算命这一行,是以盈利为目的的。他算完之后,竟分文不取,而且还给他自己下了那样的毒咒,实在是让人心慌。难道真的会有这种事么?倘若是真的,那么又是怎样的一位客人呢?

杜十娘正在呆想时,四儿跑了进来说,小姐,来客人了。

杜十娘吓了一跳,忙问,什么样的客人?

四儿说,是一个老头,做咱们的太爷爷都够格了。

杜十娘顿时泄了气,说,不见!

四儿说,不行,那位大爷指名要见你,而且是慕名而来的,一看就是个款爷,出去见见吧。

杜十娘说,我说不见就是不见,让这个老花货赶紧滚。儿孙都一大帮了,眼瞅就要进棺材了,还这样老不正经!

四儿说,管他正经不正经、进不进棺材呢?咱们挣他的钱就是了。他前脚一走,咱们往后认他是谁呀!再说了,倘若这偌大的京都,个个志士、人人圣贤,见了女子躲着走,咱们还不得喝西北风去呀?快去吧。不然妈妈就生气了。

杜十娘说,我不管,说不见就不见,谁生气也没用。告诉妈妈,我这儿还生气呢。

杜十娘的话音儿未落,妈妈一脚踏进了杜十娘的门槛,说,哎,这是谁在生我的气呀?

杜十娘说,妈妈来了。

妈妈说,儿,快去吧,客人都在客厅等着呢。都来半天了。

杜十娘说,妈妈,我今儿身上不舒服……

妈妈笑着说,怎么会不舒服呢,白天还好好的呢,眨眼的工夫就不舒服了？是不是四儿又气你了？

四儿在一旁猴急地冲妈妈做手势，可妈妈怎么也看不懂，说，你这个死丫头，搞什么名堂？

四儿说，刚才我跟小姐说来客人了，小姐问什么样的客人，我说是一个老头，当我们的太爷爷都够格了。小姐一听，说什么也不去，这不，我正在劝她呢。

妈妈一听，笑了起来，说，想不到，像我儿这样的聪明女子也有受骗上当的时候。快去吧，是四儿骗你呢。客人是个太学生，一表人才，温文尔雅，真是不错的一个人，还是头一次到教坊来的生客呢。

杜十娘看了一眼四儿。

四儿蹭一家伙，夺门逃了出去。

消费在大明帝国

且说柳遇春和李甲吃完酒，二人信步来到教坊院。进了院，见一个个的艺妓之家，牵连不断，各院且有不少下人，在门口张罗着生意。他们一时有些不知所措。

明朝那个时代，广播电视事业还没有发展起来，广播呀、电视呀、电影，这些消闲的媒体全都没有。便是戏园子也很少，除非逢年过节可以搭台唱戏，平常，除了走街串巷的杂耍之外，其他的文艺表演几乎是光光的。于是，教坊就成了文艺表演的小剧场了。并且常有一些新段子、新曲目在那里上演，以此招徕看客。

当然，这种地方，骨子里仍旧是个色情场所，其他的，仅仅是一种包装而已。

当然，到这里来消闲的，也不一定全是下流的嫖客，也有相当一部分人，就是为了听曲，像现在听歌剧呀，听独唱音乐会呀，独奏表演呀，做艺术享受状。

那个时代的演员绝对没有人民当家做主的今天这样高的待遇，什么歌唱家、什么歌星，什么表演艺术家、名演员、器乐演奏家，一下台，一帮少男少女挤上前去，拿个小本子让他们签个名，若能合影留念，那就太幸福了，得放到20寸，摆在家里。明朝不行，那时候演戏唱曲的都是下九流，而且"妓"的身份，还在娼之下呢，其子孙世世代代不准参加科举。

想想看，这分明是一部血泪史、屈辱史呀。

而且，在教坊看戏听曲，不像现在，剧场演什么事先都有个计划，绝对不能随意改动，大明帝国不同，完全是市场经济，客人点什么唱什么，而且点什么，你得会什么。人家花钱哪，绝不是白看。你说你不会，没学过，让客人不要胡搅蛮缠，不然就通知公安部门，打电话报110了，或者在报纸上、电视上给你曝光。这话在今天说，行，在明朝说就不在理了。你们是吃这碗饭的呀，怎么能说不会唱呢？不会唱出来混什么？赶快回去练！练好了再出来混。

那时的大致情况，是这样的。

所以客人来了，先是在外面看，看看各院的招牌上都有什么新角、新曲、新戏。哪个院不仅节目新，角儿也美丽温柔，大约就要去哪个院消费了。

人家到这里来就是为了愉快，为了高兴，不然，花这个大头钱干什么。

到这里来玩的,自然也有相当数量的、醉翁之意不在酒的,他们对唱曲呀、表演呀,根本没兴趣,也不懂。就是一个目的,耍流氓。

只是,在这里耍流氓得花银子。而且,这里只有最低价,没有最高价。高了,你出多少都行。哪怕你是从国库偷的大金锭子呢,这里照收不误。

另外,这种地方也宰人。能不宰人么?毕竟不是什么正大光明的地方呀。因此,到这儿来消费,兜里的钱得揣得鼓鼓的,不然,千万别来。

李甲初涉怡春院

李甲和柳遇春,初来乍到,对这儿的情况不熟。也不知道去哪家消费好。于是就向路边一个卖零食的老叟打听。

老叟说,二位爷,是头一次到这种地方来吧?

柳遇春说,正是。

老叟说,要想少花钱呢,就到翠柳院去,那儿便宜。但姑娘的艺术水平不高,唱得也不清亮,嗓子发浊。要想听好的曲儿,听金嗓子,那得到怡春院。你们听说过怡春院有个杜十娘么?

柳遇春说,没听过。

老叟说,嗨,不是有这样一句话么:座中若有杜十娘,斗筲之量饮千觞;院中若识杜老媺,千家粉面都如鬼呀。

李甲说,老人家,如此,杜十娘这样了得么?

83

老叟说，当然，你们去看看就知道了。现在正好是淡季，价钱也不会太贵。你们二位爷是太学生吧？

柳遇春忙说，不是不是……

老叟笑了笑，没再言语。

离开了老叟，两个人来到了怡春院。

这怡春院果然比别家的院气派、豪华、有档次。如果有外地客人来，领到这种地方来消费，客人一定会满意的。

到了门前，柳遇春说，仁兄，我就不进去了。一则是在下已经答应替另一个同学写论文，嗨，就是挣点钱的事。再者，在下对唱歌跳舞之类的事也无大兴趣儿。您尽管去吧，散散心也好。

李甲一听便慌了，说，别介呀，贤弟不去，我怎么敢去。我看，咱们既然来了，不妨一道进去看个究竟，倘若不好，咱们再走不迟。

柳遇春一想，也是。倘若自己不陪他进去，李甲定不会进去，岂不是无端地扫人家的兴嘛。罢罢罢，我就陪他进去，倘若他真的看中了那个杜十娘，杜九娘的，就由他去，到那时自己再走不迟。

柳遇春说，好吧，我就陪你进去。倘若仁兄挑中了哪个姑娘，我在外面喝茶等你。你看这样好不好？

李甲立刻拱手道，这再好不过，只是有点委屈了贤弟，有点于心不忍。

柳遇春笑着说，有甚不忍的，说不准仁兄挑不出中意的姑娘，咱们还得走人呢。

李甲恍然大悟，说，对对对。贤弟说得有理。好，那我们就进去吧。

李甲步入风流场

怡春院的妈妈见来了客人，且又是两个温文尔雅年轻的生客，慌忙迎了出来，嘘寒问暖，十分兴奋，十分热情。赶紧张罗上茶，并唤下人把姑娘们都叫出来，让客人挑选。

柳遇春倒十分坦然，坐了下来，将那些姑娘逐个地看看，其实也没觉得怎么样。而李甲则紧张得不行，甚至都不敢正眼看这些艺妓。

柳遇春拍了拍李甲的肩膀说，仁兄，你看这些姑娘怎么样，可否有你的梦中情人？

李甲羞得满面通红，抬头扫了一眼，嘟哝着说，那个杜……

柳遇春一听，马上对妈妈说，妈妈，事情是这样的，我的这位仁兄呢，早就听说贵院有一个国色天香的杜十娘，不仅人长得好，而且唱得一手好曲，于是乎，便慕名而来，要一睹芳容。不知这位杜十娘可在这些姑娘当中？

妈妈笑脸相迎，说，二位公子，果然好眼力，一眼就看出这杜十娘不在这群姑娘堆里。

说着，让四儿赶快去把杜十娘唤来，说有贵客到。

四儿去了之后，妈妈便陪着李甲、柳遇春二位公子闲话，并告诉他们，国子监的太学生们常到这儿来玩。希望他们以后也常来。如果能写点儿好的词曲过来，或者编几段好听的小戏儿，到这儿来还可以免单呢。

柳遇春听了，不觉哈哈大笑。

妈妈说，这位公子为什么这样笑啊，莫非老身说的不对么？

柳遇春说，不不不。只是觉得有趣而已。妈妈千万不要见怪。

妈妈说，二位公子是读书人，当然知道写《洞庭湖柳毅传书》的尚仲贤，写《别姬》的沈采，写《窦娥冤》《拜月亭》《单刀会》的关汉卿，写《牡丹亭》的汤显祖了。他们这些先生就经常在教坊院来玩，间或地为教坊院写一些小戏、小曲，这些小戏小曲都流传了出去，上至皇宫大臣，下至黎民百姓，人人都很喜欢呢。况且，这些人或是出身高贵，或是仕途上的大官呢。老身这样说的意思，也是为了发现人才，使之千古流芳呢。

柳遇春频频点头，不再言语。

三个人说了半天话，仍不见杜十娘出来。

李甲便有些坐不住了。

妈妈说，别急，我再去催催，请二位公子稍候，我去去就来。

不大一会儿，妈妈喜气洋洋地回来了。

妈妈说，二位公子过去吧，杜十娘在她的屋里等着呢。

柳遇春对李甲说，那么，仁兄就过去吧，我在这里喝茶等你。

妈妈听柳遇春这样说，有点诧异，难道你不过去玩玩么？

柳遇春说，我就不去了，我这位仁兄去就行了。

妈妈说，也好。请这位公子稍候，我送他过去后，马上就回来陪您。

同乡同学，志趣相异

妈妈把李甲送去，很快就回来了。

柳遇春忙问，怎么样，我的仁兄满意么？

妈妈说，嗨，怎么能不满意呢。你是没看见，我家的杜十娘不仅有沉鱼落雁、闭月羞花之貌，而且吹拉弹唱，琴棋书画，诗词歌赋，样样精通。你那位李公子一见她，整个人都酥了。呵呵。

柳遇春听了也不觉笑了起来。

妈妈说，我说这位公子，你也别这么干坐着呀，我这么大岁数的老婆子陪你有什么意思？不如这样吧，我去给你物色一个好姑娘，过来陪陪你说说话，下下棋，如何？

柳遇春说，那就不必了。我一个人待着很好。

妈妈说，哎哟，我的傻公子，这是怎么话说的呢，你那位仁兄只要进去，一时半会儿也出不来的，弄不好，还会歇在这里不走了。别说是有血有肉有情有义的人呢，就是猫儿、狗儿，到了这里也不愿动步呢。你就这么傻等着么？看来，你是头一次到院里来玩的吧？

柳遇春说，不瞒妈妈说，在下这是第一次，而且还是专程陪我的那位朋友来的。

妈妈听了，想了想说，这样吧，我唤个姑娘过来陪你，费用呢，都记在你那位朋友的身上不就得了。你就别在意了。

柳遇春说，不行不行，大丈夫怎么能这么做呢？这可是万万使不得的事。你还是让我在这里坐一会儿，如果他真的要歇在这里，我再走不迟。

妈妈长叹了一口气说，罢了，罢了，看你也是一个仗义的君子，这样吧，我让一个姑娘过来陪你，一分钱也不要，就是奉献，这总行了吧？

柳遇春说，谢谢妈妈，这就不必了。我还是喜欢一个人待着。

妈妈见状，也就不再劝了。好在客人不多，就坐下来陪着柳遇春有一搭没一搭地说话。

快到半夜了。四儿过来了,告诉柳遇春说,李公子就歇在这儿了,李公子让柳遇春也早早回去歇着吧。

柳公子一听,立即起身,并掏出一块碎银子给妈妈说,这点银子,有劳妈妈明早雇一轿子,把我的那位仁兄送回家去。

妈妈接过了银子,感慨不已,说自己多年未见到像柳遇春这样的仁人君子啦,说,李公子真是交了个好朋友啊。

妈妈送柳遇春往外走的时候说,这种地方不来也好。年轻人还是以学业为重。待到功成名就时,再来潇洒潇洒,玩一玩也不迟。

柳公子笑而不答,趁着月色,匆匆地回去了。

李甲初识杜十娘

话说李甲被妈妈引着去了杜十娘的住处,到了门口,妈妈便站住了,说,公子,你自己进去吧。我还得赶紧回去,陪你那位朋友呢。

说罢,妈妈转身就走了。

李甲站在帘子外,隐隐约约看见里面坐着一位丽人,同时,一股清香也从屋内款款地荡了出来,嗅在鼻子里,一时让人心迷神醉。李甲不觉有些飘飘然,晕晕然,以为自己到了天上瑶台,不知今夕是何年了。

不大的工夫,从里面传来了琵琶声。琴声款款地由轻而柔,由远而近,清丽委婉,一波三折。时而似清泉滑过,时而如蜻蜓点水,让人欲罢不能。

李甲听呆了。

那琴弹到动情处，如歌如泣，如哀如怨，让人柔肠寸断。李甲听得竟滴下泪来。

恰在这时，里面传来杜十娘的声音，客官，难道你要在门外站上一宵不成么？快请进来吧，小心着凉。

李甲这才如梦方醒，一边慌忙答应着，一边挑开竹帘，进到屋里。

进了屋，李甲抬头一看，坐在那里的杜十娘正在笑吟吟地看着他。果然是人间绝色。

杜十娘心想，真是个标致的太学生。想着那位算命先生白天说的话，心里不免有了几分喜欢。

李甲自打娘胎里出来，也从未见过如此美貌的女子，不觉慌成了一团，手足无措，一时不知如何是好。

杜十娘说，公子，请坐。

李甲慌慌惶惶地坐下，面对杜十娘，竟不敢仰视。

杜十娘对隔壁说，四儿，还不赶快给客人上茶。

说完，杜十娘问，敢问这位公子，你喜欢喝什么茶呢？是毛尖，还是龙井；是碧螺春，还是大红袍呢？

李甲说，随意，随意。

杜十娘看着这位紧张得不行的太学生，不由得笑了，说，这可不是随意的事呀，公子喜欢喝什么茶，当然得由公子来点。而各种不同的茶，价钱是不一样的。

李甲还说，随意，随意。

正说着，四儿过来了。

杜十娘便对四儿说，四儿，看样子这位客人是江南人，就去给公子泡一壶碧螺春吧。

四儿说，知道了。

说完，四儿就下去了。

不大工夫，一壶清茶上来了。四儿给李甲斟上，又冲着杜十娘做一个鬼脸后，才退了下去。

杜十娘问，请问，公子是哪里人氏啊？

李甲说，在下是浙江绍兴府人氏。

杜十娘问，那么，到京师来，有何贵干呢？

李甲说，来国子监读书。

杜十娘说，噢，这我知道了，你就是那批新援列国子监的太学生吧？

李甲一听，一时汗如雨下，掏出方巾，一个劲儿地擦汗，说，正是正是，惭愧惭愧。

杜十娘说，咦，怎么能说是惭愧呢？在国子监读书的学生，连当官的都要敬重三分呢。

李甲说，哪里哪里，我是自费生……

杜十娘笑了，问，敢问公子姓什么，叫什么呀？

李甲说，在下姓李，名甲，字干先。

杜十娘问，是真名么？

李甲说，真名真名，怎么会是假名呢？

杜十娘说，嗨，到这里玩的人哪，不少人都是顶着一串子假名来的。都是有个担心啊，怕万一传出去，不好听。想不到你倒不怕。

杜十娘虽然嘴上这么说，但心里却想，这个人倒挺诚实的，看样子，的确是一个初涉烟花场的人。莫非白天那个算命的说的如意郎君，就指的是他么？

李甲说，不是不怕，只是从未来过这里，好奇而已。

杜十娘说，那怎么又好奇到我身上来了呢？这教坊院有的是好姑娘啊。

李甲战战兢兢地抬起头,看了杜十娘一眼,见杜十娘光彩照人,风情万种,便痴呆呆地说,因为,因为,我爱你——

这一句,竟把老练的杜十娘说蒙了,一时不知何言以对。

一见钟情

杜十娘端起茶盅,呷了一口茶,咽下去之后,慢慢地沉下脸问,你爱我什么呢?

李甲傻着脸说,不知道。

杜十娘听了这话,心里才甜甜地笑了。

杜十娘是风流场上的老手,像"你爱我""我爱你"这类话,她的耳朵都听出茧子来了。在民间,这样纯洁至圣的话是绝不会轻易说的,说出来,便是一生一世的事了。可在这里,也就是一句逢场作戏的玩笑话而已,绝对是认不得真的。倘若,你要问他爱你什么?一般的都会说,你好好美丽呀,你好好温柔啊,你是我梦中的情人啦,你多才多艺啦,让我不知回家的路在哪里啦,等等。就是玩个嘴甜。如果,艺妓说爱某某客人,爱他的英俊,爱他的善良,爱他的人品,爱他的一往情深,也是扯淡。更是当不得真的。艺妓总不能说,爱你个屁。要说爱,是爱你口袋里的银子,你们这些人啊,给我洗脚我都嫌脏。

但是,李甲却说"不知道"。这无疑是一种真爱的表现。何况,爱本身就不是一件理智的事。一般说,当一个人进入爱情的程序之后,要多么幼稚就有多么幼稚，要多么糊涂就有多么糊涂，要多傻就有多傻。一句话，成熟、理智、机敏，是不会引导你驶入爱之河的。

杜十娘说，李公子，听人家说，上有天堂，下有苏杭，我记得绍兴离那里也很近的，只是从未去过……

李甲说，我带你去！

杜十娘听了这突然的一句，忍不住笑了，说，不是要你带我去，而是想听苏杭有什么好玩的地方。我们北方人管这个，叫"闲唠嗑"。

李甲说，那我就先说绍兴吧。在绍兴府的下方桥镇，有一座石佛寺，也叫灵鹫院。那座石佛有15米高，相传是隋朝所建，石佛四周有湖水环绕，山壁上有许多名人的石刻。其中宋朝名将宋守忠所书的"飞跃"二字，最为苍劲。另外，在绍兴府还有一座吼山，相传是春秋越国大夫范蠡为复兴社稷，在此养狗猎鹿以献吴王，日子一久，称为吼山。这座山极险，有许多怪石，有的像石墩，有的像棋盘，而且奇在底小顶大，看上去欲坠复摇，险怪有趣。在陡壁的悬崖之下，别有一个洞天，叫烟萝洞……此外，山中还有云泉、荷花池、石床、万寂庵等等风景……

杜十娘一边听，一边仔细地端详着李甲，觉得这位太学生真是傻得可爱，实得可爱。心中不免有了几分爱慕。

才情初试

接着，李甲又开始介绍苏、杭的风景。

李甲说，人说上有天堂，下有苏杭，此话是不虚的。苏州的名胜古迹，真是数不胜数，比如楞伽山，楞伽山濒临石湖，山上有楞伽塔，波光塔影，群峰映带。此外，还有北宋时的文庙、宋代的可园，三国时期的北寺塔，晋代的玄妙观，宋代的网师图，五代时的沧浪亭、虎丘塔，唐代的拙政院、枫桥，元代的狮子林，梁朝的寒山寺，小姐，你知道唐人张继写的那首《枫桥夜泊》的诗么？

杜十娘说，倒是记得几句。说着，便吟诵起来："月落乌啼霜满天，江枫渔火对愁眠，姑苏城外寒山寺，夜半钟声到客船。"

李甲说，是啊是啊。想不到杜小姐还精通唐诗呢。

杜十娘说，这就算精通么？公子莫不是笑话我吧？

李甲一听，慌了，说，不是不是，只是没想到。

杜十娘说，没想到一个烟花女子，居然也能说出几句唐诗，是不是？

李甲呆了半天，终于说，是。

杜十娘边笑边不断地点头。

李甲说，杭州可玩的地方更多，像九里松、九溪十八涧、云栖竹径、五云山。五云山上有一个亭子，即可以俯瞰钱塘江，又可以回望西湖。亭上有一对联："长堤划破全湖水，之字平分两浙山。"此外还有六和塔、白塔、西湖、柳浪闻莺、三潭印月、断桥残雪、平湖秋月、苏堤春晓、花港观鱼、曲院风荷、雷峰夕照、南屏晚钟，还有灵隐寺、飞来峰、保椒塔、表忠观、六一泉，"看画船尽入西村，闲却半湖春"的西泠桥，以及西湖十景、钱塘十景，数不胜数，就是玩上个一年半载也看不全的。

杜十娘虽然问则无心，却听得津津有味。让李甲这么一说，觉得苏杭胜地俨然人间天堂，心中不觉神往之。

杜十娘问，听李公子这么一讲，妾一定要去一趟了，不然，岂不

93

是枉活一世么？

良宵对酌

二人越谈越融洽，越谈也越放松，李甲身上的紧张，一时竟也无踪影了。

杜十娘见了这个自费太学生，也觉得神清气爽，毫无倦意。

于是，杜十娘命四儿准备夜宵。并悄悄地告诉四儿，让陪李甲的那位客人早些回去，就说李公子今晚不走了。

四儿是个勤快且伶俐的人，先打发了柳遇春，旋即办妥了夜宵，送到小姐的房中。

在红烛高照下，杜十娘、李甲二人，推杯换盏，相对以酌，非常开心，非常尽兴。

李甲说，早就闻听杜小姐才艺双全，在下想请小姐唱一曲如何？

杜十娘说，好啊。不过，李公子，你知道我唱一曲的收费标准么？

李甲说，不知。

杜十娘问，公子想听大唱呢，还是小唱？

李甲说，何为大唱，又何为小唱呢？

杜十娘说，大唱，就是请响器班子来伴奏。小唱就是妾自弹自唱。

李甲说，那还是大唱吧。

杜十娘说，是吗？那就让我来告诉你，唱一曲少则白银二两，多则不限。还要另付乐师们酬劳，李公子可承受得起？

李甲说，别说二两，就是二十两二百两，我也要听。不然，岂不是终身大憾么。

杜十娘见这位公子口气蛮大，似乎也是个富家子弟，也就不客气了。

于是，命四儿把响器班子的人都叫过来，准备一展歌喉。

怡春院的响器班子，类似今天我们的民乐队，其响器与演奏水平是京师一流的。一级的艺妓配一流的乐队，这也是自然而然的事。平时没事，没客，响器班子的人聚在乐房内，打开所有的窗子，演奏。一则是练练手艺，二则将乐声播放出去，以此招徕风流客人。

很快，四儿就把响器班子的人召齐了。

四儿把歌谱递给李甲，让他点。

李甲拿在手中一看，竟有上千首。而且还附有各种舞蹈的表演、不同戏种的折子戏等等。让人眼花缭乱。暗想，当一个艺妓也并不容易啊。这些段子的练就平素得下多少苦功夫啊——

李甲翻了翻，毕竟是个风流场里的新手，生客，只好把歌谱递给四儿，说，请随意吧，唱一首小姐拿手的最好。

风月轻唱

杜十娘见李甲这样说，便和乐队交换了一下意见，开始唱那首《叙风情》：

　　章台庭院，
　　巫山洞天，
　　风月散神仙。

梦里乘鸾凤,
樽前听管弦。
受用了春花秋月,
歌扇舞裙边。
换千金一笑,
欢娱盛年。
心坚为我,
我为心坚。
相伴玉人娇面。

杜十娘唱得清喉婉转,千娇百媚,让李甲听得如醉如痴。

杜十娘唱过了之后,李甲说,请小姐再唱一个吧,学生还没有听够哩。

于是,乐队整弦调音,再伴杜十娘唱起来:

想才郎心性似杨花,
虚飘飘谁按难拿。
秋千院落荼蘼架,
到处里随风落下。
沾不稳银瓶乡榻,
又一片入谁家。
想才郎心性似风筝,
盼不到万里鹏程,
一丝手内牢牵定,
虚空里安身立命。

一去了何曾见影,
身更比羽毛轻。
想才郎心性似浮萍,
那里也土长根生,
东流西落何曾定,
随风浪一般不性,
常伴着残英断梗,
无半点真诚。
想才郎心性似悠然,
惯牵缠浪蕊狂枝。
春蚕口里浑不似,
织不得回文锦宇。
休道是全无定止,
终有个傍人时。

李甲听罢,一脸的委屈,傻呵呵地说,杜小姐,你莫不是在说我吧?

缱绻风情

杜十娘说,歌词上就是这样写的,我依样地唱下来就是了,李公子何必在意呢。

李甲说,这个曲子不好,听上去好像人间没有真情,男人也猪狗不如。过分,过分。

说着,自饮了一大杯,坐在那里一时有点闷闷不乐。

杜十娘有些吃惊,她还从未见过这样孩子气、又傻得可爱的客人。如此看来,这位客人不但诚实,而且心灵还很脆弱。先前自己唱这样的歌,客人们不是矢口否认,就是狂笑不止地说,说得好!的确如此。没想到这位客人竟如此认真。

想到这里,杜十娘说,来,李公子,我自罚一杯,算是赔罪酒。然后,我再唱一个如何?不要你酬劳。

说着,杜十娘自斟了满满一大杯酒,一饮而尽。

乐队们改弦更张,更调新曲。

杜十娘唱道:

> 得顽,且顽,放不下风流担。
> 万花深入小桃源,
> 信步儿从头串。
> 笑脸乜斜,
> 歌喉圆转,
> 撒红牙三四板。
> 不知醋得眼酸,
> 不吃酒的量宽,
> 只为他相迷恋。
> 得诌,且诌,舞破了春衫袖。
> 月明才上柳梢头,
> 把手儿湖山后。
> 共结同心,

齐开笑口，

弄精神百事有。

而软的不羞，

从窄的不想。

只为他相拖逗。

李甲听了这首，倒觉得十分有趣，连声说，唱得好，唱得好。

杜十娘说，我也有些累了，就先唱到这儿吧。

说罢，给乐队使了个眼色，乐队们站起来，开始收拾家伙。

四儿见李甲还坐在那里一副浑然不觉的样子，就过去悄声说，公子，快付赏钱啊。

李公子一听，才如梦方醒，羞红着脸，从怀里掏出一张银票，给了四儿，说，需要多少，从这里扣去就是了。

四儿拿着银票给杜十娘看。

杜十娘看了，跟四儿说，按老规矩给。

四儿一听急了，悄悄地说，小姐，这个傻帽，不宰白不宰，凭什么放过他呀？不行，银票全扣下。

杜十娘说，你敢，仔细你的皮。这是个生客，能一刀砍死么？得快快的刀，薄薄的片，一点一点来，一刀砍死，下次怎么办？

四儿一听，也觉得有理，但嘴上却说，得了得了，八成是小姐看上这个小白脸了吧。好好好，我还得仔细我的皮呢。该怎么付就怎么付。不过，我和乐师们每人多扣一碗馄饨当宵夜，这总不算过分吧？

杜十娘说，烦死我了。快去吧。

四儿和几个乐师大声地谢过李公子，欢天喜地地去了。

李甲和杜十娘，一直饮到鸡叫头遍，方才歇下了。

那一夜的风情可怎样说呢？真是愁死我了。

李甲倾叙衷肠

话分两头。柳遇春自打送李甲去了怡春院，心里一直有些放不下。一则，李甲毕竟是风流场上的新兵，立正、稍息还不会呢，难免出现差错。二来，风流场不是禅家寺院的善良所在，万一让那里的风流女鬼们宰个天昏地暗，可如何是好。再者，柳遇春也担心，李甲本来身子骨弱，刚刚大病初愈，万一在那里不管不顾起来，出了问题可怎么办？说到底，是自己陪他去的呀，无论如何也是有责任的。

可一连三天，柳遇春都没见到李甲的影儿。真是把柳遇春急死了。

于是，这日下课，柳遇春决定到李甲的住处去看看。

柳遇春到了李甲的住房，见门反锁着。听房东说，李公子前天回来过一次，又匆匆走了，再就没回来。

柳遇春想了想，估计李甲也没什么事。如果有事，也决不会回来的。只是回来后又走了，又到哪里去了呢？总不会再到怡春院去吧？大约是到他父亲的旧好那里玩耍，被人家留了宿也是可能的。

柳遇春这样一想，心就释然了，谢过房东，告辞回去了。

且说这个李甲，在杜十娘那里尝到了甜头，竟然乐不思蜀，几乎天天与十娘形影相伴。或饮酒赋诗，或挥毫作画。卿卿我我，缠绵而不绝矣。

李甲每天都大把大把地往外掏银子。喜欢得妈妈年轻了十岁似的，见了李公子笑得脸上开了花，知疼知热的，一口一个"孩子，孩子"地叫。让李甲觉得这位妈妈比亲娘还要亲哩。

杜十娘见李甲如此痴情，自然也十分感动。杜十娘是一个善良的女子，看到李甲这样大把大把地花钱，心中也有些不忍。就劝他不要天天泡在这里，学业与功名都是顶要紧的大事，况且人又年轻，家庭条件也很好。万不可把前途荒废在这里。正所谓，梁园虽好，不是久恋之家。如果实在想我了，晚上抽空过来看看就是了，大可不必这么铺张浪费。

杜十娘这么一说，竟把李甲感动得泪水涟涟的，反而越发地爱杜十娘了。

李甲说，我李甲实在不是个读书做官的料，无奈家父逼着，不得不出来上这个太学。可上了一阵子，课又听不懂，如同天书一样。你说，学习不好的人就不活着了吗？不也得活吗？我也应当有追求幸福、追求爱情、追求自由的权利吧？我为什么偏偏要按照别人的设计，去走自己人生的路呢？我苦不苦哇！

杜十娘不动声色地替李甲揩净了眼泪，听他继续说。

李甲说，我原以为自己这一生一世算砸了，没什么开心、幸福的事了。活在世上，就是行尸走肉而已。没想到，苍天有眼，让我遇上了十娘你，我真是太幸福了。我一生一世也不要离开你，花再多的银子我也心甘！

说毕，一头扎到杜十娘的怀里，死死地搂住杜十娘不松手，唯恐杜十娘跑了似的。

杜十娘不觉仰天长叹起来。心想，难道这位真就是自己的如意郎君吗？

尴尬的李甲

不出半个月,李甲带来的银子差不多花了个精光。

明代的教妨院,就像现在的游乐厅的老虎机似的,有多少钱也不够往里扔的。别说一个小小的李甲了,有多少王孙公子因为逛这儿的名妓、摆谱斗富,最后都倾家荡产了。李甲的那几百两银子,又算得了什么呢?

为了能与杜十娘厮守,李甲一方面给家里捎信,让家里火速寄钱来,并编造了若干理由。另一方面,则到父亲在京做生意的朋友那里借钱,说一些这样或者那样的理由。父亲的朋友因为事先李布政有话,也都顺顺当当地把钱借给他。反正他爹扛着呢,没什么可担心的。

千金买笑,挥金如土

有了钱,李甲在怡春院的生活就是神仙般的日子了。

这期间,柳遇春去过几次李甲的住处,但一次也没见到他。到怡春院去打听,那里的人支支吾吾,不甚了了的样子。柳遇春只好悻悻而归。

这时,李甲与杜十娘的感情逐渐升级。一个非十娘不娶,一个非李甲不嫁。许许多多的誓言，真是惊天地而泣鬼神。

　　杜十娘当然不喜欢经年地在这里混，混个人老色衰，门可罗雀再走。这些年来，她也一直暗中寻觅如意的郎君。只要人好，不计较自己风尘女子的身份，哪怕这个男人就是普普通通的一个人，文化不高，不是干部，没有城市户口，这都不要紧的。只要两口子和和美美地过日子就知足了，就烧高香了。

　　现在，这个人就睡在自己的身边。看来，自己从良的计划可以启动了。当然，得处处小心，时时谨慎才行。风流场上受骗上当的女子太多了，要考验、考验、再考验才行。没有十二分的把握是不能兜底的。

　　李甲呢，从小在父亲的严厉训斥下，基本上没什么自由可言。另外，明朝的社会是封建社会，平日里，李甲接触的女性少得可怜。那是一个男女有别的时代，自由恋爱的事你想也别想。现在，在这里遇到了温柔美丽又善解人意的杜十娘，他怎么能不倾情往之哟？他当然要不顾一切了。

　　不过，他的爱情是有代价的，即付费。

　　这就麻烦。

　　怡春院的妈妈很贪婪。明明知道李甲并不是一介巨富，可仍然想方设法，变招地往外榨李甲的钱。一会儿说某某姑娘过生日，李公子是不是表示一下呀，一会儿说，哪家哪家的馆子来了新厨师，烧得一手好菜，是不是李公子请客买些回来，让姐妹们尝尝。

　　李公子很好，只要不把他从杜十娘身边分开，让他做什么都成。

　　那一阵子，怡春院的姐妹简直是过美食节一样，天天都有好的吃。小到果料糖蜂糕、重阳花糕、枣荷叶、元大都的烧麦（元大都的烧麦还有吃法的讲究呢，春天吃青韭馅的，夏天吃羊肉西葫芦馅的，秋天则是蟹肉馅的，到了冬天，则吃三鲜馅的）。除此之外，还有羊眼包子、倒僧帽、达斡儿的饸饹、莜面搓鱼儿、木樨小枣、馓子麻花、姜汁排叉、驴打滚、小枣粽子、漏鱼儿等等，差不多把京师的名小吃都吃遍了。大菜呢，更吓人了，什么烤鹿肝、清蒸细鳞鱼、糯米八宝鸡、燕窝八仙鸭、抓炒大虾、万字扣肉、它似蜜、西瓜盅、罗汉斋、菊花火锅、红娘自配、百鸟朝凤、烤乳猪，只要有人说个名堂，李甲就说："行！"

这点儿让杜十娘都看不下眼去了，这明明是在抓冤大头嘛。

愁煞柳遇春

一晃，一个月过去了。

李甲终于在国子监出现了。

但此时人已经精神恍惚了。然而，妙就妙在，他的嘴角上、眉梢上，还挂着甜蜜的笑容。

无论李甲走到哪里，浑身都散发着一股浓烈的女人香粉气。从他的神情，从他身上荡出的气味，又从他向别的同学借钱的现象看，同学们对李甲的行踪也猜了个八九不离十。不少正派的学生都远远地避开他了。

老师呢，在讲台上该咋讲还咋讲，口若悬河，满嘴经纶。老师才不管这些高价自费生听与不听呢，主要是他来情绪了，俨然巫师在祭台上作法一般，张牙舞爪，非要满足一下自己的口欲不可。

下了课，柳遇春回到自己的寓所，吃过饭后，怎么也读不下书去。有道是，美不美，家乡水，亲不亲，乡里人嘛。李甲到了这种田地，真是让他担忧，在太学读书，学习可以不好，有枯燥的感觉也未尝不可，但终要耐得住寂寞才行，说什么也得把文凭和功名混到手里哇。不然，到国子监来干什么呢？

柳遇春觉得李甲在风流场陷得太深了。国子监的太学生也有不少人去那里寻开心的，但都浅尝辄止，点到为止，乐一乐就是了，并不留恋，亦不缠绵，更不会往那个无底洞里大把大把地扔银子。可做梦也没想到的是，这个平时不言不语、老实巴交的李甲，竟然是个情种，一切不管不顾起来。这样下去还了得吗？

柳遇春这样一想，越发觉得自己有责任去劝一劝李甲，无论如何要把他从那个风流场拉回到正路上来。

然而，怎么个拉法，怎么个劝法呢？如果仅仅是说一堆规劝的话，恐怕不能奏效。最好的办法是，不让李甲频频接触那个杜十娘。这样就断了线了。可是，又怎样做才能不让他接触到杜十娘呢？

柳遇春想来想去，觉得只有一个办法可行，那就是先断了李甲的财路。李甲手里没有银子了，就是他一万个想去那里，可那里总不是慈善机构无偿提供他消费，提供他"爱情"的吧？所以，被迫，他也得回来。

柳遇春知道，李甲的钱已经花光了。不然不能向同学借钱。现在同学们已经不再借钱给他了，这很好，再堵住他的其他财路，此事便可以奏效了。

柳遇春主意已定，立刻出门去办这件事。

柳遇春的良苦用心

柳遇春大致上知道，李甲的父亲李布政在京做生意的那些朋友。

李甲初到京城时，他曾陪着李甲去过这些父辈的朋友家。因为李甲天生腼腆，怕见生人，执意让柳遇春陪他去。当时柳遇春也只好随他去了。现在看来，还派上用场了。

柳遇春凭着记忆，一家一家地去找。到了人家那里，先说明身份，再说明来意。意思是说，我的老乡、我的同窗好友李甲，不慎被教坊院的一个艺妓迷住了。李甲年轻无知，又刚刚来到此大邦之都，没有经验，白白地花去了不少钱。身体也愈来愈差了。学习也渐趋荒废。这么下去怎么行呢？于是，想来想去，若想让李甲回到人间正道上来，第一宗要事，就是断了他的财路。他手中没了钱，想去那里也去不成了。

李布政的好友们，听柳遇春这样一说，连连称是，答应以后再也不借给李甲钱了。并都称赞柳遇春是个好青年，也是个好朋友，真正的朋友。

柳遇春说，我来你们这儿的事儿，请千万不要告诉李甲，免得伤了和气。

那些长辈听了都呵呵大笑，说，你以为我们是小孩子么，放心去吧。

柳遇春走后，这些李布政的老友，并不完全相信柳遇春的话。万一柳遇春是个阴谋离间之徒呢？到这里来诬陷李甲，岂不是坏了与李布政的友谊。因此，他们听到这个消息后，立即打发家人分别到国子监和怡春院悄悄地打探消息，看看事情是否属实。如果不属实，反而要找李甲，让他防着柳遇春呢。

结果，调查的人很快将情况摸回来了。一句话，柳遇春说的属实，不仅属实，还有点避重就轻……

这些前辈听了这个消息，心情当然很沉重，也很为李布政难过。为了稳妥起见，纷纷写信给绍兴的李布政，委婉地说一下今后拟不借给令郎钱的原因，请李布政急来信示。他们怎么做好，银子是借给好呢，还是不借给好。

他们之所以这样说，也是担心李布政误解。当父亲哪有不爱自己儿子的呢？万一他不相信他们说的话，岂不是不妥？如果李布政不相信，那好，照借不误。你李布政的钱就花吧。说到底，李甲又不是我们的儿子。

这些商人都是久经世故，也老于世故的人，他们非常清楚一条，那就是，别以为你做好事，办有义气的事，别人就当好事、义气去理解，搞不好，还会怀疑你们这样做的背后有什么不可告人的目的呢。

李布政的厉信

这些人的信纷纷都发出去了。

不久，便一一地接到了李布政的回信。一是由衷地感谢；二是被儿子的行为气极了（但究竟是什么样的行为，李布政也不十分清楚。因为这些朋友的来信，都说得含糊其词），请朋友们帮他多加管教一下李甲;三呢,千万别让他儿子饿着,设法保证李甲正常的衣食住行。谢谢了。

另一方面,李布政给儿子写了一封措辞严厉的长信。告诉他马上悬崖勒马,不然,将对他采取措施。

李布政说,我既然有能力花钱花粮送你到太学去读书,同样,我也有能力把你送到边关去当兵,让你在军队里干最苦最累的活儿,把你改造过来!你就是一个顽石,我也要把你改造成一个面团儿!

李布政在信中还告诉李甲,今后,他的口粮、菜金、房租,及日常杂费之类,不再交他本人,而是寄给他在北京的一个朋友。他想要钱,到他的朋友那里去取。

李布政的那个朋友同时也接到了李布政的信和银票。但这个商人朋友很聪明,并不把钱直接给李甲,而是事先把李甲包伙的饭费、租房子的钱付给了饭店的老板和租房子的房东。这样,李甲在吃饭住房方面,就可以高枕无忧了。至于零花钱,那能有多少呢?是绝不够到怡春院去消费的。

正在怡春院乐不思蜀的李甲,接到父亲的信吓了一跳。当天就回到住处,哪儿也没敢去。

他不知道父亲怎么会知道他的事。可他一想,父亲也没法不知道,他这些日子几乎天天泡在怡春院,同学们谁不知道呢?再说,他在京师挨个酒家点菜,往怡春院送,已经在市面上炒得沸沸扬扬了。还有,自打和杜十娘相爱之后,杜十娘对昔日的那些王孙公子,一律不见,无论对方出多少银子也不见。等等之类,能不传到父亲那些在京的朋友耳朵里么?而父亲的那些朋友又怎能不写信告诉父亲呢?

想到这里,李甲感到,爱一个人有多难啊。

李甲哭了,委屈得不行。

哭完了，心里的理智还是有的。知道自己长此以往也不是个事，还是控制一下，隔三天去一趟，或者隔两天去一趟，至少也得隔一天去一趟。总不能天天待在那里。两情若在久长时，不在朝朝暮暮嘛。

三天的浪子回头

第二日，李甲果然就没去怡春院。表现得很丈夫，很男人，很君子。而且他还很太学生地去上课了。

柳遇春看到李甲这副神态，心中不免暗喜，长长地舒了一口气。心想，总算是把李甲兄拉回到人间正道上来了。

李甲下了课回到寓所，饭店就派人过来了，招呼他去吃饭。李甲好生奇怪，心想，自己已经多日不包伙了，而且也一直没付饭钱，怎么又来招呼自己去吃饭呢。仔细一问，才知道是父亲的朋友替自己事先付了包伙的饭费。既然如此，那就去吧。

到了饭店，竟是四菜一汤，相当不错。李甲边吃边流泪。他真的好感动。父亲再严厉，可骨子里也是个慈父呵。自己不好好上学、念书、取得功名，对得起谁呢？

再去上课，便主动从同学那儿借来课堂笔记，一一地抄写。不管怎样，也得把落下的课补上，哪怕补个大概意思也行。

当然，他也不是不想去杜十娘那里。然而，一吃父亲为他包的伙食饭，改邪归正的信心就上来了，他咬牙切齿地说，挺住，一定要挺住啊。

一连三天，李甲都板板正正地上学去了。

四儿向李甲如此说

怡春院的杜十娘三天没见李甲踪影了,便打发四儿过去看看,万一李甲病了呢?她有些担心。她真的很心疼他。须知,杜十娘的未来,就系在李甲一身之上啊。

怡春院的妈妈见李公子这两天没来,也有些奇怪。她知道李甲手中还有一些银子,并没有全光。怡春院还得把他手中的钱全部榨光才行。但又一想,不来就不来!这种事,都是逢场作戏的勾当,又不是什么结发夫妻。有道是"金榜题名虚富贵,洞房花烛假姻缘"嘛。这是至理名言,是放之四海而皆准的真理呀!管他那个乌龟王八蛋来不来呢。还以为这儿拿他当碟菜呢。逗你玩儿,呸!

四儿在李甲的寓所一直等到李甲下课。

李甲见了四儿,非常高兴,忙把四儿让到屋里,问长问短。

李甲问,四儿,十娘怎么样,还好吧,想没想我,念叨我没有?这两天是不是有什么新客去了,十娘一定出去接待了吧?

四儿小眼珠一转,说,嗨,可别说了。我家小姐见你这两天没来,以为你一定是生病了,或是出门走路不小心被车啦马啦撞了,急得要命,几天几夜,吃不好,也睡不好。这倒也罢了。可妈妈却不能让我家小姐闲着不挣钱啊。妈妈说,咱们怡春院是干什么的还不知道吗?有道是,干什么吆喝什么,赶快出去给我接客去。这些日子,你都让李甲那个混小子一个人独占了,多少王孙公子拿着银子金子都靠不上前,这耽误我老娘多少进项啊。

李甲一听，脸色骤变，忙问，那，那，你家小姐又怎么说？

四儿说，嗨，我家小姐太傻……

李甲说，接着说，接着说。

四儿说，不说了。

李甲说，为甚不说了，莫非有什么难言之处么？

四儿说，我凭什么告诉你这些呀，你给我什么好处了？是不是？

李甲说，好好好，我给你一两银子。

说着，李甲掏出一两银子给了四儿。

四儿说，不够，二两才行。

李甲没办法，只好又取出一两，一并放在四儿的手里，说，这回该告诉我了吧。

李甲动心

四儿说，我家小姐对妈妈说，行是行，不过，我得先派四儿到李公子那里去看看，如果是李公子负心于我，我也就没话可说，一切都听妈妈的安排。如果，李公子不过是临时的头痛脑热，歇个三天两天，他还会来的。我就哪个客也不接，专等他来。

李甲急着问道，妈妈怎么说呢？

四儿说，妈妈也没办法，只好等我的消息了。

李甲听了之后，在屋子里来回搓手踱步，一时不知如何是好。

四儿说，嗨，我说李公子呀，你也真是的，男子汉大丈夫，能不能整得痛快一点儿，给我个痛快话，你是去还是不去。你可千万别以为我们怡春院全指望你呢，个个都在盼着你去呢。没这种事儿。怡春院还缺客人么？笑话。只是我家小姐对你太痴情，也不知你使了什么手段，给我们小姐下了什么药了，对你竟一往情深起来，啧啧啧，真是可惜这么天仙似的一个美人坯子。

李甲说，好好好，别说了，我现在就随你去。

四儿问，想好了？

李甲说，想好了。

四儿说，嗨，你可别为难自己，不想去就是不想去，没什么的。

李甲说，想去想去。

四儿说，决心下了？

李甲说，下了，下了。快走吧。

四儿说，银子都带足了吗？就是上庙，还得带点香油钱呢。你说我说的是不是？

李甲说，都带足了。走吧。

二人出了门，四儿又叮嘱李甲把门锁好。李甲锁好门后，又去包伙的饭店告诉一声，说他这几日不在饭店吃了，要出去做社会调查去，好写一篇论文，都是急事，也是正事。饭菜呢，都送给房东吃就是了。钱照付。不过，这事儿别告诉父亲的那位付伙食费的朋友，免得误会了。

办妥了这件事后，二人才急急忙忙奔向怡春院去了。

途中，在四儿的建议下，二人又去了一趟鲜花店，买了一篮子鲜花，打算送给杜十娘，意思是赔赔罪。

四儿和李甲举着这么一大篮子鲜花，径直奔教坊院，显得十分招摇，也惹得不少路人嗤嗤地笑，觉得十分滑稽。

李甲看到路人这样的表情,也非常不好意思,不觉低下了头。可四儿一点也不在乎,谁看她,她就瞪谁一眼,骂一句脏话。

李甲再进怡春院

李甲由四儿陪着,进了怡春院。

一进怡春院,妈妈就满面春风地迎了上来,说,啧啧啧,你这是咋的啦,有四五天没来了吧?

李甲说,没有,妈妈,我只有三天没来。

妈妈说,你看看,你看看,就三天没来?不对吧,我怎么感觉有四五天没来了呢?

四儿在一旁说,那是妈妈想李公子急切的缘故。

妈妈说,闭上你的乌鸦嘴,我这么大岁数的老太婆想个年纪轻轻的小伙子干什么?不过,李公子,话又说回来,我还真有点惦记你,你这孩子多好,招人念想……

四儿说,行了行了,妈妈,我家小姐在里面都等急了,快放我们走吧。

妈妈说,好好好,快去快去。今儿中午呀,我请客。

李甲说,不必了,还是我请客吧。

妈妈说,嗨,你就给老身一次机会嘛。

李甲说,不用了,还是我请吧。

妈妈说,真的,不给我这个表现的机会啦?那也好!李公子毕竟是个爷们儿嘛,不好意思让我一个老太婆请,那就算了吧,恭敬不如从命,就一切听李公子安排吧。

怡春院的那些姑娘听了,都掩嘴而笑。不过,也十分羡慕杜十娘,竟能把一个好端端的大活人骗到如此呆傻的地步,这都是什么样的本事呢,恐怕光凭一张漂亮的脸蛋,还不行吧。

李公子随着四儿走远了。妈妈立刻说,快快快,今儿个晌午咱们会餐,有这个傻小子掏钱,咱们得好好宰他一下,都过来,研究研究,今儿我们吃哪家做的菜。

几个姑娘听妈妈这样一说,都来情绪了,纷纷围拢过来。

平日里,这些姑娘也都是一些配角,好样的客人并不找她们。怡春院,包括这教坊的六院,真正唱主角的还是杜十娘。

这次有了这么一次开荤的机会。于是这些姑娘,你点一个炙羊心,我点一个雪婴儿,你点一个烧甲鱼,我点一个野猪鲊。接着,又点汤饼、胡饼、羊肉包子、烧麦之类。乱七八糟,不伦不类,叫了一大堆。

最后,姑娘们,丫鬟们,让妈妈点。

妈妈说,胡说什么!我是吃斋念佛的,我怎么能吃荤?行啦,点一两个干净的素菜给我就是了。

——商定好了之后,让下人把这些菜单记清楚,打发他抓紧去办。

这边呢,则张罗摆桌子,摆凳子,专等美味佳肴一上,立马开吃。

所谓,不吃白不吃,吃了也白吃,白吃也得吃。

哎哎,这种乌七八糟的地方怎么去得哟。

我真有点可怜李甲。真的。

鸳梦重温

杜十娘见四儿端着花篮，领着李甲进来，慌忙起身迎接。

杜十娘拉着李甲的手儿，上上下下的，看这儿看那儿。李甲在这种关心至爱的目光下，眼睛里委屈泪水一点儿一点儿地满了，然后，一滴，一滴，往下滚落。

杜十娘看到李甲一切都好好的，才扑在李甲的怀里说，看到公子好好的，我就放心了。

李甲死死地搂住杜十娘说，十娘，我再也不离开你了！我发誓。

二人搂了一会儿，杜十娘才让李甲坐下来，然后对四儿说，四儿，去安排点热汤面给李公子。

四儿笑嘻嘻地说，不用了，今儿晌午李公子请客，妈妈都打发人去酒家取菜去了。一会儿就开饭了。姐妹都还要聚一聚，庆贺李公子和小姐团圆呢。

杜十娘听了，咬牙切齿地说，你们这些黑心狼，变着法儿地榨人，非要把李公子吃光、榨光不可呀！四儿，你为什么不制止呢？

四儿说，咦，这跟我有什么关系？都是妈妈一手安排的。开始也不是李公子请客，而是妈妈请客，可李公子不干，非要自己请客不可的嘛，怪我什么事儿。

说完，还嘟嘟哝哝地说，花不起钱，就别到这种地方来……

杜十娘听了，长叹一声说，公子，下不为例吧。不能再这样继续下去了。这是什么地方啊，你知不知道？你花这么多钱请她们喝酒吃

115

饭，你以为她们会喜欢你，领你的人情么？不！那是白日做梦，那是痴心妄想！他们就是吃了你的骨头也不说你一个好字的！公子啊，你怎么这么糊涂啊……

四儿在一旁嘟哝着，我看不是李公子糊涂，而是小姐你糊涂。

杜十娘火了，喝道，你给我滚出去！

四儿委屈地说，滚就滚，有啥了不起的。

说完，就走了。

四儿刚走不长时间，又回来了，半打开门帘儿，说，小姐，李公子，妈妈说，吃饭了。

杜十娘拿起一个坐垫朝四儿打过去。四儿嗷一声，吓跑了。边跑边说，不吃拉倒。不吃我们可要吃了。

李甲说，十娘，何必动这么大的肝火。这毕竟是小事一桩啊。我三天没来，请姐妹们吃一顿，真的不算什么。再说了，人心都是肉长的，就算她们不说我个好，可总不会恨我，唾我吧？

杜十娘看着一脸傻气的李甲，叹了一口气说，恨你倒不至于，但是，唾你可就是天经地义的事了。风流场的事你不懂啊——

今李甲非昔李甲

时间要说它快，那可是真快呀，几乎是转瞬之间，又一个月过去了。

柳遇春这其间找过李甲几次，终未寻到。到怡春院去，众口一词，一律说未见过李甲。

明朝就是这样，不像现在，实在找不着，打个电话，电话不接，可打个传呼，或者发个传真，或者电子邮件。那个时代没有这些现代化的通信工具，找不着，就是找不到了。一点办法也没有。

柳遇春想，作为朋友，自己也算尽到责任了。毕竟李甲不是自己的一奶同胞。过分的举动，也的确需要斟酌。有道是"劝赌不劝嫖，劝嫖两不交"。柳遇春也只好随他去了。

话说李甲这头。

李甲在怡春院生活得非常滋润。同杜十娘在一起俨然夫妻一样，甜蜜的爱情，诗一般的小日子，过得有板有眼，一不留神，还以为这二位是真夫妻，是相亲相爱的小两口呢。

在怡春院的日日夜夜里，李甲的人生观、世界观、价值观、思维方式也发生了翻天覆地的变化。过去，自己觉得羞愧的事，在这里混久了，不但不觉得羞愧，反而觉得很自然。过去羞于启齿的事，需要避人耳目的事，现在也不在乎了，该说说，该玩玩，甚至公然领着怡春院的姑娘们逛街，下小馆。真是有点不像话了。好像怡春院就是他的家庭一样。

李甲觉得只有这样生活生命才有质量，才值。人生苦短，得及时行乐呀。那些整天为功名啊，学业啊，甚至国家社稷呀，忙得个昏天黑地的，累不累呀？凭什么呀？玩吧，乐吧。

事情败露，两头维艰

一眨眼的工夫，又是一年过去了。

在这一年里,李甲也间或地到国子监上两堂课,应付应付。然而也是不得不应付。万一学校来了认真劲儿,把自己除名了呢?犯不上找那个麻烦。只是一听老师讲课,头就大,就想睡觉。

到了日子,李甲就去父亲的那位朋友那里领零花钱。领了钱,立马回怡春院。他父亲的那些老朋友也拿他没办法。钱终是李家的,替人管着,要一笔,问一笔,不好看。算了吧,竖子不足以谋。该老鼠成不了老虎,随他去吧。烦了,臭了,是谁的儿呢?喷!钱花光了,一切也就结束了。不再扯这个了。

然而,就在这一年里,李甲让绍兴的老父亲担老心了。老人家几乎天天写信,要他这样,要他那样,意思是一定要认真读书。要做一个有为的青年,做一个有道德、有理想、有文明、有学识、有志气的"五有"青年。李甲看了父亲的信,开始还心里有所波动。到后来,一笑了之了,根本不以为然。

后来,李布政终于得到确切的消息,知道自己的儿子不但不好好读书,而且公然睡在妓院里。立刻写信,让他马上回绍兴。李甲看了父亲的信,吃了一惊,他哪敢回去呀,回去老爹不得剥了他的皮呀。再说,这一头也舍不下杜十娘啊。

杜十娘倒是劝过他几次。但一劝,李甲就哭,让杜十娘也毫无办法。

父亲催过几次,仍不见儿子的踪影。于是,父亲便断了他的钱粮,看他回不回去。可李甲仍然不肯走。

就这么硬靠着。

但是,父亲的钱粮一断,李甲立马就成了赤贫了。身上很快一文不名了。那些父亲的朋友根本不借钱给他。他只能耗在怡春院不走。实在耗不下去,便偷偷地出去,回到寓所,把自己带的换季衣服、鞋子，拿到当铺当了。然后，把钱交付给怡春院的妈妈。

两袖清风的李甲

怡春院的妈妈，那是多么精鬼的人哪，一眼就看出李甲打秋风了。今天送几个小钱上来，明天又弄几个小钱交到手。就是这种德行了。

妈妈问他，这点儿小钱儿是哪来的。

李甲的脸一红，说，回妈妈的话，是我典衣服的钱。

可一个月之后，李甲连可典的东西也没有了。

妈妈心里想，他口袋里别说银子，恐怕连一个大子儿也没有了。脸立马就冷了下来。怡春院做的生意，不是伊甸园。于是，妈妈经常冷言冷语地敲打李甲。李甲也装作什么都听不出来，整日躲在杜十娘的房里不出来。吃饭呢，也是由四儿端进来，吃完了，再由四儿抽空把碗收拾走。

杜十娘对李甲依然爱恋着，而且越是在李甲困难的时候，她越是倍加地呵护他。

一日，妈妈把杜十娘叫了出来。意思是，差不多了，李甲已经没钱了，找个空当打发他走人算了。还玩上真爱情了？真是。你要不好意思说，我和四儿说，不出三天，保证让他滚蛋。

杜十娘却说，妈妈，李甲落到这种地步，咱们也有责任。现在李甲有家归不得，学又念不成，口袋里连一文钱也没有。我们把他赶出去，他怎么办呢？

妈妈说，咋？他是死是活，管老娘屁事。好了，你马上给我赶他走。

杜十娘一听，砰一声，把门关上，把妈妈关在了门外。

老娘气得没着没落的，直翻白眼。

妈妈毕竟是"妈妈"

从那以后，只要她见到李甲，立刻指桑骂槐，或者直接对李甲进行人身攻击。

妈妈希望通过找别扭，把李甲惹火了，干起架来，激他一下，让他一怒之下，走人算了。

没想到，这个李甲任妈妈怎样骂，怎样损，就是不火，顺着眼听着，不做一句反驳。

气得妈妈站在杜十娘的门口，跳脚骂，杜十娘，咱们是干什么吃的你不知道么？干咱们这行，就是吃客穿客，前门送旧，后门迎新。只有这样我们的生意才能火呀，才能有吃有穿呀。这回可好，自打这个李甲来了以后，开始还行，是个懂规矩的主儿，该付钱付钱，该买单买单。现在呢，差不多挂了好几个月账了，行了吧？仁至义尽了，该走人了吧？咱们还得做生意呢。新客来了好几个，你都不接待，过去的旧客呢，人家揣金带银的来了，你也不见，咋，你要造反吗？

杜十娘在里边一听，也火了，说，妈妈，李甲初到咱们院来，也不是空手来的，你挣了人家多少钱心里还没数么？

妈妈说，今天是今天，昨天是昨天，能葫芦绞茄子，算在一块么？好好好，我闲话少说，你让你那个李甲赶快出几文钱，我好去买米买柴，养你们小两口呀。这不过分吧？

里面却一点声音也没有。

妈妈又说,这可倒好,人家养姑娘是摇钱树,日子一天比一天过得好。可我养这个姑娘,真晦气,竟是个退财的白虎。放着大钱愣是不挣,倒让我这个老太婆替你这个小贱人白白地养这穷鬼。我的钱是从天下掉下来的么?

妈妈越说越气,说,你个小贱人,告诉那个穷光蛋,他要是真爱你,让他出几两银子,你就跟他走,做夫妻去。我再讨个丫头顶你的位置,干我们的买卖。

杜十娘一听,立马说,妈妈,你说这话当真?

妈妈知道李甲已经穷到骨头了,而且为了在怡春院混,连自己的衣服都当光了,上哪弄钱去呢?

妈妈便说,当然当真,青天白日的,我还说瞎话不成。

要从良,三百两银子

杜十娘问,好,妈妈,你要他出多少银子,就放我跟他走?

妈妈随口说,要是别人,我至少得要一千两银子。好笑的是,这个李甲出得起吗?打死他也出不起呀。算了吧,就出三百两吧。我拿这钱再去买一个粉头替你就是了。不过,我只限三日。三日之内,我见不到银子,我可不管什么李公子、王公子,一顿拐杖,打出门去!

杜十娘说,李公子虽说现在手头无钱,不过三百两银子还是能弄来的。只是三天就要三百两不行,时间不够,限十天吧,行不行?

妈妈心想,这主儿已经穷吐血了,而且,人人都知道他泡妓院,谁肯借钱给他呢。别说宽限十日，就是宽限一百日，他也弄不来银子。没了银子，他怎么还有脸回来？只要他回不来，杜十娘还是我的摇钱树嘛。

这样一想，便说，好，看在你的面上，十日就是十日。不过，十天限期一到，再拿不出银子，就别怪我不客气了。

杜十娘说，好好好，若是李公子十天内拿不出银子，谅他也没脸面来了。只是怕李公子真的拿出银子，妈妈又反悔了怎么办？

妈妈说，混话，我都五十多岁的人了，而且又吃斋念佛，能说话不算话么？好，我与你击掌为定。如果我反悔，来世做猪做狗！

说着，杜十娘开门出来，与妈妈"啪"了一下，击掌定了这件事。

冯先生写完这段时，还写了一首诗，抄录如下：

  从来海水斗难量，可笑虔婆意不良。
  料定穷儒囊底竭，故得财礼难娇娘。

初履赎人计划

在杜十娘与妈妈击掌定盘的时候，李甲在房内一直偷听着她们的谈话。听过之后，一声未吱，默默然，呆呆然，心里已凉了一半儿。仿佛是大限已到的那种感受。

妈妈走后，李甲闷闷不乐，但也不好再说什么了。真的是山穷水尽了——

杜十娘问，刚刚我和妈妈说的话，你都听见了？

李甲说，听见了。

说罢，长长地叹了一口气，泪水又流了下来。

杜十娘笑了笑，并未多言，张罗晚饭，也温了酒，默默地陪李甲用过了，便早早地歇下了。

"幸福"过了，李甲翻来覆去地睡不着。并不断地叹气，不断地流泪。

杜十娘说，难道郎君不想赎我出去么？

李甲说，那怎么会呢，我爱不爱你，一年多了，你也能感受到。只是从教坊往外赎人，少则千金，我上哪弄去？现在我已经是两袖清风，一贫如洗。别说千金，就是百金，也无处可觅呀。唉——

杜十娘说，我已经同妈妈商定好了，只要花三百两银子，就可以把我赎出去。但是，这三百两银子必须在十日内交齐。我也知道郎君的钱花得差不多了，但是总不能说一点办法也没有吧？比如可否向京师中的亲朋好友借一点，凑一凑。凑齐了，今后我就是郎君的人了，也免得受那虔婆的气呀。你说呢？

李甲听了，想了半天，方下了决心，说，就这么办！我呢就说老爹来信了，我得回绍兴了，向各位借路费。他们能不借么？肯定能借。也只有这样才能把赎你的钱凑齐。不然，亲朋好友都知道我整天泡在怡春院，决不会借钱给我的。

见李甲这样说，杜十娘好感动。觉得此身托给这样的伟男子，一个字：值！

一夜无话。二日，李甲早早起来，杜十娘帮他梳洗之后，草草用了一点早餐，李甲就起身告辞了。

杜十娘一直把李甲送到大门口，嘱咐道，多动点脑筋，抓紧时间。我在这儿等你的好消息。

李甲头也不回地说，放心！我心里有数。

李甲走后，四儿高兴地说，总算走了。

杜十娘白了她一眼，没说什么，但眼泪却扑簌簌地落了下来。心想，真是难为了这个大男人了。现在就看他能不能通过这一关的考验了。

四儿见杜十娘如此的模样，也就噤口不言了。

从山坡上滚下来的石头

李甲出了怡春院，先回到寓所，房东见他回来了，忙交给他一沓信，李甲一看，妈的，全都是家里老爷子来的信。他也懒得打开看，开门进屋了。

房东在他身后说，李公子，你走了这么长时间，那个叫柳遇春的人来找过你好几次呢。

李甲说，知道了。

房东又说，你包伙的饭店前些天，天天催你去吃饭……

李甲说，我不是说过，你替我吃了就算了。

房东叹气了，说，老身哪里是想占便宜的人哪，只是觉得扔了可惜。不过，现在伙食也断了。要吃，得让人家再送饭过来。这里我告诉公子一声。

李甲说，知道了。勿啰唆。

李甲进了屋，见屋内尘封网织，一派萧条。触景生情，李甲心中好个凄凉。

呆呆地坐在榻上,不觉又落下泪来。心想,好端端地到北京来求学,求功名,不想竟落到如此地步。是不是自己太好色了?

李甲和衣倒在榻上,知道现在自己如顺风之船,已无法逆行了。他心里什么道理也都明白,也知道与风尘女长期厮混下去并非良策,可是,心是心,脚是脚,照例还是顺着这条道往前走。李甲自问道,这说明了什么呢?一句话,没出息呗。

李甲又想,假若杜十娘是个良家淑女,一切也就迎刃而解了。一是,不必担心名声,正常恋爱,有何不可?二呢,说心里话,也用不着花这么大的价钱。一切都是顺顺当当的,弄不好,父亲还会感到高兴呢。看来,越高尚的越花钱不多,越粗俗下流的,不仅要花个大价钱,而且还要背负个骂名,天道不公啊——

想到这里,李甲用脚狠命地揣了两下床。

可这又起什么作用呢?连李甲自己也觉得好笑,滑稽。

李甲心想,这下自己算完了。现在只有骗了,骗一天是一天。有道是天无绝人之路,走一步算一步,乐一天算一天吧。

想到这儿,竟昏昏地睡了过去。直到房东敲门,喊他去饭店吃饭,他才起来。

李甲起来之后,不觉奇怪,说,饭店不是不管饭了么?

房东说,这一顿是我特给你留的。去吧。

饭店的饭菜,照例是四菜一汤。只是最后一顿了。看着这四菜一汤,父亲的形象又显现出来了。李甲的心便哆嗦起来。心想,如若自己真的回绍兴去,父亲见自己如此狼狈,如此没出息,没准儿真的把自己送到边关大漠去充军。岂不是更惨?如此看来,这家是万万回不得的呀。

他面对热热乎乎的饭菜,李甲也深深地感到对不起父亲。父亲还是好父亲啊，只是儿子不是什么好儿子。

道理、感情，李甲全都明白，甚至比明白人还明白，只是，他像滚在半山坡上的石头，已经停不下来了，只有一个劲儿地往下滚，往下滚。

吃过饭，李甲又讨了碗茶漱口。揩净了油嘴，心里说，走吧，吃过了，现在该用这张嘴撒谎去了。

说到钱，便无缘

借路费的事，李甲已经事先设计好了。当然借的对象，都是父亲李布政在京经商的那些朋友。

先到赵家。赵听说李甲要回绍兴去，点头说，好好，回家吧，休养一段，一切都会好起来的。这个主意不错。小子，你太重感情了，这可不行，你还年轻，经历的事太少。回家好好想一想，就会有完全不同的结论。回去以后，代我向你父亲问好。

李甲说，谢谢。这次到您这来，除了辞行，还有一事相求，想借点盘缠。十两不算少，百两不算多。三分利或五分利都行。没办法。多帮忙了，我在北京举目无亲，也只能仰仗前辈了。

赵说，非常惭愧，你父亲有话，不准我们借钱给你，这件事，你不知道？

李甲说，是，我知道。可这次借的是回家的路费，和一般的借贷性质不同。

赵说，小子，你不要骗我，是不是还欠那个教坊院不少钱，逼得你没办法了，才出此下策来唬老夫啊？

李甲说，不不不。绝对不是这样的……

说着，李甲的脸就红了。

赵仔细地看了看李甲说，好吧，钱可以借给你，不过，得一个月以后。最近我手头有点紧。资金周转不开。还有，借钱的事，我得事先跟你父亲核实一下。如果不是这样，你父亲会怪罪我的。行啦，时候不早了，回去吧。不妨到别处去试试。

李甲从赵家出来，狠狠地打了自己一记耳光。只好去另一家姓钱的人家去借。

钱家的情况同赵家大同小异，说想借钱，可以，但必须得有他父亲的亲笔信才行。不然，是不能借的。

然后，李甲去孙家。孙家很热情。先说了一大堆废话。还未等李甲开口说借钱的事呢，孙家反倒抢先向他借钱。说是有点急用。正好李甲上门来了，不然，还想打发人去他那里借呢。李甲苦笑了一下，说，好吧，我出去替你想想办法，如果有什么消息，我会尽快告诉你的。

最后，到李家。李甲在李家刚刚坐定。只因为李家的下人上茶晚了，一家人打了起来，李甲劝都劝不住。最后，只好悻悻地走了。

……

天色渐渐地黑了。李甲被逼无奈，又去了几个同学的住处。没想到，这些同学倒十分坦率，毫不讳言地告诉他，有钱也不借给他去嫖妓。如果是那样，我们不成了罪人了么？

不仅不借给李甲钱，反而还把李甲奚落了一番，挖苦了一番。

127

李甲一连奔波了三天,该去的人家都去了,甚至不该去的人家也都去了。好心的,冷淡的都有。但结果是一样的,就是不可能借钱给他。

冯梦龙为此写了一番话:"常言道,说到钱,便无缘。"

李甲落难

李甲失魂落魄,回到住处,不想,大门已被换了锁。

李甲去找房东。房东说,公子,我听说你要走了。可你欠我的房钱还没还呢。你赶快去筹银子还我。好在数目不多,才五两。我是个小户人家,全指着这点银子过日子呢。

李甲说,房租我肯定是要还给你的。可你总得让我进屋睡觉吧。

房东说,不行不行。若是你不走倒也罢了。你马上要走了,回绍兴府了。我上哪找你要房租去。你还是找个客栈住吧,你的东西先押在我这里,拿来钱,取东西。如何?

李甲看到房东毫无商量的余地,只好说,好好好。我走,我走。

李甲又冷又饿,出了门,一时不知去哪里好。也顺路找几家客栈,但都必须要先交定金才能住宿。李甲没办法,只好去教坊院。

可人到了教坊院门口又犹豫起来。心想,自己落到这般田地,进去了,还不得让那个虔婆辱骂一番?再说,杜十娘看到自己这副穷酸样,心也会冷下来的。万一给个脸子让我看,岂不是无地自容?

想到这里,又扭头走了。

李甲本想找个僻静的地方,或者靠在谁家的门斗处,歇一宿算了。没想到,北京城巡逻的兵士一队一队的,让天生胆小的李甲有些害怕。

心想，别没借着钱再被抓去盘查一番，就更丢人了。

想来想去，真的不好受，真的感到凄凉无比，真的觉得孤立无援。于是，泪，又淌下来了。

最后，他猛地想起柳遇春。心想柳遇春毕竟和自己是同乡。另外，从绍兴到北京，一路上家父对他照顾得也不错。现在自己落难了，到他那里暂住一个晚上，想来他绝不会有意见的吧。

此时此刻的李甲，又累又饿又渴，加上精神紧张，竟怎么也找不到柳遇春的家了。他明明是去过柳遇春的住处的，可现在却怎么也找不到了。

待鸡叫了头遍，东方天际刚刚有一点发白之时，才把柳遇春的住所找到。李甲发现这半宿，他一直是围着柳遇春家的房子转，就是没找到他的家门。

想到这里，李甲又委屈地流起泪来，看来，这是"鬼打墙"了，是老天爷在惩罚自己呢。

敲门吧。

李甲开始叭叭敲柳遇春家的门。

柳遇春的金玉良言

看到李甲这副德行，柳遇春真是哭笑不得。

李甲见柳遇春的模样，也咧开嘴笑了，说，乐啥，兄弟到了这种地步了，还笑？

柳遇春说，对不起，对不起。快进屋吧。

进了屋，柳遇春忙着烧水煮茶，让李甲先洗脸，烫脚，喝热茶。又取出点心让李甲吃。李甲吃过了，人就挺不住了，倒在柳遇春的床上，呼呼大睡起来。

到了下午，柳遇春从国子监下课回来，李甲还没醒呢。

柳遇春觉得李甲睡得差不多了，便把他唤醒。

李甲起来后，梳头洗脸。然后跟柳遇春出去到一个小酒家吃饭。

二人坐下之后，酒菜就上来了。柳遇春端起酒杯对李甲说：李兄，别来无恙？

李甲说，无恙，无恙。然后，一仰脖，把酒干了。

柳遇春也把手中的酒干了，说，介绍介绍，你这一年的幸福生活呗。

李甲说，贤弟，别讽刺我了。嗨，转眼的工夫，一年过去了。时间过得可真快呀。贤弟你没变，我却变了。这连我自己也没想到，北京真是个大染缸啊。

…………

长话短说，酒桌上，李甲把家父命他回去，怡春院的妈妈见他穷透了，往外撵他，以及要花三百两银子赎杜十娘，连同这几天告借无门，房东又把他撵出来的事，从头到尾说了一遍。

柳遇春问，那杜十娘真的愿意嫁给你么？

李甲说，是。

柳遇春说，未必吧。那杜十娘可是京师的头牌名姬，最火的粉黛，要想娶她，没十斛明珠，千金聘礼，人家是断不可能放人的。你说，只要三百两银子就嫁给你。这不是大白天说梦话么？怎么可能呢？是不是人家知道你身上一文不名了，所以才说，三百两银子就可以把杜十娘赎走。看起来，还挺有情有义，挺宽容的，很对得起你李甲的。其实呢，不过是卖个空人情。实质上，十日之内你凑不上三百两银子，你自己就无法再去，你就是去，人家不奚落你，笑话你么？你的脸往哪放呢？这种雕虫小技，都是这些烟花之地逐客的惯技。我看，你得把这事想明白了，千万别上当。早早跟她们断了算了。你已经走得够远的了，差不多了。

李甲听了，不言语了。

柳遇春又说，有道是，戏子无情，婊子无义。过去的一切，都是逢场作戏而已。这种地方，难道会有真正的爱情么？这样一个简单的道理，你怎么都不懂呢？

李甲还是不言语。

柳遇春说，这事儿你可要想好。如果你真的想回绍兴，那用不了几两银子，我想这点钱，怎么也凑齐了。要凑三百两，别说十日，就你目前的情景，给你十个月的期限，你也凑不齐。怡春院也了解这种情况。知道你根本借不到钱，才出这个难题难你呀，我的傻哥哥。

李甲这才说，贤弟所言极是。

四儿的感慨之言

李甲嘴上虽然这么说，可心里还是有些不甘。一方面，他也的确舍不下杜十娘，另一方面，说是回绍兴，可怎么个回法呀？回到家里，还有好果子吃吗？只是，在这儿就这么混下去也不是办法，不如再想想招儿，万一把钱凑足了，把杜十娘赎出来，二人远走高飞，成一双自由的恋人，自由的鸟，自由自在地翱翔在大明帝国的天空上，挺好的。

这样，李甲虽然嘴上答应着柳遇春，可暗地里还是不肯死心，仍然到处去借钱，当然也到处碰钉子。

这个青年人也算是把自己的脸丢透了。

一晃，又三天过去了。用冯梦龙先生的话说，共是"六日了"。

杜十娘那头见李甲一连六天没着影，心也慌了，急得不行。这件事对杜十娘来说，是一生中的一件大事呀，而且也是千载难逢的机会。倘若这次能逃出这个烟花之地，那就是天大的造化。更何况李甲这个人性格好，老实，一往情深。这样称心如意的男人上哪儿找去？到烟花地来的男人哪有什么好东西呢。自己这么多年苦熬苦挣，不就是为了这一天么？

于是，杜十娘就让四儿偷偷地去找李甲，问问情况怎么样了。告诉四儿，只要见到了李甲，一定要把他拽回来！

说完，给了四儿一个银簪子。

四儿一看，成色不错，说，小姐，这个银簪子你给的不值，为一个李甲，你犯得上么？告诉你吧，自打这个李甲进门那天，我就对他没有好印象。表面上老实巴交的，又殷勤，又软，一说话，很不好意思的样子，脸还红，动不动还哭，擦眼泪。这种人其实最不可信。不像那些神气活现的人，神气活现的人大都仗义，该爷们儿爷们儿，该丈夫丈夫，没出息，下三烂的事，杀头也不做。这样的人才值得一交。可李甲这样的人，肯定都是一些忘恩负义之人。他们没反把呢，反把了，谁他都不认，谁都不放在眼里。

杜十娘问，那么，李甲对我呢？

四儿说，你多傻！他连他爹都不放在眼里，就会把你放在眼里了？

笑话！等把你玩腻了，准一脚把你蹬了。如果说错了我赔你十个银簪子。这些话，是卖我的那个男人告诉我的。他就是一个表面上老实憨厚的人。他说，以后到了妓院，防就防我这样的人就行了。这是他说的唯一的一句人话，做的唯一的一件人事。

杜十娘听了，想了想，还是觉得四儿对李甲有偏见。这几年四儿也学坏了，变得谁都不相信了，那怎么行呢。

杜十娘说，行了行了，别混说了，快去给我找吧。

四儿长长地叹了一口气说，唉——真是痴情啊，小姐。人哪，就是有这么个劲儿，不见棺材不掉泪，不到黄河不死心哪。好吧，我去找——到时候，你别反悔就行。

落魄李甲再回怡春院

这日正是大雨天。

四儿打个伞，出了怡春院，便到处去寻，寻到李甲的住所时，从房东那儿听说，李甲因欠房租，已被赶了出去，现在李甲在哪里居住，他也不知道。

四儿走了之后，那房东还冲四儿的背影啐了一口。四儿也不理他，继续去找。

京师到底也是万邦之都，茫茫人海，满胡同的伞，上哪去找这个冤家呢？

四儿连逛带找，也并不认真。心想，借此机会，逛一逛也是蛮好的。没想到，在前门大街上与满脑子心思正低头走路的李甲撞了个正着。

四儿一把拽住浑身被雨水浇得呱呱湿的李甲，说："呀，姐夫，你让我找得好苦啊。"

你道这四儿为什么叫李甲"姐夫"呢。原来，这也都是蒙大傻瓜的话，某某客人如与某某艺妓处得时间长了，就这么叫，表面上感到亲切，客人听了，心里也觉得欢喜，并不是当真的。目的，说白了，就是下套，让客人乐，让客人出钱。只是李甲这个"姐夫"的称谓，倒是有几分要当真的意思。

李甲被四儿冷丁拽住，吓了一跳，见是四儿，才稳下心来。

四儿说，姐夫，娘子在家里寻你，都急死了，你这几天跑到哪儿去了？连个音讯都没有。快快快，跟我回去。

四儿这么一拽一嚷，引来不少人围观。明眼人当然知道这里的猫腻，不过是风流客人与粉头的勾当而已。一个个打着伞站在那里，交头接耳，掩口窃笑。

李甲看这么多人围观，便一个劲儿地挣脱四儿的手，满面羞愧地说，今儿就不去了，我还有事呢。明天，我明天一定去。

四儿却不依不饶，心想，好不容易抓着你了，还让你跑了不成。说，不行，今天你去也得去，不去也得去，娘子说了，让我一定把你带回去。

其实，李甲心里也挂念着杜十娘，他何尝不想去呢，只是六日过去，一文未筹，如何有脸去见杜十娘呢。现在四儿如此执意地让自己去，那么就高下驴吧，去吧。

李甲在围观者的一片哄笑声中，随四儿走了。

路上，李甲对四儿说，我去是去，但我绝不走正门，让妈妈看见，指定又是一顿奚落。

四儿说，想不到姐夫的脸皮儿还这么薄。好好好，我带你走怡春院的后门就是,来个神不知鬼不觉。

　　说话间,二人到了怡春院的后门,由四儿把风,见左右没人,才召李甲悄悄地溜进了杜十娘的房里。

不信上山擒虎易,果然开口求人难

　　杜十娘见浑身湿透了的李甲来了,大喜过望。只是想不到,只几天的工夫,李甲就变得又黑又瘦,一副失魂落魄的光景了。看着就不禁心酸起来,忙问,公子,借钱的事办得怎么样了?这几天妾是度日如年啊。

　　李甲听杜十娘这么一问,泪水哗哗地往下流,一句话也说不出来。

　　杜十娘说,是不是人情淡薄,没借足三百两银子啊?你倒说话呀。

　　李甲虽然是自费生,可自费生毕竟也是知识分子呀。而且,大凡一个人走投无路的时候,都可以弄出几句有哲理的话的。

　　李甲说,唉,不信上山擒虎易,果然开口求人难啊。不瞒你说,这六天来,我是没住脚地奔波,到处找人托人借钱,结果,竟然连一两银子也没借到。两手空空,我怎么有脸到这儿来见亲爱的你呢?是今儿四儿生拉硬拽,我才厚着脸皮来的。唉,不是我不努力呀,而是世态炎凉,就是这么个社会呀。大明帝国啊,我恨你呀——

　　杜十娘一听,眼圈儿也红了,拉着李甲的手,心疼得不行了,告诉李甲说,这话你千万别让妈妈知道。

　　说罢,又嘱咐四儿,千万不要将李甲告贷无门的事传出去。

　　四儿说,行。有道是吃人嘴软,拿人手短。我既接受了姐姐的银簪，就得给你们保守秘密。

杜十娘说，行了行了，你去给我俩整几个好菜，再打一壶好酒，给你姐夫洗尘。

四儿把手一伸，说，拿钱来。

杜十娘把二两银子交付四儿。

四儿拿了银子，白了李甲一眼，就出去了。

杜十娘帮着李甲换下湿衣服。

十娘义气，再谋良策

李甲坐在那儿，心想，自己混到这份儿上，竟然连妓院的小兔崽子都瞧不起，唉，太跌份了，怎么说，自己也是个太学生啊。

杜十娘看出了李甲的心思，说，郎君别理她，四儿就是那么个有嘴无心的主儿。对我还是挺关心，挺忠心的。

不大会儿工夫，四儿将酒菜送来了，放下摆好后，不打搅他们，自己便退了下去。

二人开始喝酒，李甲边吃边一停一顿地讲这六天自己借钱的经过。讲到伤心处，泪就下来了。十娘也陪着他流泪。

吃过了，喝过了。久别胜似新婚。二人便早早地歇下了。

半夜的时候，杜十娘说，如果郎君借不来钱，妾的终身大事，可怎么办呢？

李甲听了，唯有抽抽泣泣地流泪。

杜十娘明白，李甲已经是穷途末路了。

到五更时，杜十娘才说，这样吧，我这些年有一点私房钱，都是背着妈妈攒下来的，藏在一条褥子里。一共是一百五十两银子。你走的时候，把那条褥子拿走。这赎金我出一百五十两，你再想方设法去借一借另外的一百五十两。就剩四天了。千万抓紧，不可耽误了。

说着，杜十娘把那条藏着一百五十两银子的褥子取出来，交给李甲，让李甲趁着无人，赶紧从后门出去。

李甲感动得不行，流着泪，几乎连话都说不出来了。

杜十娘说，好了好了，快走吧。

杜十娘悄悄地将李甲引到后门，把李甲放了出去。

李甲揣着那条沉甸甸的褥子，深一脚、浅一脚地走了。

柳遇春慷慨帮李甲

李甲挟着裹着碎银子的褥子，云一脚，雾一脚地来到了柳遇春的住处。

柳遇春见进来的李甲挟了条褥子，好生奇怪。

李甲便把昨天如何在街上遇见怡春院的四儿，又如何被四儿拽到怡春院，然后，杜十娘如何款待他，又如何把裹在褥子里的银子一并交给他赎身的事，从头到尾，详详细细说了一遍。

柳遇春听了，看着李甲说，看来这个杜十娘对你是真心啊。

李甲说，绝对真心！

柳遇春站了起来，在屋中来回踱步，最后说，既然杜十娘一心一意地要跟着你，况且人家又是京师的名妓，我看可以了，你不能让人家失望啊。好吧，我成全你们一把，剩下的那一百五十两银子我代你借。让你们这一对有情人终成眷属。

说罢,柳遇春让李甲等着,自己出去代李甲借那一百五十两银子。

柳遇春忙乎了两天,找了在京的父亲的老友们,总算把另外那一百五十两银子筹借到手。

柳遇春拿回银子,郑重地交给李甲。

李甲拿着银子,哭了。

柳遇春说,李甲,我之所以为你代筹银两,并不是为了你,为了你这事我不能干。说明白些,我无论如何也不能替你筹钱让你去逛风流场。实在是为杜十娘对你的一片真情,一片真心所感动啊。

李甲一边擦泪一边想,管你是为了谁呢,只要你借来一百五十两银子,一切就万事大吉了。

李甲笑逐颜开地再三谢过了柳遇春,并说了许许多多感激不尽的话,之后,心就毛了,等不及了,立马要过去。柳遇春也不挽留。

李甲抱着银子,闯出门去。心想这下可妥了,自由了。兴冲冲地朝着教坊院走去。

李甲路上还想,杜十娘要是知道九天就筹足了银子,指不定高兴成什么样呢。

李甲照例是从怡春院的后门进去的,然后到杜十娘的屋里。

李甲一进门,立即把房门反锁上。把杜十娘拉到里间,取出三百两银子给杜十娘看。

杜十娘一看银子,又一一数过,果然是三百两,不由得有些奇怪,说,前几天,公子还一分一厘的银子借不到呢,怎么这才两天工夫,就把银子筹足了呢?

李甲说，娘子，这事你听我慢慢说。

自由的前夜

　　李甲说柳遇春见到十娘送的一百五十两银子非常感动，他又将如何以他自己的名义替自己借贷的事说了一遍。

　　李甲说，柳遇春说了，他之所以为我借这一百五十两银子，并不是为了我，而是为你对我的一片真心所感动啊。

　　杜十娘听了，也感动得不行，说，能使我们夫妇如愿的，全靠柳遇春这个大贵人啊。

　　李甲说，那是那是，什么叫朋友，这才叫朋友呢。谁说人间没有真情在，柳遇春不就是一片真情么？

　　杜十娘说，无论我们走到天涯海角，都不要忘了柳遇春这个大恩人哪。

　　李甲说，没事，都是朋友。

　　这次李甲自然不必走了。自由在即了，现在要做的一切，都是对获得自由以后的种种打算了。

　　杜十娘问，郎君，我们自由以后去哪里呢？

　　李甲说，不知道。不行，在京师先住下再说。走一步是一步。

　　杜十娘说，不可不可。妾毕竟是一个艺妓，与郎君在京都大摇大摆地过普普通通的日子，会有许多困难，而且，对夫君的影响也不好。不如我们离开京城，去个别的什么地方吧。要不，回你的老家绍兴？

李甲立刻面呈难色，说，回老家有些麻烦。老爹要是知道我娶个烟花女子回来，定不会答应。这事还得从长计议。

杜十娘说，好吧，这事再说吧，反正有的是时间，来得及。对了，明天我们就自由了，无论去哪里，总是一个走啊，我从我的一个姐妹那里借了白银二十两，你收下，买车买舟，你就安排吧。

其实李甲虽说筹足三百两的赎身钱，但路费之类，他还一筹莫展呢。还不知道把这个情况如何向杜十娘说呢，现在杜十娘既然自己说了，自己心里也一块石头也落地了。

翌日。妈妈早早地就过来敲杜十娘的门。

妈妈说，十娘，十天的期限到了。我是过来取银子的。咋样，想必都准备好了吧？我可把你卖身契都带来了。我是个守信用的人呀。

杜十娘说，请妈妈稍候，我这就过去开门。

妈妈站在门外，心想，这回我看你咋说，这都是击掌定的，还下了死咒呢，我还怕你杜十娘反悔不成。

想到这里，妈妈心里一阵轻松，长长地吐了一口气，总算是把这件事给摆平了。今日不说，至少明天就可重打鼓另开张了。还愁白花花的银子么？倘若那个李甲再来骚扰，老身那就毫不客气了。

自由了

妈妈没想到，出来开门的，竟是李甲。

妈妈立刻沉下脸说，你怎么藏在这里？

李甲施礼道，今儿就是妈妈不过来，在下还要让四儿把妈妈请过来呢。

说罢，将三百两银子放在桌上。

妈妈一看，桌子上果然是一包银子，便走过去，逐个查看。一点也不少，全都是真的。她没想到，李甲这个混小子还真能弄来银子。当初，自己之所以答应三百两赎十娘的身，那不过是一种权宜之计，现在，他居然把银子真的搞到了，心里不免有些不是个意思。

妈妈嘿嘿地冷笑了两声，说，事情怕是没这么简单吧。你以为我卖丫鬟呢？说三百两就三百两。开什么玩笑。杜十娘可是京城第一名妓，你个李甲可是实在，你是真傻呀，还是装傻？

杜十娘立刻沉了脸，说，妈妈，女儿在这里干了整整八年了，挣了多少银子，你没数，我可有数，恐怕几千两银子打不住吧？妈妈，女儿对得起你了，你还想怎么样？况且，这三百两银子让女儿赎身的事，是妈妈你亲口答应的。现在银子放在这儿，分毫不少，而且说十天付银，就十天付银，也不曾过期。如果你想反悔，也行。那就请李公子现在把银子拿走。李公子前脚走，女儿后脚就悬梁自尽。你说话不算数，可我说话总不能不算数吧？何去何从，妈妈自己选择吧。别到时候弄个人财两空，那可是你自找的。

妈妈听了，吓了一大跳，看了看铁了心的杜十娘，知道她既说得出来，也做得出来。妈的，算了算了，养个孩子让猫叼去了。竟卖了这么便宜的价钱。不过，杜十娘这主儿，留下来长此以往也是个麻烦，罢罢罢，赶快打发他们滚蛋算了。

妈妈让四儿取来天平，逐一地兑准了银子，三百两，分毫不差。

妈妈对杜十娘说，俗话说，强拧得瓜不甜，我看你也是铁了心的，留住人也留不住心。好吧，要走不是么？那你们马上就走。一分钟也不能耽搁。

说着，把杜十娘和李甲推出门去，并当着他们的面将门落了锁，这才把那一张卖身契丢给了杜十娘。

杜十娘和李甲刚刚起床，未料到妈妈会这么早就过来逼债。因此，事先一点准备也没有。妈妈之所以不留空当地把他们赶出屋去，也是怕他们拿走屋内的私房钱及其他等等。哪个当粉头的没有点私蓄呢？早早赶出去，也是打他们个措手不及。另外，也泄一泄自己吃亏的火。

事已如此。杜十娘和李甲冲着不理不睬的妈妈拜了三拜。从后门走了。

四儿一直把他们送到大道上。

在分手的那一刻，四儿抱着杜十娘痛哭起来，几次想说什么，终是没说。

哭罢了。四儿把杜十娘给自己的那个银簪子取了出来，递给十娘说，姐姐，我是个丫鬟，也没甚积蓄，这个银簪还是姐姐送给我的，拿上吧，穷家富路，也是我的一点心意。

杜十娘接过银簪，两个人不由得抱头痛哭起来。

分手时，四儿意味深长地看了李甲一眼，眼睛里充满了毒针，什么也没说，跑回怡春院去了。

情深义重众姐妹

四儿走后，李甲问，十娘，你后不后悔？

杜十娘看李甲一脸担心的模样，心中涌起了一股甜蜜，柔声说，我爱你。

　　李甲这才把一颗悬着的心放了下来。说，娘子稍等一会儿，我去找一顶轿子，咱们去我的同乡柳遇春家先住下再说吧。

　　杜十娘说，我看这样吧，我这回从良了，无论如何也得跟教坊各院的姐妹们告个别。一晃八年了，彼此都处出感情了。不声不响地走了，当然不好。公子就随我到那些姐妹的住处去告个别吧。

　　李甲说，说得也是。

　　杜十娘说，这些姐妹中离这儿最近的，就数谢月朗和徐素素两家。平日，我与她们来往也最多，感情也最深，就先去她们那里吧。

　　李甲陪着杜十娘来到谢月朗家。

　　谢月朗见杜十娘头没梳，脸没洗，以为是出了什么事，吓了一跳。说，十娘，你这是怎么啦，出了什么事了？

　　杜十娘便把自己赎身从良的事，说了一遍，然后又把李甲拉过来与谢月朗见面。

　　杜十娘说，日前我给你那二十两白银的路资，就是月朗借给我的，好好谢谢人家吧。

　　李甲听了，满面通红，连连致谢。

　　谢月朗让人伺候杜十娘梳洗打扮，又命人去把徐素素找来与杜十娘相见。

　　徐素素来了之后，杜十娘已经梳洗完毕。徐素素和谢月朗又分别取出自己的锦袖花裙，鸾带乡履，以及翠细金钏，瑶簪宝玉，把杜十娘装扮得真像个新娘子一样。

　　这无论如何也是个大喜的日子呀。谢月朗又命人安排筵席，庆贺一对新人。晚上又把自己的卧房让给这一对新人住。

143

次日，谢、徐二人又在院中大摆筵席，遍请教坊各院的姐妹过来喝喜酒。

这些艺妓都是京师演艺界的大腕、尖子。在喜庆筵席上，真是八仙过海，各显其能，纷纷表演了自己拿手的精彩节目。过去，这等了得的本事都是卖给客人看的，今天是自己演给自己看，当然更是技高一筹，尽之全力，赢得一阵阵的喝彩声。

杜十娘在教坊八年，人缘很好，人又厚道，因此来的客人相当多。姐妹们个个都喝得十分尽兴。须知，艺妓从良的大事，是她们最大的理想。

众姐妹一直喝到半夜才结束。临行之前，众姐妹说，十妹是咱们教坊院的风流领袖，今天要和郎君去了，不知什么时候能再见。这样吧，你们夫妻要走的时候，千万告诉我们一声，我们也表表自己的心意，不枉姐妹一场。

月朗说，等到他们定好行期，我一定代他们通知大家。这回十妹随郎君千里闯关，路途遥远，我知道她也没什么积蓄。这事儿，我们大家商量商量，姐妹一场，帮个忙吧。别让这一对新人为难千里之外。

众姐妹听谢月朗这样说，也都频频点头称是。

与柳遇春话别

当天晚上，杜十娘和李甲仍然睡在谢家。

睡到时交五鼓的时候，杜十娘问李甲，我们今后到哪儿去，郎君想好了没有？

李甲说，本来娶妻大事，自然应当回家乡绍兴才是。只是老爷子脾气太坏，知道我娶的是京师的艺妓，绝对不能接受，好事则变成了坏事。这事我也想了好几天，一直没有什么更稳妥的主意。

　　杜十娘说，郎君也别太上火了。不管怎么说，父与子毕竟是亲骨肉，不会把事情做得太绝。不如这样，我们先去苏杭一带旅游，这期间，托一托老父亲的好朋友给去说合说合。等老人家怒气一消，我们再回绍兴不迟。你看，这么办行么？

　　李甲说，好，我看行！就这么办吧。

　　早晨起来，二人告别了谢月朗，来到了柳遇春的住处。准备在这里安排一下上路的事，就走人。

　　杜十娘见到了柳遇春，立刻倒身下拜，有朝一日，我们夫妻一定要谢谢仁君的大恩大德。

　　柳遇春慌忙扶起杜十娘说，不敢当，不敢当。我是看到杜十娘这样的倾心于我仁兄李甲，又不嫌弃他贫困交加，令我十分敬佩，杜十娘你真是女中豪杰，巾帼丈夫。我所做的不过是区区小事，不足挂齿。充其量是因风吹火。快快请起，快快请起。

　　柳遇春把他们二人安顿好，又亲自去附近的酒家，买了套餐，给二位新人接风，庆贺他们的自由。

　　李甲喝点酒脸就通红，说，柳贤弟，你那一百五十两银子的事，容我有了之后，再还给你吧。

　　柳遇春说，仁兄，千万别说这种羞煞人的话，看到你们幸福地生活在一起，我真是非常高兴。那一百五十两银子，就算我给你们的贺礼了。

　　李甲一听，泪就下来了，一时竟无言以对。

这酒三人喝了几乎一整天。

夜里，柳遇春出去到客栈休息，留下他们夫妻宿在自己的家中。

第二天一早，李甲、杜十娘离开了柳遇春的住所。

别了，北京，别了，国子监

这时，谢月朗、徐素素等姐妹也都纷纷过来为二位新人送行。

李甲已经把轿子和马都雇好了。

谢月朗说，这回十妹要随郎君远行了。知道你们也不富裕，我们这些姐妹凑点份子送你，请十妹验收，算是对十妹的旅行做一点帮助吧。

说完，命人将一个上了锁的箱子送上来，并把钥匙递给十娘。杜十娘接过来，并没打开看，也未推辞。只是一个劲儿地道谢。

上路了。

柳遇春郑重其事，献上三杯别酒，李甲、杜十娘，都一饮而尽。

柳遇春和教坊院的美女一直把李甲、杜十娘送到崇文门外，才擦泪告别了。

冯梦龙先生已经把别情说尽了，我就不啰唆了。

李甲骑马，十娘坐轿，远远地去了。

柳遇春在后面看着。那些姐妹都回了，他仍然一个人站在那里看着。直到他们不见了，才笑了笑，摇摇头，转身回去了。

李甲骑在马上，也是一步三回头。心想，一晃，一年多过去了。

来的时候，走的是水路，踌躇满志，初为学子，是一心想取得功名，光宗耀祖，该是何等风流。可是，天有不测风云，一年之后，竟然变成了一个情种，在风流场里挥霍得分文皆无，最后，竟然扶妓而归，自己这么做对得起谁呢？究竟做得对不对呢？

李甲骑在马上，摇摇晃晃地想，大凡人在旅途，终是有目的，可现在自己能去哪里呢？哪里是归处，哪里是乡关呢？

想到这里，李甲不觉潸然泪下。心想，如果当初自己好好读书，也就不至于落得个如此下场，如果去风流场遇到的不是杜十娘，也不会有此盲行啊。如果，杜十娘不赠那一百五十两银子，这事也可能一了百了，说不定，还会因此重振精神，再整旗鼓，好好读书，博得一个不大不小的功名呢。

一连问过这三个"如果"之后，李甲心中好个心酸哪。

杜十娘在轿子里，看到李甲骑着马默默流泪，心里也不好受。虽然自己自由了，从良了，可毕竟是连累了一个堂堂的学子呀。现在，弄得他穷困潦倒，有学不能念，有家不敢归，还断了仕途的功名。真是对不起他了。哎，这都是命啊。看来，唯有自己好好地待他，好好地伺候他一辈子，才是呀。

李甲、杜十娘在京师的事儿，到这儿，算是结束了。

再见。

流亡地的冬雨(节选)

流亡地的来历·落满的黑色乌鸦(前言)

　　流亡地,也有人称它是中国的小西伯利亚。它有着俄国大西伯利亚同样的严寒与大雪。因此,流亡者的栖息地流亡地几乎没有非洲的侨民。它太寒冷了,让生活在热带、亚热带的人们望而生畏。
　　开始,这里只有一些流亡者建造的简易木板房,就像垂钓者临时搭建的小木屋。
　　西北风像狼嚎一样袭击那几幢零零落落的木板房,袭击着一簇簇的枯树林,袭击着树梢上数以百计的老鸹窝,也扑向不远处的那条冰封的蛇河。
　　流亡者们为了抵御严寒,出门需戴上厚厚的、只露着两只眼睛的面罩。这使得流亡地平添了许多悲怆与神秘的气氛。
　　不久,流亡地有了砖结构的、炫耀着侨民异国风情的建筑,像民宅、肉食店、餐馆和教堂等等,开始有了一个城镇模样了。

说起来，在上个世纪初，流亡地还是一片沼泽，二次世界大战期间，大批的俄国人、日本人、波兰人、罗马尼亚人、英国人、法国人、希腊人等等，相继流亡到这个地方来。"流亡地"，俄语称"纳哈罗夫卡"，或者"纳哈勒"，意思是无赖汉、无耻之徒聚居的地方。当然这是某些人的偏见，事实并非如此。

中国当局就鼓励这些流亡者，在这荒无人烟的沼泽地上，建立他们自己的家园，无论建什么都可以，而且免收一切赋税。这是一种闪烁着智慧之光的慷慨。虽然有朋自远方来，不见得怎样的高兴开心，但是，总不能让这些流亡者露宿街头吧？

流亡者的这些房子大都建在高地上。低处便是沼泽。因此，房子与房子之间又勾连了一些低矮的木栈桥。黄昏落日，这儿的景观也像彩色板画一样的好看。

冬天，落雪了，看上去，真是无愧于"中国的小西伯利亚"的称号了。栈桥的木栏杆上，落满了黑色的乌鸦。远处，是那轮将落未落的巨大血日。

我们下面将要讲的故事都发生在这里。我是打算讲十几个故事。谁知道呢？讲着看吧。

英国绅士·鞑靼女人·芬兰匕首·流亡者墓园的白俄老头

果力住在流亡者的聚居地——河网区。他的住宅是一座很像样的俄式板夹泥的房子，并围有一个很大的木栅栏院子。院子里有一株高大的核桃树。河网区所有的栅栏院里都有果树，像山丁子、沙果、樱桃、花红等等。每家栅栏院里的情景都差不多。

栅栏院里的一角有一个结实的牛棚。聪明人能一眼看出来，它已经荒废多年了，从那个牛棚里再也传不出大奶牛由于乳房涨奶而发出的哞哞的叫声了。现在的牛棚里除了旧车胎、旧箱子、生了锈的牛奶桶和蜘蛛网外，早已经是老鼠的乐园了。

现在果力正站在自己住宅前，一副很惬意的样子。再加上河网区的太阳像瀑布一样的朦胧而浓厚，整个空间俨然一种异国风情的样子。

在河网区，像果力这样的俄式房随处可见。尽管仔细看，每幢房子的式样都有这样或那样的区别，但总体上仍体现着欧洲的建筑风格。

到了春天，河网区每幢房子的栅栏院里都开满了鹅黄色的迎春花——不要以为河网区即为流亡者的栖息地就没有诗情画意了。其实，人流亡到哪里，从某种意义上讲也是美的迁移，美的流动。

迎春花在家家栅栏院里此起彼伏地开放着，你会以为这里是上帝的后花园呢。

果力长得很像英国人，尤其是两腿交叉地倚在门框那儿，用手端着烟斗吸烟的姿势。

果力的母亲是鞑靼人，父亲是一个英国绅士——是一个自称自己是一个破落贵族的英国佬。

我现在来说一下他们的情况，并一同进入到他们的生活中去。我们还是从具体的场景开始吧。

……

这个文质彬彬的英国绅士把自己的手杖和礼帽放到鞑靼女人的壁炉上，一言不发地深情地看着那个鞑靼女人（这个英国绅士有一双能让女人着迷的眼睛)。壁炉里正燃烧着桦木拌子,屋子很暖和。在对视当中,英国绅士和鞑靼女人都笑了。

院子里的奶牛由于乳房涨奶哞哞地叫了。

英国绅士问:"它叫什么?"

鞑靼女人狡诈地说:"它希望有人抚摸它的乳房,先生。"

说完,两个人都忍不住放声大笑起来。

鞑靼女人说:"来吧,我的宝贝,抓紧点儿,奶牛不挤奶会涨得受不了的。"

英国绅士说:"好的,我们抓紧。"

这个鞑靼女人是个胖女人,虽说长得并不十分漂亮,但她很性感,衬衣里的两个大乳房总是热气腾腾的。鞑靼女人特别引人注目的是她的牙齿,她的牙齿非常洁白非常精致,好像从来就没有使用过似的。

鞑靼女人是一个性格开朗的女人。

在床上,英国绅士对鞑靼女人有了一个全新的认识,他甚至感到有点意外。

这个让全欧洲都惧怕的鞑靼人——真是妙不可言。

鞑靼女人同英国绅士连续幽会过几次以后,一直兴奋不已,再干起活儿来像一只活泼的小鹿了。

俄国人多多少少有点儿崇拜英国人,认为那是一个绅士的国度。鞑靼女人已经明显地感到有几个流亡在河网区的俄国女人对她的嫉妒了。

那个英国绅士每次和她在一起的时候,总要先掏出那只漂亮的银怀表看看,然后说:"好了,亲爱的,我们开始吧。不然你的奶牛又要叫了。"

接着,这个英国绅士把挎在胳膊上的手杖横放在壁炉上,又把礼帽放在一本精装的诗集上。

在河网区的那些流亡者的眼里，这个英国绅士俨然一个诗人。这儿的人们常看见他怀里夹着一本诗集走在涅克拉索夫大街上。

院子里的奶牛叫了又叫。可怜的畜生们呀，屋子里的男欢女爱还没有结束呢。

变成了橙黄色的夕阳悬在河网区的西天一线。此刻的河网区已经是家家炊烟了，无数只老鸹都呀呀地飞到了雾霭缭绕的树林里去了。

那个英国绅士出来了，一脸的满足。

他在房门前的木走廊那儿站了一会儿，然后优雅地走下木台阶，穿过哞哞叫的奶牛，推开栅栏门走了。

这个英国人有一副漂亮的金黄色的络腮胡子。只是他走起路来有一点儿跷脚。但跷脚走路也是英国人，而不是苦役犯似的鞑靼人。

他喜欢抽烟斗，那样子迷人极了。

河网区的人都认识他。这个英国绅士见到流亡在这里的每一个人都脱帽敬礼。

他是一个有教养的英国绅士。河网区的流亡者、和当地的中国人都很尊敬他。

在一个树叶落疯了的金秋时节，这个英国绅士被人杀害了。

大清早，人们发现他仰面躺在厚厚的落叶上，凝视着西红柿一样的朝阳，蓝色的眼睛睁开着，里面迸发出朝阳的光芒，怀里还揣着一本拜伦的诗集。

四周静极了。

……

那个鞑靼娘儿们像疯了一样地哭了起来。

围观的洋人和中国人都默不作声地看着。

树上的叶子仍在纷纷扬扬地往下落着,像是要把这英国绅士掩埋起来。

那个鞑靼娘儿们站了起来,逐个地揪住每一个围观的流亡者和中国人,目光锋利地问,"告诉我,是你干的!对吗?"

被揪住的人都微笑地摇头。

经过检查,英国绅士身上的那只漂亮的银怀表不见了。他的背部被捅了一刀。

警官看了看刀口,又目光锐利地审视了一遍所有围观者的脸,然后有些自豪地说,"是芬兰匕首。"

河网区人都知道,这个英国佬并没有多少钱。他只是一个体面的穷绅士。他像世界上很多的男人一样喜欢女人,并轮番地和她们谈情说爱,讲一些有趣的故事,讲法国菜,讲东方快车,讲神秘的埃及金字塔。他还喜欢朗诵诗。他的魅力在于,他能够轻而易举地使那些流亡在河网区不幸的女人堕入情网,使她们暂时忘掉自己是一个远离祖国,远离亲人,远离故土的流亡者。

这些女人都非常爱怜这位英国绅士。而这位英国绅士似乎一直是靠着她们的接济维持着自己的生活、自己的尊严、自己的绅士风度和作为一个英国人的荣誉感的。

当地伪中国人对他在洋女人们当中的风流韵事却不以为意。

中国是一个懂得尊重别国风俗习惯的民族。

这个英国绅士从不染指中国女人。尽管有几个品德不端的中国女人用那种中国式的羞羞答答勾引过他。但这个英国人从不为之所动。

这个英国绅士每天的清晨和傍晚都出来散步,或者站在河网区的边缘上,看日出、日落和满天红色的晚霞。

他经常掏出他那只银怀表看看。

这几乎成了他的一个永恒的动作。

…………

教堂的钟声响了,这个英国佬被下葬了。

这个流亡在河网区的英国绅士平常非常热衷于剪辑报纸,特别注重收集世界各国的政治、军事和经济形势的消息。

现在,他剪辑的这些报纸作为陪葬品跟他一道下葬了。

一个叫玛拉的俄国女教师,在他的墓碑前朗诵了这个英国人生前最喜欢的英国著名作家劳伦斯的一首诗:

> 请把月亮放在我的脚边,
> 把我的双足放在月亮上,
> 就像一位神那样!
> 啊,让我的双踝沉浸在月光里,
> 这样我就能稳稳地脚上穿着月儿,
> 双足明亮而又清凉,
> 走向我的目的地。
>
> 因为太阳怀有敌意,
> 现在
> 他的脸庞好像一只红色的狮子。

这一次,那个鞑靼女人显得出奇的平静。

参加葬礼的流亡者，一个一个地过来吻她，安慰她。

她说："谢谢。"

最后，参加葬礼的人都走了。寂寞在墓园里只有她一个人了。

那个看墓园的白俄老头和他的狗默默地坐在另一边。

靰鞡女人想起了那个英国人对她讲的那个有趣的故事：从威尼斯经布鲁克、苏黎世、巴黎再横渡英吉利海峡抵达伦敦的东方快车，讲东方快车通过二十公里长的辛普隆隧道，东方快车上的豪华餐厅，法国的水晶玻璃酒具，西班牙的皮沙发，大理石盥洗室里的丝绒帷幕，东方的地毯……

这个靰鞡女人还记得英国绅士给她朗诵诗歌时那副动人的神态。

靰鞡女人想，他究竟是怎样的一个英国人呢？他为什么流亡到寒冷的河网区呢？

从墓园的上空可以看到大雁开始往南飞了，英国佬永远回不到他的祖国英国去了。

河网区有一小块流亡者的墓地。是由一圈高大的钻天杨围起来的墓园。

到了晚上，那个看守墓园的白俄老头用枯树枝拢一堆火，坐在那里取暖。墓园里，每一座流亡者的十字碑都在闪烁着坚硬而湿漉漉的光芒。

河网区一带到处都是树，各种各样的树木和树丛，这使得河网区的景观具备了优雅的层次感，很像俄国的西伯利亚，或者英国的科茨沃尔德山林。到了秋天，秋风吹过来，枯枝、落叶，满地皆是。中国人和侨居在河网区的韩国人，就会把它们拾回去烧火做饭。须知，到了北风呼呼的大雪天就不能出来拾柴了。

冬季，河网区的大雪特别厚，流亡在河网区的外国人和当地的中国人，都穿着长筒皮靴子。这里的雪太大太厚了。

自此之后，那个被杀害的文质彬彬的英国绅士，开始频频地走进鞑靼女人的梦里，使得这个流亡在河网区的洋女人一次又一次地快乐地呓语不止了。

这么大的雪，如此空寥而寂静的雪夜，似乎还能清楚地看到那个英国绅士推开鞑靼女人的栅栏院大门，经过奶牛棚，踏上了木台阶拉开了她的房门……

这桩杀人案一直没有破案，那个鞑靼女人生了他们的儿子果力后也没有破案。等到他们爱的结晶——果力长到七八岁了，案子依然没有破。

它成了河网区的一桩悬案了。

是因为那只漂亮的银怀表让那个英国人命丧九泉的吗？

春天的时候，那个英国绅士常去松花江边，站在那儿看松花江上的冰排。

一个回族的中国渔翁问他看什么？

他说，这条河很像英国的泰晤士河啊。

……

果力长到十六岁的时候，河网区多多少少有了点不大也不小的变化。

十几年的沧桑，十几年的流亡生涯，十几年的期盼，十几年的太阳和月亮，十几年的岁月之风，使得河网区的沼泽地变硬了，那些欧式住宅变旧了。像雨后的毒蘑菇一样，河网区一带又繁衍出许许多多新的面孔和新的混血儿——流亡者们离自己的祖国，离自己的故乡越来越遥远了，越来越陌生了。他们的子孙已经能流利地使用汉语了。

那桩英国人被杀的案子好像根本不曾有过一样。

死人的事总是给人一种隔世之感的。

……

有轨电车一通，河网区的夜空，常出现类似闪电的景观——那是行驶中的有轨电车，在天线上摩擦而出现的璀璨的蓝色火花。被摩擦出的火花随着叮叮当当行驶的有轨电车，像节日的焰火一样纷纷下落。

十六岁的果力成了有轨电车的售票员。当有轨电车上完了最后一名乘客时，他就对司机大声喊："开车！"

有轨电车便叮叮当当地开走了。

乘有轨电车的人大都是侨居在河网区的洋人。当地的中国人几乎从未坐它。中国人就是走。中国是一个喜欢走步的民族。

果力所以当上有轨电车的乘务员，是因为他会说英语也会说俄语，而且汉语讲得也不错。

在河网区，在外国人的流亡之地，当有轨电车的乘务员不会讲外语是不行的。

果力长得挺帅，有一双像他父亲一样的蔚蓝色的眼睛，高鼻梁下是那张薄薄的欧洲人似的嘴唇。

那个鞑靼女人养了两头奶牛。果力是靠着这两头奶牛的奶水滋养大的。

鞑靼女人每天挤奶，送奶，洗刷奶牛，收拾牛圈。这个鞑靼女人非常能干。

流亡河网区的洋人都喜欢喝牛奶。我想，这种饮食习惯一定是和欧洲奶牛多有关。

鞑靼女人在每天的大清早走出栅栏院，推上她的木板车，沿着涅克拉索夫大街去挨家挨户地送牛奶。她送的牛奶质量很不错，往牛奶里兑的水少，喝起来味道很香、很醇。

鞑靼女人逢人便讲，自己的儿子果力是英国人，是伯爵的儿子，是诗人的儿子。他的父亲曾坐过世界上最豪华的东方快车……

鞑靼女人已经胖得像一只啤酒桶了。晚上，她的呼噜震天，她每翻一次身，那只木床都被压得吱呀乱响一阵。

那个曾经坐过豪华东方快车的英国绅士的鬼魂，恐怕已经回英国去了，留下一个空坟，一个没有任何内容的梦给这个鞑靼女人。

这个鞑靼胖女人一直坚持在英国绅士的忌日和春天到来的时候，到他的十字碑前献上一束鲜花，然后坐在那儿休息一会儿。想一想他们在一起的美好与美妙的时光。过去的一切像无声的电影一样从她的面前掠过。

有时候她坐在墓碑旁打开一本诗集，轻轻给这个英国人朗诵……

她甚至想，如果那个英国绅士不被人害死，他一定会带着她和他们的儿子回英国去的，去享受北大西洋暖风的沐浴，去参观大英博物馆，白金汉宫，圣保罗大教堂，去参观格林威治山……

那个看守流亡者墓园的白俄老头早已死了。这儿几乎变成了荒芜的墓园。到了夜晚，墓园一片漆黑，偶尔飘浮着的鬼火，无论如何也构不成当年那种篝火熊熊的瑰丽景观了。

鞑靼女人死的时候，就埋在这个英国人的墓穴里。这种合坟的行为是纯中国式的。鞑靼女人在临终前就告诉她的儿子果力，把她和他的父亲合葬在一起。

有趣的是，在合坟的时候，人们在英国人的棺材里发现了那只银怀表。这只银怀表稍加调理竟又铿锵有力地走了起来。这让在场的人都惊讶得说不出话来了。

这个被害的英国绅士究竟是怎么一回事呢？似乎这个英国佬的鬼魂仍然游荡在流亡地的河网区。

这块银怀表归果力了。

果力凭这块真正的英国怀表，看时间，上班下班。有时候，流亡在河网区的洋人和中国人发现，果力的有些动作特别像他死去的父亲，尤其是他交叉着双腿倚在门框那儿吸烟斗的样子。

河网区·冰浴的日子·敖德萨餐馆·韩国小伙子

刚下过大雪，天气骤变，河网区已经是白茫茫的一片了。在河网区边缘上流过的那条松花江还没有完全封住，中间的主航道还有一条滔滔的流水，流亡在河网区的那些欧洲的洋人正盼着这样的季节呢。冬浴就要开始了，那可是另一种刺激呀。即使是在隆冬的三九天，侨居在河网区的洋人也会在冰冻的松花江上凿一个冰窟窿，然后赤身钻进去用冰水"浴"一家伙，再马上上来。这很痛快，表明你是一个真正的男子汉了。这一天是男人的节日，展示着男人的力量，男人的美。

现在，松花江还没有完全封住，河中央还有滔滔的流水。由于冷气和暖气相互交融的作用，河面上升腾着一条浓浓的白雾，这条白雾随着西北风缓缓向东奔去（古人说的"烟波"就是指的这种景观）。

只有等到狼烟一样奔走的冷雾在河面上完全消失的时候，河面才彻底地封住了。

大雪之下，回望河网区，侨居在这里的流亡者，家家都冒着炊烟，砖砌的烟囱口四周积满了厚厚的肮脏的白霜（好像这里是一个黑白两色的世界）。每年都得有人上到房顶上去，用一根粗绳子拴一块砖或者是石头，通一通烟道，不然烟囱就会被烟灰堵死。

流亡侨居在河网区的人，做饭、取暖的煤，是行驶在松花江上的大驳船从远处运来的。松花江与俄罗斯的阿穆尔河相通，通过尼古拉耶夫斯克城流入鄂霍次克海。如果要介绍这种旅途漫长的大驳船上的勾当，至少还得写上十几万字，包括大驳船上的醉鬼、喜欢光腚睡觉的船长、走一路赌一路的水手、风流的厨娘、像狼一样喜欢高声唱歌的报务员、喜欢在半夜装神弄鬼吓唬人的大副，以及从船边漂过去的野尸——那具野尸可能是鄂伦春人或者是赫哲人，也可能是达斡尔人……

好了，我们还是介绍本篇该介绍的一些人物吧。

我们从河网区的那家西餐馆说起。

流亡在河网区的洋人那么多，在白雪皑皑的涅克拉索夫大街上出现一家西餐馆，是很自然的。居住在河网区的中国人，经常看见洋人从这家西餐馆出出进进。尤其是到了松花江封冻之后，他们从江上的冰窟窿里冰浴之后，一定会到这儿来喝酒，在这儿举行通宵舞会呢。在这里唱歌、跳舞，拉着欢乐的手风琴，大声地欢笑着，许多洋人都喝醉了。这毕竟是男人们最引以为自豪的日子。

这家西餐馆叫"敖德萨餐馆"。

老板叫娜达莎。

娜达莎是一个漂亮、风骚，活泼可爱的俄国娘儿们。她有三十岁。

三十岁的俄国娘们儿，就是一瓶陈酿了三十年的好葡萄酒了。娜达莎的老家在黑海边上的敖德萨，战争迫使她追随着自己的情人流亡到中国的河网区。娜达莎没有任何政治主张，她不过是战争"受害者"而已。她到河网区来仅仅是出于对情人的爱，再加上一点好奇和年轻人固有的浪漫。娜达莎是一个襟怀宽阔的女人，她经常特别原谅自己地说："那时候，用中国话说，我还是一个小丫头蛋子嘛。"

金发女郎娜达莎在敖德萨餐馆门前，那么风情万种地一站，敖德萨餐馆的生意就蒸蒸日上了。

在凿冰冷浴的日子里，娜达莎像许多俄国人一样喜欢喝烈性酒。每每喝多了，她就会讲当年在敖德萨同那些罗马尼亚人、土耳其人以及意大利水手之间的风流韵事。

她讲的这些故事非常令人震惊。

当年云集在敖德萨的妓女很多，那儿的妓女也很吃香，口红一天要抹一二十遍。娜达莎沉醉地说："哦。上帝呀，我在那里接的吻太多了，好像跟全欧洲的男人都接过吻了。"

娜达莎的嘴唇胖乎乎的，很有魅力，不会有人拒绝吻这张嘴的。

娜达莎还是一个出色的厨师，会烧各种菜，调的酒也很棒。她的这些技能都得益于她生活过的海港城市敖德萨。敖德萨是一个讲究冒险，讲究吃，讲究和各种肤色的女人调情，讲究金钱和赌博的城市。那里把金钱、冒险、烈酒、政治、战争、罪犯、音乐和白色的海鸥搅和在一块了。从那里出来的人个个都是了不起的人。

河网区是一个集欧洲、大洋洲、南北美洲，各色流亡者侨居的地方，而敖德萨餐馆的女老板娜达莎，可以驾轻就熟地为他们烹制出各种各样的美味佳肴。

"娜达莎"是一个叫河网区的流亡者激动的名字。

娜达莎是一个寡妇。刚刚到河网区的时候，是她跟她的情人一起开的这家西餐馆。然而，娜达莎的情人却是一个对生命缺乏本质认识对哲学又充满着迷恋的家伙。他的小胡子总是修剪得整整齐齐的，像小刷子一样。跟他在一起你会觉得是跟一只有知识的狼在一块儿。他的牙齿很锋利，鹰钩鼻子，灰色的眼睛里泛着死神的光泽。他从不多言多语，或许不屑跟那些没有知识的流亡者交谈。餐馆里的活儿他并不怎么干，他只负责劈柴禾、剁肉。闲着的时候，他喜欢坐在码得整整齐齐的柴禾垛上吹口琴。他的口琴吹得非常之好，像轻柔的春风一样，吹开了河网区每一户流亡者的窗户，也吹开了所有栅栏院里的樱桃花和大烟花。

尤其在夜晚的时候，他的口琴把流亡在河网区的洋人的心都吹碎了。

他吹口琴的时候，如果有人围观他便说不吹了。于是，听口琴的人都从他的身后一边慢慢地走，一边欣赏他的口琴。

——或许正是这个勾魂的口琴征服了娜达莎少女的心，然后，跟着他不远万里，历尽千辛万苦来到了中国。

他从不跟别的女人胡来。没事的时候就读他的哲学书籍。上帝对他真是太不负责了，怎么会让他爱上哲学这种无聊的玩意呢？有时候，他也出现在餐馆里，倚在柜台那儿抽烟斗，听客人们高谈阔论，或者看他们跳华尔兹，跳踢踏舞和水兵舞。在他身旁的柜台上放着一杯浮着白沫子的啤酒。他的脚尖随着音乐轻轻地,不动声色地打着节拍……

在冰浴的日子里，他用一支镀银左轮手枪开枪自杀了。这种镀银的左轮手枪在俄国只有贵族才有。

有一位哲人说过："这个世界上没有自杀，都是他杀！"那么杀死他的凶手是谁呢？是因为这个怕冷的家伙没有冰浴吗？最后，在他的那一份儿长长的、富有逻辑性的遗书中，人们才意外地发现，杀死他的是：哲学！

他的名字叫维·康德拉季耶夫。

葬礼之后的那一段相当长的时间里，娜达莎见到河网区流亡者就摊开双手，一脸无奈的样子，那意思是说：瞧，我是为了他到中国来的，可他却自杀了……

然而，让娜达莎心里想不通的是，他连死都不怕还怕冰浴吗？

不久，娜达莎雇用了朴英哲。

从朴英哲这个名字就能知道这不是一个汉人。

他的母亲是韩国人。

河网区有好几户韩国人。他们的民族观念很强，很抱团儿，经常集会，一起围坐在火炕上说话。韩国人都喜欢养狗，吃狗肉，喝狗肉汤，吃辣椒。他们认为这是抵御寒冷的最好办法，而不是什么冰浴。这让流亡在河网区的欧洲人大为震惊。

韩国的妇女很勤劳。在河网区的涅克拉索夫大街上，能经常看到她用头顶着很大一个东西，或者一个坛子走，如同出演杂技一般。有人说过：要想找一个好妻子，就去娶一个韩国女人吧。

朴英哲刚刚到敖德萨餐馆干活的时候，是一名勤劳杂工，他负责劈柴禾、烧火、剁肉、上货，以及洗碟子、打扫卫生等等。晚上就睡在餐馆里。他不大说话，但看得出他是一个性格温柔的小伙子，有一双充满幻想的眼睛。

这个韩国小伙子很勤快，而且俄语说得也不错。

闲着的时候，这个韩国小伙子喜欢吹那支中国式的箫。他吹的箫声音很柔和，轻柔委婉，有一点悲凉，让人想家。流亡在河网区的欧洲侨民听了这支如诉如泣的韩国乐曲，就长叹不已了。

娜达莎逐渐地喜欢上了这个韩国小伙子，于是便教他一些烹饪上的事，比如怎样烤面包，烤列巴圈儿，怎样做小肉肠，怎样煎牛排，怎样做鞑靼少司。

娜达莎告诉朴英哲做鞑靼少司要用马乃司少司一斤，老鸡蛋两个，酸黄瓜四两，芹菜叶三钱。先把鸡蛋去皮切丁，酸黄瓜去皮去籽儿，切成小丁，把芹菜叶切成末，和在马奶司少司内，拌匀了就行了。吃这种菜，最好配上炸鱼炸虾之类的热菜。

说完，娜达莎冲他风趣地眨了一下眼睛。

朴英哲笑了，薄薄的小嘴唇儿粉嘟嘟的，鲜嫩可爱，于是娜达莎端起他的下巴，很重地吻了他一下。然后，娜达莎又开始讲解如何做鱼肉沙拉子，如何做鱼冻，如何做茄子泥、肝泥，以及如何做高加索核桃泥、鸡块、基辅式猎户汤、炸土豆条，如何做软煎猪肉片，配什锦面条，等等等等。

娜达莎盯着小伙子明亮的眼睛问，"怎么样？小伙子，都懂了吗？"

朴英哲红着脸说："当然，懂了。"

他希望娜达莎再吻他一下。

娜达莎认真地看了看这张充满稚气的、白净净的，耳朵上有点儿冻伤的韩国小伙子之后，就彻底吻了他。

娜达莎是一个接吻大师，一会儿的工夫朴英哲就迷醉了。

吻过之后，娜达莎打开化妆盒，重新给自己涂抹了口红，然后调整好表情，又接着讲如何做意大利式牛腱子饭、阿根廷式桃梨烩牛肉、叙利亚式烤羊腿、土耳其式炸羊肉丸子、乌克兰式土豆蘑菇馅饺子、日本式炸麻雀……

朴英哲说："日本式炸麻雀我会做。"

娜达莎很吃惊，说："那好吧，我的小马驹儿，你给我做做看。"

朴英哲立刻跑到院子里去，用箩筐罩了几只麻雀。然后回到厨房，用锋利的小刀在麻雀胸口那里开了条浅浅的小口，接着，一只一只，像脱衣服似的"脱掉"麻雀的皮毛，掏出五脏，用一根尖头的铁条一只一只地穿起来，蘸上盐、胡椒、油、辣椒末，放到炭火上烤。

很快就烤好了，娜达莎接过一吃，立刻就吐了，说："天哪，这是什么味儿，亲爱的，这绝对不是日本风味！"

娜达莎说："日本风味应当这样做：用一斤麻雀，酱油5两，糖2.5两，生菜油3两，先把酱油放糖用文火熬成浓汁，再把收拾好的麻雀用油炸，油熟之后，再投入酱油浓汁煨5分钟，再装上盘，上面放一朵玫瑰，或者放上点香菜点缀点缀。懂吗？小伙子。"

娜达莎在说这些话的时候，勾起了她一段甜蜜的往事。在敖德萨，曾经跟一个日本青年恋爱过。那个日本青年从不酗酒，人有些拘谨，但走进她的房间，立刻就变成了一只豹子。这给娜达莎留下了深刻的印象。

当天晚上，这个勇敢的韩国小伙子提着鞋，去了娜达莎的房间。

娜达莎房门并没有锁，小伙子推开门，发现娜达莎并没有睡，正冷冷地看着他，她的脸上一点表情也没有。

小伙子愣了一会儿，就羞愧地走了。

娜达莎毕竟是一个生意人，而且又是一个久经沙场的情爱专家和老手。她知道，如果她和这个小伙子发生恋情，虽然是件好事，但她的经验告诉她，有了这种关系是不利于做生意的，而且爱情就像一本书，总会有被翻完的一天。以后彼此可能成为敌人、陌生人而分道扬镳。因此，她不希望他们之间发生什么。

第二天的大清早,那个韩国小伙子朴英哲悄悄地离开了敖德萨餐馆,也离开了流亡地河网区,走了。

娜达莎知道亚洲人的自尊心很强,自己的做法可能会伤了他的自尊心,但是,出现这样的结果她还是没有料到……

在冰浴即将开始的日子里,娜达莎去肉铺上货回来,听见院子里传来劈柴声。她走了过去,站在栅栏院外笑眯眯地看着。

在院子里劈柴的就是那个韩国小伙子朴英哲。

朴英哲抬头看了看娜达莎,又低头继续干活儿了。

娜达莎忽然有所悟:上帝呦,亚洲人对爱情是很严肃的呀。

这正是那条松花江将冻未冻的时节。河面上正熊熊地腾行着一条冷雾。

朴英哲劈了整整一天的柴禾。

韩国小伙子走进房间,对娜达莎说:要冰浴了,多劈一些柴禾备用啊。

…………

敖德萨餐馆的堂面并不很大,四周的墙壁上挂着几幅风景画,有的是教堂,有的是欧洲的村庄,有的是大海和帆船。餐厅中央有一个俄式的铁炉子,炉子上面一个水壶,烧着开水。餐厅中央有六七张餐桌,上面放着几瓶调味品,像盐和胡椒粉等等。每张餐桌上都有一个花瓶,上面插着一大把好看的花。餐馆里没有人的时候,朴英哲就在厨房里准备各种菜肴的用料。

娜达莎则在一边收拾,一边哼着俄罗斯小曲儿。

韩国小伙子朴英哲重新回到敖德萨餐馆,给餐厅增添了一些新的品种。最受流亡者欢迎的是朝鲜冷面。这种冷面是用灰色的荞麦面做的，里面放有泡菜、猪肉片、水果片和辣椒面。冷面的汤是山鸡汤。

打这以后，敖德萨餐时常可见韩国顾客了。

不仅如此，朴英哲还腌制了朝鲜泡菜，这种泡菜主要是用白菜和萝卜腌制的。娜达莎非常欣赏这种小菜，吃起来味道酸酸的，辣辣的，又香又脆……

娜达莎无论喝多少酒，也从不对朴英哲讲她过去那些荒唐事。她觉得这个韩国小伙子自尊心太强了，甚至依稀地感觉到这种自尊心会导致小伙子重演她的情人维·康德拉季耶夫开枪自杀的悲剧……

当然，顾客最多的时候还是那些冰浴的日子。敖德萨餐馆里所有的位子都坐满了。这些流亡在河网区的洋人，冰浴之后，到这里一起喝酒、唱歌、跳舞、哭泣和泪流满面地大声朗诵自己写的冰雪诗歌。

悄悄地在松花江冰浴回来的朴英哲，倚在柜台那儿默默地看着这一切，他也喜欢抽烟斗了。他抽的那支烟斗就是那个自杀的维·康德拉季耶夫的遗物。这支烟斗很奇特，它的烟锅很大，镶着漂亮铜箍。他身后的柜台上，不同的是，放着一杯专门给冰浴男人准备的烈酒。

娜达莎从柜台里面探过身子，吻他一下。

月亮升起来了，娜达莎穿着睡衣，轻手轻脚地走进了朴英哲的卧室。月亮下，小伙子睡得很安详，一点声息也没有。娜达莎看了一会儿，又悄悄地退了出去，并轻轻地关上门。

不久，便从朴英哲的卧房里传来如诉如泣的长箫声……

挪威医生·匈牙利女护士尤丽亚和死刑犯受刑后的姿势

在流亡地的那座酷似蒂沃利要塞城堡的监狱里，关押着一位医生。他是个杀人犯，也是一个出色的业余雕塑家。

他是挪威人，叫亚历山大·兰厄·基兰德。

医生的祖国挪威，位于欧洲北部斯堪的纳维亚半岛的西部。有一多半的国土都是在浩瀚的大西洋、挪威海和北冰洋的巴伦支海的簇拥之下的。

这是一个多山的国度，山势绵亘，走势奇诡，山雨欲来，俨然是上帝在指挥演奏天堂的交响乐。

这个国家还有着大面积的冰川和森林，这使得挪威人的性格具有某种自然的属性。

曲折的挪威海的悬崖峭壁和附近的那些造型别致、声势不凡的大小的岛屿，成了一线无与伦比的、卓绝的自然景观。看上去，像是出自万能的上帝之手的伟大雕塑。

基兰德医生喜欢雕塑。他经常到曲折奇诡的海岸线那儿，沿途临摹千姿百态的悬崖峭壁。

得承认，出于基兰德医生之手的雕塑作品，颇有点抽象派艺术的味道。

说真的，挪威大部分的男人都有相当高的艺术品位。

这是一个令人自豪的国度。

在第二次世界之战之初，漂亮的、像巨幅油画里的捕鱼船，在挪威海面上不见了，取而代之的是挂着"卐"旗的纳粹德国的战舰……

战争爆发了，在哈康七世率领内阁流亡到英国的伦敦之后，挪威人便像潮水一样被迫逃离了自己的祖国和自己的家园，去世界各地流亡……

基兰德医生流亡到了中国的小西伯利亚——流亡者之地。

医生喜欢这儿的寒冷，喜欢这儿的冰雪——挪威人可以被迫离开自己的祖国和家园，但他们离不开寒冷和冰雪。它们是挪威人生命的组成部分。就像企鹅离不开北冰洋一样。

基兰德医生住在流亡地的涅克拉索夫大街上。

医生的住宅颇有些特色，俨然一件艺术品：有尖顶的雨搭，阁楼，还有令人神往的，围着住宅而造的木雕凉台。这一环木雕的凉台，半悬在房子的四周。颜色主要是由淡藕荷色、绿色和乳白色组成。站在凉台上面，感觉是在一艘战舰上，在甲板上，航行在大西洋平静的海面上。

凉台上，有两把藤椅和一个茶桌，茶桌上放着香烟、咖啡、茶、速写本，或者一两本画报。基兰德医生半躺在藤椅里，将两只脚搭在凉台的木栏杆上，目光深邃地看着远方。

远方有什么呢？那座罗马式的精神病院，那座蒂沃利要塞式的监狱，监狱上空飘浮的白云，蔚蓝色的天宇……

医生的神情很忧郁。

说到底，他毕竟是一个流亡者啊。

他真的非常想念自己的故乡和自己的祖国——远方出现的，常常是那些让他心旌摇曳的挪威海岸，是波澜壮阔的海浪和潮湿的海风……

基兰德医生供职的地方，就是流亡者之地的那座"红十字医院"。

基兰德先生是主治医生，技术不赖。内科和外科，二者兼行。比较复杂些的手术，他似乎也可以应付。总而言之，他的脸上总挂着让病人放心的自信。

基兰德医生是一个聪明的，有教养的，有艺术家气质的医生。

这在流亡地，当属难得。

医生的诊查室，在医院大楼二层的南面，那是一个很大的房间。好天儿里，大房间里充满灿烂且明亮的阳光。医生坐在写字台前，被瀑布一般倾泻而下的阳光抚摸着，融化着。看上去，医生是在天堂，是在上帝的身旁，在给天堂里的患者看病呢。

医生办公桌的对面，有一个皮质的窄床，来这里看病的流亡者，无论男女，都要在那儿仰面躺下去，把身上的衣服搂上去，将肚皮、胸部和乳房露出来，一边让亚历山大·兰厄·基兰德医生居高临下地俯瞰自己难看的、凸凹不平的肚皮，或者惨白的乳房，一边痛苦地叨咕着自己的不幸、自己的痛苦、自己的疑虑和自己朋友、家人对自己所患之症的种种推测及看法。

基兰德医生把冰凉的听诊器按在病人温暖的肚皮上，歪着头，严肃地倾听着患者"内宇宙"的喧嚣与呐喊。

"没什么，我的孩子，没什么，一切都会好起来的。"

基兰德医生从来都是这么说。

在基兰德医生诊查室的隔壁套间里，是护士森德莱·尤丽亚的处置室。那儿的门永远敞开着。一些有外伤的病人，基兰德医生诊查之后，开了处方，会让他们到套间的处置室里去，接受女护士尤丽亚的处置。

尤丽亚护士是一位来自匈牙利的姑娘。

她的家乡在匈牙利的布达佩斯的渔人堡的附近。非常有趣的是，在这座城市里也有一座类似美国的自由女神像，它矗立在盖莱特的山顶上，俯瞰着那座颇有情调的古老城市。

有一段令人神往的文字是这样介绍这座城市的：

> 欧洲国际性的河流多瑙河，自西向东流向奥地利和捷克斯洛伐克的山地之后，来了一个急转弯，向南流入多瑙河中游盆地并把一座200余万人口的城市分为两半，这座城市就是匈牙利的布达佩斯。

尤丽亚护士也常常用与这段文字相类似的话，深情地向患者介绍自己的故乡。

她感到骄傲。当然，她也很惆怅。

同样是战争的缘故，使得尤丽亚护士的双亲死于战火（一个城市，数以万人死于战争，是极平常的事）。她只身辗转流亡到了中国的流亡地，在红十字医院，做了基兰德医生手下的一名护士。

尤丽亚为人很热情，做事认真，好像还有点固执。她的体形颇为优美窈窕，充满着迷人的魅力。

基兰德医生和尤丽亚护士经常在一起幽会——这恐怕是很自然的事。

尤丽亚护士非常迷恋基兰德医生的风度、学识和艺术才能。当她第一次来到基兰德医生那座非常别致的住宅的时候，心就醉了，她看到的是一个艺术殿堂，房间摆满了基兰德医生亲手模仿雕刻的许多世界著名的雕塑。有阿尔特米西恩的《宙斯》，有米开朗琪罗的《摩西》，有詹博洛尼亚的《亚平宁山脉巨人像》，有布尔德尔的《贝多芬像》，有巴里的《雄狮碎蛇》，有毕加索的《牛头》，以及埃及的"金字塔"，希腊的"神庙"，罗马的"凯旋门"等等。

这些雕塑像上帝的使者，也像基兰德医生的同谋，陪伴着这位来自匈牙利布达佩斯的女流亡者，走进爱情，走进亚历山大·兰厄·基兰德医生的怀抱。

上帝可真调皮呀。

在这场爱情游戏当中，尤丽亚护士像一个不可救药的傻瓜一样，不断地对基兰德医生说："亲爱的，我爱你，我爱你，您是我的上帝，我是您的奴仆……"

基兰德医生显得特别开心。一边亲吻着她，一边像一个老练的雕塑家那样，抚摸着尤丽亚的身体，探寻着各个部位的比例、特征，思考着是否能够重新雕塑……

这场游戏当中，基兰德医生出于对艺术探索上的考虑，对这个匈牙利女孩提出了许多匪夷所思的要求，尤丽亚都一一答应了，而且做得非常出色。

这一期间，尤丽亚护充当了基兰德医生的情人、女佣、厨娘和学生。

这大约也算是流亡生活的另一种景观吧。

在诊查室没有患者的时候，基兰德医生会起身到尤丽亚护士的处置室去，同她聊一会天儿。

基兰德医生坐在桌角上，一边呷着尤丽亚护士为他煮的热咖啡，一边问：

"亲爱的，布达佩斯是一座怎样的城市呢？我想，我们或许会去那里度蜜月的。"

尤丽亚护士含情脉脉看着基兰德医生，心里甜蜜地说："他可真了不起呀……"

基兰德医生被这种热辣的眼光,抚摸得非常幸福,他说:

"亲爱的,布达佩斯像你一样美丽吗?"

"是的,亲爱的。"尤丽亚护士说,"不过,它也曾经历过苦难。您知道,在十四世纪,鞑靼人就闯入了匈牙利,并纵火烧了古布达和新兴的佩斯城……"

"是那个养奶牛的鞑靼女人的鞑靼人吗?"

"是的。亲爱的,到了十五世纪,土耳其人又闯进了我们祖先新建的新布达城,这样,匈牙利人再次落入奥斯曼帝国统治的深渊……接着,亲爱的,是这场纳粹战争。亲爱的,我的祖国,非常不幸啊……"

他们开始接吻了。

基兰德医生一边享受着护士的亲吻,一边欣赏着窗外的景色。

正是初夏时节,窗外,丁香花们都妖冶地开了……

在基兰德医生和尤丽亚护士亲吻的时候,他们隐约感到有人在默默地注视着他们。

基兰德医生回头看到,那个英国绅士正不动声色地站在门口那儿等候着。

基兰德医生说:"对不起,先生。"

那个英国绅士的脸色有点苍白。他感冒了,说话的声音有点沙哑。

基兰德医生给他开了感冒药。

在基兰德医生填写处方单的时候,那个英国绅士不时地看着站在一边的那个匈牙利姑娘尤丽亚。

基兰德医生发现后,笑了,说:"先生,您不会把她从我身边带走的。"

英国绅士也微笑着说:"我想是的。这是一个可怜的姑娘。"

"为什么?"基兰德医生有些吃惊。

"没什么。"英国绅士说,"一个处在热恋中的男人,不会一边跟他的心上人亲吻,一边观赏着窗外的景色。"

基兰德医生听了,放声大笑起来,并把处方单交给了这位英国绅士,说:

"好啦,您可以走了。"

"哦,对了,大夫,是不是我多喝点中国人做的热姜汤?"英国绅士问。

"是的。"

"多放一点糖?"

"当然。"

"再见,医生。"

"再见。祝您早日恢复健康。"

……

英国绅士走后,女护士尤丽亚对基兰德医生说:

"我看这个人有点怪。"

"这是一条狐狸。你要多加小心。"

基兰德医生阴沉着眼睛说。

那年的冬季,尤丽亚护士被基兰德医生杀害了。

这个匈牙利女孩太痴情了,对基兰德医生的爱,达到须臾也形影不离的地步。这对有艺术品格的基兰德医生来说,是一个灾难。他根本受不了了。要知道,他对尤丽亚太熟悉了,熟悉到了让他乏味的地步。在流亡地,在涅克拉索夫大街上,在敖德萨餐馆里,在蛇河边,女护士尤丽利就像他的影子一样跟随着他，让他无法摆脱。

这里的流亡者，用讥笑的眼光注视着这位令人尊敬的基兰德医生……

基兰德医生觉得自己已经被这位来自匈牙利的女护士搞得筋疲力尽。

尤丽亚护士由于长期跟基兰德医生同居，没有节制地厮混在一起，她的身体已经开始发胖，像个粗俗的家庭主妇了。往日那动人的婀娜身姿，已经荡然无存了。

女护士睡觉时还添了一些新毛病，像说梦话，打呼噜和嘎吱嘎吱地咬牙齿。躺在她身边的基兰德医生，几乎是在一刹那间，产生了杀死她的念头……

后来，他骑在了她的身上，她醒了，以为新的爱抚开始了，还像母鸡下蛋一样咯咯咯地笑个不停。正是这种让人恼火的笑声，促使基兰德医生下决心掐死了她。

开始，尤丽亚护士还觉得医生的这种爱抚很陌生，很新鲜，很大胆，也很刺激。也正是这种新的"爱抚"使她获得了巨大的幸福，使她的灵魂几度走入天国……最后，这个可怜的灵魂，真的留在天国里再也回不来了。她的身体渐渐地凉了下来，很快成了一具真正的尸体。

基兰德医生光着身子，站在地板上，在那一群世界著名的雕塑的注视下，软软地蹲在地板上，像孩子似的哭泣起来。

他甚至有些憎恨尤丽亚护士，为什么会这么轻易地就死去了！难道上帝赋予人类的生命，就这样不堪一击，这样脆弱吗？！

尤丽亚护士下葬的日子，那个英国绅士也去了。

他在尤丽亚护士的墓前，朗诵了匈牙利著名诗人裴多菲的诗：

> 你爱的是春天,
> 我爱的是秋季。
> 秋季正和我相似,
> 春天却像你。
>
> 你红红的脸;
> 是春天的玫瑰,
> 我的疲倦的眼光:
> 秋天太阳的光辉。
>
> 假如我向前一步,
> 再跨一步向前,
> 那时,我就站到了
> 冬日的寒冷的门边。
>
> 可是,我假如退后一步,
> 你又跳一步向前,
> 那,我们就一同住在
> 美丽,热烈的夏天。

英国绅士对参加葬礼的人说,这首诗是裴多菲写给他女友的,而诗人的女友,恰恰也叫森德莱·尤丽亚。

——裴多菲的铜像矗立在布达佩斯伊丽莎白桥东的绿茵地上,诗人正举着右手,深情地迎接着他的女友森德莱·尤丽亚。

英国绅士说，安息吧，尤丽亚。

英国绅士将一束丁香花——就是基兰德医生同尤丽亚护士在诊查室亲吻时所注视的窗外的那一片丁香树上折下来的——现在，他将花，放在了尤丽亚护士的墓前。

墓碑上镶着尤丽亚护士的照片。

她的确挺风骚，挺浪漫，也挺傻……但她很纯洁。

她是为了躲避死亡，来到了中国的流亡地；她是为了摆脱孤独，摆脱恐惧，投入了那个挪威人的怀抱，可她无论如何也没有想到，自己会因此走向死亡。

这种猜测或许是无聊的，她的灵魂是不是认为，死在恋人的手下，是另一种幸福呢？

阿门。

基兰德医生被判处了死刑，就关押在那座蒂沃利要塞式的监狱里。

他很潇洒地在判决书上签了字，就像在处方上签字一样，写得非常流畅，像电影明星们的签名。

基兰德医生被押回了牢房。

这个牢房一共押着五名犯人。另外四名犯人受命负责看守被判了死刑的基兰德医生，防止他自杀。

…………

死亡的前夜，这四位犯人对基兰德医生的态度非常之好，非常合作。

基兰德毕竟是个医生，他并不惧怕死亡。他说：

"先生们，被枪毙后，哪种死的姿势是最优美的呢？"

于是，几个犯人陪着他，进入了讨论。

一位说，侧身的姿势好看一些。这种姿势能给行刑者一种遗憾。

"那么，我们就试一试。"基兰德医生说。

基兰德医生跪在牢房的一边，面冲着墙，另外四个犯人扮演行刑者，其中一个犯人扮演指挥官。

基兰德医生跪好之后，说：

"好，开始！"

指挥官说："预备——"

那三个行刑者，同时举起了"枪"，瞄准儿，对着跪在那里的基兰德医生。

"放！"

三个犯人同时用嘴发出"叭！"的声音。

基兰德医生立刻侧面倒了下去，一动不动地让那几个犯人评价这种姿势的好坏。

几个人看了一阵儿，觉得这种姿势太猥琐，或者身子直接往前倒，样子会好看一些。

于是，又如法演习向前趴的姿势——然而，这种姿势，似乎也不尽如人意。

一个犯人对基兰德医生提出"向后仰的姿势"的建议。

这个犯人说，只是，这种姿势完成起来难度较大，在死亡的那一瞬间，好像不容易做得到。

"试试！"基兰德医生果断地说。

一切又重新开始，基兰德医生再次面墙跪好。他说："好了，开始吧。"

"预备——"

端枪，瞄准。
"放！"
"叭！"
基兰德医生仰面而倒。眼睛定定地望着天花板！
犯人们鼓掌了，说行了，就这种姿势吧。
基兰德医生喘着粗气站了起来，他解释说，自己不仅仅是一名医生，而且还是一个雕塑家。要知道，雕塑家对"造型"是很看重的。

翌日，在基兰德医生被拉出去枪毙之前，医生把一个"艺术品"，送给了同牢房的那个扮演指挥官的犯人。这个犯人是一个中国人。
基兰德医生说："留个纪念吧。您出狱以后，别忘了给我烧点纸。"
这个中国犯人很吃惊，说："这可是中国的风俗啊。"
"是的是的，可我死在中国啊——"
"唉，也是的。"
……
基兰德医生被法警带走了。

医生送给那个中国人的"艺术品"，是将一条毛巾的横线等距地抽出一部分，然后，基兰德医生用自己的裤子挂钩磨成了一根针，穿上线，在那块毛巾上绣上了尤丽亚的头像。
基兰德医生真是了不起，他把尤丽亚的头像绣活了。
毛巾的下面还绣着洋文。
这个中国犯人不认识上面写的什么，同监的一个洋犯人告诉他，这些字的意思是：

你永远是我的好朋友。您出狱之后,别忘了,祭奠我和尤丽亚……

一杯酒就行。谢谢。

您的朋友:亚历山大·兰厄·基兰德

这个中国犯人哭了,同牢房的另外三个犯人劝也劝不住,就干脆不劝了,心想,就让他发疯一样地哭去吧。

那三个犯人有点不能理解这个为洋杀人犯而哭泣的中国人了。

面包师·黑女人·大饽饽·爱笑的小丫头

把流亡者的栖息地称作中国小西伯利亚,是很有道理的。

冬天这里的大雪铺天盖地,厚厚的,简直把流亡地的一切都淹没了。

人走在流亡地的雪路上,像登雪川探险一样,雪厚的地方可以没腰。到了这样的季节,流亡地的有轨电车就不能行驶了。有轨车的铁轨被大雪淹没了。

大雪天出门的人很少。

这样的日子,流亡地总是静静的,西北风从远处的蛇河刮过来,几乎无遮无拦的,仿佛一切都冻僵了,都静止了。

偶尔的一两个人影,那肯定是奔流亡地客栈去做买卖的外地人。

流亡地各种各样的民宅都被厚厚的大雪覆盖着。远远地看上去很美的。尤其是那座流亡者的灵魂栖息地——基督教堂，矗立在雪中，俨然是一幅油画。

当然，流亡地的流亡者和当地的中国人，不可能一天二十四小时都不出门。做礼拜，买东西，总是要出门的。这样，在厚厚的大雪之中，每家每户，每个栅栏院儿，每条街道，都必须挖出一个通道——像战壕一样的通道。

人走在这样的通道里，感到很暖和。

这个通道和那条通道之间，彼此还能看到对方的头。常有年轻的洋人及男女，站在雪的通道拐角处，抽烟、说话或者拥抱接吻。

外面的雪路上，狗拉爬犁多了起来，狗的体重轻，可以称它们是"雪上飞"。几条狗拉一个雪爬犁，能够像飞一样在雪地上奔驰。

坐在雪爬犁上的，都是些当地的洋人，乍一看，还以为这是国际旅游乐园呢。这些流亡者和中国人不同，中国人遇到这样的大雪，轻易是不出门的，待在家里火炕上，喝酒、赌博、听外地来的说书人说书或者睡大觉。

流亡地一带的中国人，由于地脉寒冷，环境艰苦的缘故，男人或女人都比南方人高大彪悍得多。

但是，千百年来，他们已经养成了"猫冬"的习惯（过去冬天还住洞呢，人由梯子从洞口上下出入）。

这在那些流亡者的眼里是不可思议的。

流亡者尤其喜欢在大雪天里聚会，他们纷纷从不同的方向，不同的雪道中走来，到某一家去。

这个流亡者家里的壁炉烧得热热的。主人为客人们准备了甜点心、咖啡和印度茶末儿。他们围坐在椭圆形的俄式大拉桌前，品着点心，

181

喝咖啡和茶，或者打桥牌，或者听留声机里的音乐，或者朗诵本国著名诗人的诗歌。有时候，也由两三个人，组成一个室内小乐队演奏世界名曲。

洋人们的聚会，常常是纯精神式的，这是远离祖国，远离故土，远离亲人们的另一种生活。

而那个被杀害的英国绅士，在他活着的时候，则喜欢在这样的大雪天里，站在流亡地的高岗处，拄着他那根拐杖，观看四周的雪景。

英国人的生命，是由大自然、爱情、诗歌和音乐组成的。

那个英国绅士觉得流亡地的雪景像英格兰西南部的科茨沃尔德山的雪景。

甚至可以说，这个英国绅士的出现，使流亡地的形象，上了一个档次。外乡人见到了这个英国绅士，再加上那座基督教堂，使他们对整个流亡地人都尊敬起来了。

可这个英国绅士死掉了，被人杀害了！

……

遇到这样的大雪天，大饽饽就要遭罪了。他要和有轨电车的司机、乘务员一块，去清除有轨车道上的厚厚积雪。如果是一般的小雪还好办，有半天的时间就清除完了，因为流亡地的有轨电车线路并不长，只有五公里。但天降了大雪就不同了，那需要十几个人干两三天才能清除完，有轨电车才能咣当咣当地开出来。

流亡地的有轨电车在那些大雪的日子里，并不是完全停运不开，遇到流亡者做礼拜，或者是节假日，总要开一两次。但是，冬季里有轨电车因大雪停运，是家常便饭。

流亡地的晚秋时节，有轨电车也常常受阻。

原因是流亡地一带树林生长非常之好，非常茂盛，到了秋天，纷纷落叶像暴风雨一样的稠密，尤其是秋风劲吹的日子里，树们狂摇个不停，密密匝匝如同瀑布一样的落叶，几乎让你看不见对面的人了（此称"叶雨季节"）。

地面上铺满了各种各样的落叶，杨树的、槭树的、榆树的、核桃树的、松树的，一层复一层，能有半尺厚。当然，有轨电车轨道上的铁轨也不例外，也被厚厚的落叶没起来。

人们走在铺满厚厚的落叶的路上，像走在沙发床上，感觉真是妙不可言。

到了这样的季节，烧柴不用愁了。栅栏院里的落叶，就让你烧也烧不尽。

这时候，流亡者就收集落叶和枯枝，烧一桶桶的热水，洗澡，淋浴。

有雅兴的洋人，还会站在窗户前，姿势不凡地画画，画秋天的景色——一旦回国，这也是一幅色彩与岁月的记忆啊。

这种落叶的季节，大饽饽还要和他的同事们，一人一把大扫帚，清扫覆盖在有轨电车轨道上的落叶。

当时的有轨电车，最初是由国际上的某个慈善机构出资援建的。当时只有两台有轨电车。当然，现在已经没有有轨电车了。应当说，这是一个遗憾。须知，后人对前人的生活并不是完全漠不关心的。有轨电车的寿命如此之短，这是前辈的流亡地人做梦也没想到的事，还以为是在他们死后，这两台有轨电车会年复一年，永远地开下去呢——

第二次世界大战之后，这两台有轨电车，曾是流亡地的一个重要风景啊。

流亡地的有轨电车，备有一些洋文画报、报纸和茶水。乘务员不仅售票，还兼卖口香糖之类的小食品。洋人爱嚼这玩意儿，蓝色的眼睛，磨着嘴呱叽呱叽嚼，一边嚼，一边彼此说着话，像牛反刍似的。

有轨电车的乘务员都有着漂亮的皮夹克，男女乘务员穿上这套皮夹克。再戴上船型帽，有点像"二战"时期德军的报务员。

大饽饽乍看上去，是一个很老实的，也很憨厚的人。他长得有点蠢，很黑，一脸密密麻麻的青春疙瘩，嘴唇很厚，牙齿很白，经常张着大嘴打哈欠。

他的母亲是索马里的摩沙迪沙的，是居住在赤道边上的非洲人。总之，居住在沿海一带的黑人，他们当中大多数，都自觉或被迫地离开了自己的祖国，在海外谋生。有的去了法国做了仆人，有的作为奴隶，被贩卖到美国和英国。

大饽饽的母亲是乘船从索马里渡过阿拉伯海，然后随着漂亮的大帆船，穿过狭长的、像水黄瓜似的红海，抵达了海面上漂浮着的十多个国家的各种各样垃圾的地中海，再穿过咽喉似的黑海，踏上了陌生的、气候寒冷的俄罗斯大地，然后到了基辅。

俄国人对黑人并不十分歧视，尤其是黑女人。他们认为黑色肤色的女人简直是上帝的杰作。

大饽饽的母亲在基辅的一家面包房里揉面团。非洲女人非常有力气。面包房里的老板非常欣赏她这一点。老板用手拍在她的屁股上，感觉像拍在德军的坦克车上一样。

大饽饽的父亲也是那个面包坊里的一个厨师。

大饽饽的父亲是中国人。

不久，他跟这个非洲女人住在一起了。

生活在社会底层的男人，常常是靠劳动环境获得爱情的。

大饽饽的父亲当时住在基辅大街上的一个半地下室里。这个半地下室的窗户，有一米露在外面的地面上。通过这扇几乎与人行道平行的窗户，可以看见许多走着的皮靴、高跟鞋和警察的大皮鞋。

到了晚上，尤其是到了基辅的小雨之夜，窗前的鞋们就少了，只有零星的妓女们的高跟鞋，孤寂的、湿漉漉的、百无聊赖地敲击着地面，让沉睡着的大楼发出清脆的回响。

大饽饽的父亲当时是个光棍，而那个从索马里来的黑女人，为了多挣些钱，经常在夜里去当妓女。

俗话说，两座山不能相遇，两个人总是能相逢的。在这个半地下室的窗前，两个人相遇了。

那是个美丽的基辅之夜，天也下着雨。从远处的教堂那儿，传来的钟声水灵灵地好听。

大饽饽的父亲把这个黑女人领到地下室里，用毛巾擦干了她脸上的残雨。然后，让她把湿漉漉的衣服脱下来，在火炉前烤一烤。这之中，他们还开了几个玩笑。大饽饽的父亲高兴极了，拿出了酒和酒杯，又找出了香肠。那个非洲女人做了煎蛋和非洲人爱喝的汤。

接着，两个人就喝起酒来。

他们大声地说笑着，讲了一些有趣的故事，太痛快了。

那个索马里女人又很暴露地，给这个中国面包师跳起了节奏很强烈的非洲舞蹈。面包师也站了起来，和她一道跳——非洲舞的感染力太强了，它能让你不由自主地跟着跳起舞来。

后来，他睡在了这个身体像海豚一样的黑女人身上。

大饽饽的父亲，尽管年轻，也累得不行了。

那个黑女人像家庭主妇一样，侍候了他一天一夜。

这两个背井离乡的人做得太过火了。另外，亚洲人的体质，毕竟要比非洲人差一些的。

大饽饽就是这个中国面包师和那个索马里女人邂逅的产物。大饽馄的出生，恐怕得感谢那个基辅之夜的那场雨了……

那个黑女人从索马里出发的时候，无论如何也想不到，在远隔万水千山的基辅有一个中国面包师在等待着她，将和她结为充满动感的露水夫妻。

这就是命运，或是缘分。

黑女人生了大馄馄之后，不久，就离开了大馄馄的父亲，去当了一名女佣，随着那家俄国贵族去了莫斯科。

孩子留给了这个亚洲人。

好在这个非洲的女人，生下来的并不是一个漆黑的孩子。一个黄种人同一个黑女人结合，将来生的是黑孩子还是白孩子，或者是棕色的孩子——简直是一场危险的赌博了。

不久，这个中国面包师离开了俄国，离开欧洲，带着基辅雨夜里的爱情结晶，带着一脑瓜子对非洲女人的大惑不解，回到了地处亚洲的祖国，后来又辗转来到了流亡地。

在流亡地他开了一家面包坊。

流亡地是一个不可一日无面包的地方。

这个中国人烤的面包，可以说，是全黑龙江最好的。也是最地道，正宗的。

他的生意非常好。所有流亡在流亡地的洋人都来他这儿买面包，列巴圈儿、果脯列巴、芝麻小糖列巴。他几乎成了流亡地须臾不可离的重要人物了。

——那种长长的、像中国的长方形枕头一样的列巴，烤好以后，从烤炉里取出来，往面案上一摔，嘭一声，整条列巴就拦腰断开了。这说明面包烤得火候正好。

这是他的绝活儿。

大饽饽从小就是在面包房里长大的。他走到哪里浑身都散发着香喷喷的烤面包味儿。

流亡地的那些洋人，还有中国孩子，经常看见大饽饽拿着一个面包，边走边吃。

居住在流亡地的中国人，把面包叫"大饽饽"。

"大饽饽"的绰号，就是这样得来的。

当大饽饽长成大小伙子的时候，他的父亲已经很老了。老父亲已经干不动做面包的活儿了，只在面包房里当技术指导。那些劈柴禾、揉面、烤面包之类的活儿，由他两个徒弟干了。

大饽饽虽然是售票员，但他也会开有轨车。有轨车其实很好开，三分钟之内就可以学会。但不能开得太快，太快了有轨电车容易脱轨。那就闯祸了。

平常，大饽饽很关心国际形势，他对美国黑人反对种族歧视，充满了激情。但是，流亡地很少有人知道他母亲是索马里人，是非洲人。大饽饽的父亲对任何人也没说过。

人长成大小伙子，就像小马驹长成大马了，该上套了。不久，大饽饽就结婚了，娶的是一个擦皮鞋匠的女儿。那丫头特别爱笑，常常笑得对方直糊涂。她好像有点傻，喜欢在栅栏院的一角蹲着撒尿。

大饽饽一次下班回来，正好看见了这一幕，笑了。

"不要脸！"那个傻姑娘说。

大饽饽说："等着吧，我要娶你做我的老婆！"

傻丫头听了，蹲在那儿都笑得不行了。

这姑娘其实很纯洁，长得虽说不好看，但也并不难看。

老面包师去擦皮鞋匠那儿擦自己的靴子时，看到了儿子提到的这个爱笑的丫头。

老面包师还保持着俄国人的生活习惯。比如在阳光灿烂的日子里，去流亡地的涅克拉索夫街头，在擦皮鞋匠那儿，擦擦自己的长筒皮靴。

在星期六，在流亡地涅克拉索夫大街的街头，去那个擦皮鞋匠那儿，总是弥漫着醉人的皮鞋油味。

老面包师抽着烟斗同擦皮鞋匠，就把儿女们的婚姻大事定了。

结婚的那一天，面包师亲手烤了一炉面包，他烤的面包真是棒极了。

大饽饽跟这个丫头结婚不到一年，他脸上那一层亢奋的青春疙瘩就完全消失了。

他们夫妻的感情非常好。

在流亡地的有轨电车上当乘务员，没有不贪污票款的。大饽饽当然也不例外。如果不是这样，就会被自己的同行瞧不起，遭到他们的讥笑。

为了对付乘务员贪污票款的行为，有轨电车规定，任何一个乘务员上班都不许带钱，如果带钱，必须事先通知调度。而且，对行为可疑的乘务员施行搜身。但是，乘务员们都很聪明的。一个欧洲人曾经说过："是由于智慧，造成贫富之间的差别。"

冬天，乘务员把贪污的钱，拧成一个"小酒盅"，再舔上点儿唾沫，有轨车行驶当中，瞄准好车厢外面铁电缆杆子一投，"小酒盅"就沾在上面了。这样，等到下了班，被调度搜过后，再一身轻松地去那个铁电缆杆那儿，把钱取回来。

为了不让有轨电车队的官们察觉自己的贪污行为，大饽饽经常伪装得很穷。在八月十五中秋节这一天，一般地说，再穷的人，上班也会带几块月饼，或者其他好吃的东西。但在这一天，大饽饽带的，却是一块干巴面包和咸菜。

调度一旁看在眼里，气得牙根咬得吱吱直响。

大饽饽一边啃干面包，咬咸菜，一边大谈国际形势。

他认为美国的黑人应该发动一场革命，像毛泽东同志领导秋收起义那样，揭竿而起，推翻万恶的美国统治集团。

那个英国绅士的私生子果力，也是有轨电车的售票员，他吃着中国式的月饼一边听着大饽饽讲，一边哧哧笑。

果力也贪污票款。但果力事先已经把调度贿赂好了，用不着像大饽饽那样，一边装穷，一边下班徒步去那个电缆杆，找"小酒盅"。

……

大饽饽的岳父，仍然在涅克拉索夫大街上擦皮鞋。只是隐约地感到他擦得不那么认真，也不那么仔细了。过去，老头擦得太棒了，哈着腰，整个身子都扑上去了，仔细得差不多要用舌头舔了。现在全不是那么回事了，擦在鞋上的鞋刷子，软兮兮的，一点劲儿也没有。

当然，老擦皮鞋匠对擦自己亲家——老面包师的靴子，还是擦得十分认真的。

在涅克拉索夫大街上，老面包师一边让擦皮鞋匠擦自己的靴子，一边吸着烟斗环视着两边的街景、流亡地的洋娘儿们、流亡地的杂种、流亡地的各种各样的欧式风格的房舍和隆隆驶过的有轨电车。同时，他们也会想到那个离他而去的非洲女人。他听说，那个非洲女人因为受不了莫斯科的严寒,他走后的不久,她就回到赤道边的索马里去了。

老面包师的眼前又浮现出那个索马里女人给他跳非洲舞的样子。

老面包师一边吸着烟斗,一边对老擦皮鞋匠说:"世界上只有非洲舞最绝,他们一跳,你就会忍不住跟着他们跳。"

擦完靴子,老面包师开始往家走了。他一边往家慢慢地走,一边品着眼前的一切。他觉得,生活在流亡地这个地方,还算不赖。

乞丐乌汉诺夫·小提琴曲·匈牙利人·为灵魂送行的诗

老头子乌汉诺夫,是流亡地最有魅力的乞丐之一。

乌汉诺夫是俄国人,而且是个白党。

在中国的东北三省,流亡的俄国白党很多,几乎随处可见。乌汉诺夫只是其中很普通的一个。

乌汉诺夫住在流亡地的果戈里大街上。

乌汉诺夫年轻的时候就是俄国大诗人果戈里的崇拜者。

乌汉诺夫每天都到涅克拉索夫大街上去乞讨,这是他的生活。

乌汉诺夫乞讨的方式,是凭借他的那把很旧的小提琴。

乌汉诺夫能够演奏各种各样的曲子,俄国的、英国的、法国的、美国的、意大利的,而且钢琴、小号、萨克斯、竖琴等等,他都可以用手中的小提琴模仿出来。甚至,他还能演奏中国的民间小调,像《小拜年》《江河水》等等,拉得特别有情趣,亦笑亦哭,让中国人感动。

乌汉诺夫每天都固定地坐在离那座基督教堂不远的地方,拉小提琴乞讨。

他的面前仰放着一顶旧毡帽。

刚刚从教堂里出来，或者准备去教堂做礼拜、做忏悔的流亡者，会哈着腰把零钱放在他的旧毡帽里。

乌汉诺夫看也不看，继续如醉似痴地拉他的小提琴……

这时候，或许有人出钱，请他演奏那支1806年12月23日在维也纳首次上演的贝多芬的小提琴协奏曲D大调。

人们对音乐的偏好，几乎等同于人的个性。这谁也没有办法。临刑的死囚和刚刚登上皇帝宝座的君主，只要听到音乐之声，都会不由得为之动容——就不要说在流亡地的流亡者了。

乌汉诺夫重新调好琴弦，然后，神情严肃地演奏起来。

这支世界名曲，是那样的安详，犹如一域平静的湖水，优美的旋律在涅克拉索夫大街上款款地游动着……

在演奏贝多芬的这支小提琴曲的时候，乌汉诺夫深情地闭着眼睛，痴迷地拉着——他的确是一个艺术家。

没有一个小无赖在他拉小提琴的时候，偷他毡帽里的钱——这是音乐与乞丐相结合的魅力。

老头子乌汉诺夫，长着一脸花白的大胡子，而且长发披肩，嘴里镶着两颗迷人的金牙。流亡地的流亡者像尊敬绅士一样地尊敬他。

乌汉诺夫的父亲曾经是俄国最优秀的小提琴手之一。同时，也是个有名的风流情种。据说俄国上流社会的许多贵妇人和名门闺秀都和他有染。他们父子俩形同路人。但乌汉诺夫本人还是受到了高等教育，而且他还是该学院业余小乐队成员之一，也是学院诗社的积极参与者……

可老头子现在是一个乞丐——一个被晨风吹拂着潇洒的长发，拉着令人陶醉的小提琴曲的乞丐。

乌汉诺夫要在涅克拉索夫大街上拉一天的琴。

有时候,他也歇一歇,抽一颗纸烟,眯着眼睛看着那座基督教堂。

老头子很少去那里做礼拜。或许他心中的上帝是残忍的,不公正的……

乌汉诺夫认为,只有音乐才是人类真正的上帝。音乐不仅能净化人的灵魂,唤起美好的回忆,善良的同情心,还能激发人们对未来的憧憬和自省精神。

乌汉诺夫一生都酷爱音乐。不妙的是,他是一个在俄国无法安身的白党,一个流亡者,一个乞丐。

……

那个后来被人杀害的英国绅士,几乎每天都伫立在乌汉诺夫的身旁,听一会儿他拉的小提琴——有时挂着他的拐杖,有时吸着他的烟斗,有时一边看着报纸,一边听老头子演奏。

——这是流亡地颇为动人的街头一景。

英国绅士对乌汉诺夫说:"先生,请给我演奏一支沃恩·威廉斯的《田园交响曲》好吗?"

乌汉诺夫突然问道:"先生,我有一个问题……"

这个英国绅士打断了他的话,说:"不,先生,现在人们不提问题,还是让我们一道欣赏《田园交响曲》吧。"

乌汉诺夫耸了耸肩,重新调好琴弦,拉了起来。

这是一支英国式的,有着浓郁风味的乡土音乐,旋律优美,有一种沉思的意味,展示出辽阔的大草原上一派生机勃勃的景象。继而,又像古老的山林之神,发出神秘的召唤,那声音悠远而凝重,在旷野上紫回缭绕。让人感觉到不是怀着自己的灵魂走,而是灵魂走在自己的前方,引导着自己前行……

乌汉诺夫演奏之后,他们吸起烟来。

乌汉诺夫问:"先生,您不想回英国去吗?"

"当然,我非常想。只是……"

乌汉诺夫说:"您不像我,我是一个乞丐,而且还是一个不受欢迎的白党。您可以轻松自在地回英国去,为什么不呢?"

英国绅士平静地说:"……要知道,先生,我们这些流亡者,都是灵魂的乞丐。"

这个英国绅士转过头来问:"先生,您小的时候有过迷路的体验吗?"

乌汉诺夫说:"当然。记得当时我一边哭,一边寻找自己的家。那时,我的家在彼得堡。您去过彼得堡吗?"

"是的,我去过。"

"知道那条A大街吗?"

"当然。那是一条很繁华的大街,在那条大街上,有一家酒馆,叫情人酒吧,老板娘腌的酸黄瓜可真不赖,又嫩又酸。"

"那个老板娘叫纳杰日达·科热夫尼科娃。她的舞跳得很好。"

说着,乌汉诺夫便学着跳了起来,一边跳,一边拍手打着节拍。

英国绅士笑眯眯地欣赏着。

跳过了,乌汉诺夫接着说:

"您刚才说到迷路,要知道那时我很小,找不到家了,就哭啊哭地走到音乐厅,是音乐厅里传出的音乐,引导我找到了自己的家……非常有趣儿。"

"是啊,现在我们都长大了,再迷路的时候,虽然不再流泪,但我们感到了更大的迷茫,现在,我们仍然找不到自己的家园,是凭着神圣的音乐才得到一个如同海市蜃楼般的故乡……"

乌汉诺夫说:"是啊是啊,我们都是迷途的羔羊……"

英国绅士富有哲理地说:"要么是羔羊,要么是野兽。现在我们这些流亡者的生命,只能拜托给上帝和音乐了。"

说着,英国绅士从自己的口袋里掏出几枚硬币,哈腰扔在乌汉诺夫的毡帽里。

乌汉诺夫说:"谢谢。"

"再见,先生。"

"再见。"

乌汉诺夫看着这个英国绅士,朝着敖德萨餐馆的方向走去了。

那儿是这个英国绅士每天必去的地方。

乌汉诺夫也知道,敖德萨餐馆的女老板娜达莎是这个英国绅士的情人。乌汉诺夫总觉得这个彬彬有礼的英国人,是一个让人费解的谜。

乌汉诺夫的家,在果戈里大街颇为寂静的一隅。

乌汉诺夫的宅院很不起眼,也很破旧了。这个宅院,是一个喋喋不休的匈牙利人,离开流亡地时,送给乌汉诺夫的。

那个匈牙利人是一个不安分的人,他热衷于旅行,他的大半生几乎全部是在旅途中度过的。这个匈牙利人非常迷恋李斯特的那首《旅游岁月》的钢琴曲。

他问乌汉诺夫:"您知道罗伯特·舒曼是怎样评价李斯特的吗?"

"对不起,先生,我不知道。"

"您当然不知道。"那个匈牙利人眉飞色舞地说。

"我是个乞丐。"

"不不不不不,我绝不是这个意思。坦率地说,我也是个乞丐,我们是同行。其实人人都是乞丐，只有上帝才是我们这些乞丐的唯一施主。"

乌汉诺夫说："还有音乐。"

"对对对对对。告诉您，舒曼是这样评价李斯特的，他说，是魔鬼附到了李斯特的身上——说得多棒！太伟大了，太辉煌了！"

"是的，很伟大。"

这个匈牙利人终于冷静了下来，像个诗人那样对乌汉诺夫说：

"朋友，您看，我又要走了。我一生都在运动中：离别、相逢，再离别、再相逢，向每一个人告别，向每一个刚刚认识的人做自我介绍……好了，现在这儿的一切都属于您了。"

"谢谢您，先生。"

"没什么没什么。我记得——李斯特用音乐表现了欧伯曼的乡愁，他说：我唯一死而无憾的葬身之地，就是阿尔卑斯山——我也是。我要去阿尔卑斯山，我死后，将安葬在那里……"

这个匈牙利人说这些话的时候，眼睛里已经闪动着泪花了。

……

那个匈牙利人走后，乌汉诺夫就住在了这里。虽然房间里一切都乱得不成样子，但所有的东西都是现成的：床、被子、桌子、炊具等等，应有尽有——那个匈牙利人把整个家都扔给他了。

乌汉诺夫的老伴儿，是一个善良的俄罗斯女人，她非常温柔，对老头乌汉诺夫很好，像对待一个孩子。

老头子每天出门去乞讨，她总要替老头子穿戴好，嘱咐他下雨刮风时一定要早回家的话。老头便诺诺地答应着。

她一直把老头送到涅克拉索夫大街上，看着老头子走远了，才转身回去。

回到家里,又开始做她的刺绣活儿。

老太太刺绣得手艺不错,这还是她当姑娘时学的。她常给流亡地的那些流亡者绣一些譬如桌布、枕头套之类的活儿,换点钱。

在老头子快要回来之前,她总是事先做好面包,做好汤,然后出门。她一直走到果戈里大街和涅克拉索夫大街的街口,站在那儿,接她的老头子。

老头子出现了。

她走过去,挽着老人的胳膊,一同往回走。她脸上是很幸福的样子。

他们是一对乐天知命的老夫妻。

流亡地的流亡者和混血都很尊敬他们。

冬天的时候,老头子乌汉诺夫,仍然在流亡者去教堂做礼拜的日子里,站在大街上拉小提琴乞讨。

他或者拉的是巴哈的小提琴奏鸣曲,或者是恰恰图良的小提琴协奏曲,或者是柴可夫斯基的D大调小提琴协奏曲,等等,等等。

当然,老头子或许拉得不那么优秀,可这在流亡地已经十分的难得了。

音乐别于教堂的圣诗,也别于敖德萨餐馆里的乐师演奏的那种节奏强烈的乡村音乐。老头子乌汉诺夫演奏的小提琴,情调深沉、忧郁、甜美、圣洁和高雅。

应当说,乌汉诺夫是流亡地流亡者当中,一个有天赋的乞丐。

不久,乌汉诺夫的老伴死了。

很多流亡者都去参加了这个俄罗斯女人的葬礼。

葬礼上，有人建议乌汉诺夫在老伴的墓前演奏一支小提琴曲。

乌汉诺夫说："我的老伴儿，一听我拉琴就要伤心地流泪，现在她死了，我不想让她伤心……"

说着，乌汉诺夫对前来参加葬礼的那个英国绅士说：

"先生，还是请你为我的老伴儿朗诵一首俄罗斯的诗歌吧，让我的老伴儿在诗歌的陪伴下，回俄国去……"

英国绅士站在俄罗斯女人的墓前，声音柔和地朗诵起来：

多么美的夜景！
四周多么安逸！
从冰凌的王国到暴风雪的领地，
你那清新而纯净的五月飞向天宇！

多么美的夜景！
漫天晶莹的繁星
又在亲切柔情地探视我的心灵，
夜色中回荡着夜莺的啼鸣，
还传播着无边的惊恐和爱情。

白桦树在等待。它那半透明的
叶儿羞涩地摇曳，
抚慰我的目光。
白桦树在颤动。
它像一位新嫁娘，
娇羞又欢欣地穿着婚礼的盛装。

> 夜呵，你没有形体，
> 却这般柔和，
> 我此生此世看不厌你的面庞！
> 我不由得唱起歌儿向你走来，
> 无法遏制地——或许是最后的歌唱。

老头子乌汉诺夫感动地说："这诗真美啊……"

不久，这位在涅克拉索夫大街上拉小提琴的乞丐，也死掉了。
在他的葬礼上，那个英国绅士为这个老乞丐同样朗诵了那首诗……
英国绅士轻声地说："永别了，先生……"

暴雨之夜·邮递员达尼·熟肉店的老板

敖德萨餐馆的女老板娜达莎，曾在一个不寻常的夜里被人非礼过一次。

这件事，娜达莎没对任何人说过。消息灵通的河网区，也没有一个人知道在敖德萨餐馆，在女老板娜达莎的卧房里发生过这件事。

女老板娜达莎为什么对此事缄口不言呢？

女老板娜达莎被人非礼的这件事，发生在一个下着大暴雨的夜里。在暴雨中，一个单身女人被歹徒强暴，这显然不是什么新鲜事，有些电影电视为了造气氛曾多次使用过类似的素材。

笼罩在大暴雨之中的流亡的河网区一派迷蒙,所有的建筑:欧式的、东洋式的、中国式的,包括那些栅栏院子,那个门前冷落的肉铺和涅克拉索夫大街,以及所有的树林都被大雨浇得水淋淋的。闪电极刺眼地一闪,河网区就是一幅蒙蒙雨雾中的海市蜃楼了。

只要河网区一带下大雨,涅克拉索夫大街也好,果戈里大街也好,雨果大街也好,都泥泞得没法走路了。冒雨出门的外国流亡者都要穿上高筒的水靴子才能上路。那些流亡在河网区的老人、妇女和孩子雨天出门都要拄一根棍子,像滑雪一样地"滑泥"走。

这儿原是一片荒芜的沼泽,马车和汽车在大雨天是无法行驶的,车马会陷到稀泥里去的。

河网区一带没有什么像样的排水设施,只在土路的两边挖了阴沟。河网区的地形是倾斜的,因此,流到阴沟里的雨水能够顺势排泄到松花江中去。但是到了下暴雨的天气,阴沟都被雨水灌满了,溢出来了,河网区到处都是一片片冷白色的水泽了。

在这样的天气里最遭罪的是邮递员。

河网区的邮递员可以称得上是中国最好的邮递员,不论什么样的天气,他都会把信函和报纸及时地送到那些流亡者的手中。在大雪天,他甚至能使用滑雪板送信。流亡者们经常在这样的天气里看见邮递员像飞一样地滑行在涅克拉索夫大街上。在暖和的季节里,邮递员则骑着自行车送信。这个邮递员骑自行车像杂技演员一样技术高超。他天天准时骑着车子背着邮袋,走街串巷,分发信函、报纸、法院的传票、账单、圣诞贺卡等等。

但是到了下大雨的天气,他骑自行车的本领就用不上了,只能穿着高筒靴子,穿着雨衣,背着满满一邮包的信函(都是表达无奈和思念的信函,或者告之生老病死的信函),一步一步,挨家挨户,投递信件。站在雷鸣电闪的大雨之中，将信或者报纸递给一只只从门斗里伸出来的手上。如果对方是俄国人，就会用俄语说"谢谢"，日本人会用日语说"谢谢"，英国人、美国人和丹麦人就会用生硬的汉语说"谢谢"。特别是接到盼望已久的信函时，那双接信的手会不顾一切地把邮递员的头颅搬进遮雨的门斗里，狂吻起来，好像邮递员是这个好消息的制造者似的。

流亡地河网区的邮递员是一个小伙子，只有十九岁。河网区所有的人没有不认识他的。

小伙子的父亲是一位熏制香肠和各种熟肉制品的行家。他的样子像俄国十八世纪的土地主似的，长着一脸大胡子，眼珠子也特别大，表情有点阴沉，而且咄咄逼人，浑身总是油腻腻的。他的熟肉店窗明几净，橱窗里吊着熏制的羊腿、胖乎乎的大茶肠，以及一根一根连起来的法式小肉肠，都是油光光的。这家熟肉店就在繁华的涅克拉索夫大街上。一年四季，他的生意总是那样的好。

偶尔，能看见肉铺的老板出来，在他的熟肉店门前站一会儿，一副心安理得的样子，并漫不经心地跟过路人打招呼。

熟肉店的老板是一个老牌的绅士，他身上有一半是法国血统，而另一半是俄国血统。那时候，俄国人娶一个法国妻子是东、西欧常见的事。老板的父母辞世以后，由于战争的缘故，他离开了俄国来到了他的第二故乡——法国谋生。他熏制的香肠和熟肉工艺考究，味道纯正。他不仅能够熏制出地道的法式香肠，也能熏制出纯粹的、略微有一点咸的俄国香肠。当年，他的俄国父亲就在法国学的这种手艺。

美丽的法国不仅盛产驰名世界的葡萄酒，也盛产享誉欧洲的美味香肠。所以，当时的俄国人是非常崇拜法国人的，自然也包括性感的法国女郎。这个熟肉店的老板就继承了他父亲的这种心理，他打算像他的父亲一样娶一个法国女人做妻子。

爱情，有时候也能够像两国的边界问题一样，双方是可以举行谈判的。

这个熟肉店老板的谈判对手，是一个落魄的年轻的法国女人。他对她说，如果她给他生一个儿子（姑娘不算），他就会给她五十法郎。如果这个孩子长得漂亮，他还会另外奖赏给她一枚金路易士。

这个法国女人欣然同意了。

于是他们搬到了一块儿。

这个法国女人整天嚼口香糖，看巴黎的时装画报和小说集，而这个俄国佬却像仆人一样精心侍候着她。有时候，他还给她讲一些有趣儿的俄国故事。

十个月之后，这个法国女人成功地为他生了一个儿子。

这个熟肉店的老板从接生婆那儿听到了这个消息后，先跪在圣母的像前热泪盈眶地祷告了一番。之后，才小心翼翼地走进产房，手里忸怩地揉着自己的旧礼帽，哈着腰去看他的儿子。

法国女人胜利地笑了。

那个法国女人拿到了五十法郎和一枚奖励给她的金路易士之后，激动得都哭了。她说她没想到自己生的是一个儿子，更没想到这个熟肉店的老板会恪守信用付给她钱和一枚金路易士。她都哭得不行了。

她对肉店老板说："真的，先生，我真的是太需要这笔钱了……"

这个法国女人拖着虚弱的身子走了。那个俄国人还另外送给了她一小筐上等的法国香肠。

这个新生儿降生到人世上来，当然不会料想到自己将来会成为流亡地河网区的邮递员。

在流亡地河网区当邮递员不会英语和俄语是不行的。这是不言而喻的。

这个小伙子几乎能说会写俄、英、法、汉四国语言。虽然都是一般水平,但这足够用了。

我们再回到那个发生在法国的故事中去。

在法国巴黎的熟肉店老板想:一个母亲为了自己亲生骨肉保不准会做出外人认为不可思议的事。基于这样的考虑,熟肉店的老板决定带着自己的儿子迅速地离开了法国。之后又不远万里,不辞辛苦辗转地来到了遥远而神秘的中国,来到了洋人聚集的流亡地——河网区。这个熟肉店的老板想,那个愚蠢的法国女人做梦也不会想到,他们父子已经躲到古老的中国来了。对此,即便是爱管闲事的法国政府也无能为力。

熟肉店老板想到这儿奸诈地笑了。

熟肉店的老板给自己的儿子取了一个法国名字,叫达尼艾尔·布朗热。这个名字是一个法国作家的名字,是熟肉店老板在法国出版的《新时代》上见到的这个名字。这本书还是那个法国女人带来的呢。

河网区的流亡者们都管熟肉店老板的儿子叫"达尼"。

父子俩到了河网区不久,达尼很快有了一个新母亲。那是一个肥胖的意大利女人。达尼的父亲是看好这个来自米兰的胖女人的那一对像荷兰大奶牛一样的沉甸甸的大乳房。这个熟肉店的老板想,自己拥有了这一对大乳房,就不必为儿子去找那个驼背女人再订牛奶了,或者,再花钱买一头奶羊,挤羊奶喂自己的儿子了。

这个来自意大利米兰的胖女人是个寡妇。她是随着她的男人躲避无情的战争和死亡流亡到河网区来的。开始，他们夫妻是去的阿尔巴尼亚，但阿尔巴尼亚也在纳粹的战火之中。后来，他们又去了土耳其，土耳其也是一样在战争的蹂躏之下。于是他们又从土耳其到了俄国，但俄国的贫穷和饥饿使他们再次长途跋涉，来到了中国。途中，她的丈夫病死了。到了河网区不久，她刚刚生下来不到一个月的儿子也夭折了。在河网区她是孤身一人了。熟肉店的老板能及时地向她求婚，她真是欣喜若狂，好像这一切上帝都事先安排好了似的。她感到幸福极了。

　　河网区流传着许多关于他们夫妻的笑话。那是因为他们两个人都很胖，两个人的肚子都大得像啤酒桶一样。于是，当地的流亡者就杜撰了一些他们夫妻怎样怎样亲热的笑话。

　　如果在一个阳光明媚的天气里，几位站在涅克拉索夫大街上聊天的流亡者突然爆发出狂笑声，而且人人都是捧腹大笑，那一定是有人又讲了他们夫妻之间的新笑话了。

　　熟肉店的老板在后面的作坊里熏制他的香肠熟肉，而那个意大利老板娘，则在前面的熟肉店里卖货。

　　他们夫妻俩的感情非常之好。

　　那个意大利胖娘儿们常常会因为一丁点小事放声大笑。搞得来买香肠和熟肉的流亡者，不得不文雅地等她笑完再讲自己要买什么。

　　他们夫妻没事儿常开上些粗俗的玩笑。这对达尼不啻是一个不好的影响。

　　不过，这个意大利胖女人是一个烹调专家，她能做一手好菜，像意大利馅饼、意大利烤鱼和意大利牛腱子饭等等。熟肉店的老板对此非常满意。他感到这个女人的前夫是一个没福气的可怜虫。

　　走进这家熟肉店，常能闻到从厨房里飘出来的诱人的菜饭的香味。

他们夫妻已经没有什么抱负和理想了,在他们面前只有一年四季变化着的生活。他们想,有吃,有穿,有房子,有熟肉店,有教堂,还有一个宝贝儿子,这一切就足够了,在哪儿生活都一样。

达尼一脸的雀斑,脸色有点法国式的苍白,总是一副好吃惊的样子,或许是这个世界对他来说太陌生了。他说话总哆哆嗦嗦的,有一点结巴。

平常,达尼总喜欢嚼口香糖和看画报。这一点很像他的法国母亲。

——好了,我们还是回头来讲娜达莎被非礼的这件事吧。

达尼总是把敖德萨餐馆当成自己投递信件的最后一站。这样,他可以在餐馆里喝一杯热咖啡,或者一大杯熊牌啤酒。有时候,赶巧有一封来自俄国敖德萨方面的信交到女老板娜达莎的手中,他还因此能喝上一杯上好的葡萄酒。

达尼喜欢喝这种酒,他觉得自己已经是一个大小伙子了,从此该走向生活,走向爱情,走向诗一样的世界了。

…………

由于大暴雨,路不好走,信送到敖德萨餐馆的时候几乎是深夜了。这个大雨之夜,敖德萨餐馆一个顾客也没有。天下这么大的雨是不会有顾客的。餐馆的餐厅里冷冷清清的,除了雨声其他一点声音也没有。餐厅里只有娜达莎一个人在自斟自饮,一副顾影自怜的样子……

达尼穿着高筒水靴子,冒着大雨走到敖德萨餐馆的时候,餐馆早已经打烊了。达尼在门口喊了几声,餐馆里没有人答应。那个在敖德萨餐馆干活的韩国小伙子也回家去了。

外面的雨越下越猛了。最后，是达尼自己打开了大门走进了餐馆。

谢天谢地，餐馆餐厅当中的那个铁炉子炉火正旺。冻得瑟瑟发抖的达尼脱下湿漉漉的雨衣晾在火炉旁边，他自己也坐在火炉边烤起火来。外面的闪电频频地闪着，大暴雨依旧下个不停。达尼想，看来世界发大水了，要把流亡者的栖息之地淹掉了啊。

达尼自己去柜台取了一瓶葡萄酒，嘴对嘴地喝了起来。他顽皮地想，娜达莎可能休息了。

喝过酒以后，由于好奇，也许是想看个究竟，达尼拿着酒瓶子去了娜达莎的卧室。

卧室里的灯还亮着。娜达莎独自喝了酒之后已经躺在床上睡下了。卧室里很暖和，娜达莎几乎是光着身子睡在床上。眼前的伊人使得达尼的行为变得不由自主起来。世界一下子变得异常的静。外面的暴雨声愈发遥远起来。达尼像一只小狼崽子那样不顾一切了。他把酒瓶子放在床头柜上，他想，如果娜达莎反抗，他就用这个酒瓶子砸碎她的头！

娜达莎对这种不像话的事经历过几次，她毕竟是一个风尘女子。不过，过去强暴她的都是她的那些情人。他们喝得醉醺醺的，跳过院墙……

这样的事，娜达莎都习以为常了。

娜达莎被达尼弄醒了，开始，她以为是她的某一位相好的混蛋上来了。但她立刻发现，对方是一张长满雀斑的少年人脸。少年人的脸被疯狂扭曲得狰狞不堪了，他的头发还湿漉漉的呢。小伙子哭了起来，娜达莎立刻搂紧了他，说："哦，可怜的孩子……"

于是，达尼哭得更厉害了，同时也更加疯狂地动作起来。

娜达莎一边给达尼擦眼泪一边说："这是头一次，对吗孩子？"

205

达尼说:"是的。"

娜达莎又问:"今天有我的信吗?"

达尼说:"没有。只有一份俄文报纸。"

娜达莎问:"报纸上有什么新鲜事吗?"

达尼说:"……好像没有。"

娜达莎笑了,说:"哦,那好吧,我们就尽情地欢乐吧。"

接下来,娜达莎像一个经验丰富的导航员,把达尼带入一个又一个浪峰谷底,穿过一个又一个激流险滩。达尼快乐得像一只击水的海鸥了。

…………

黎明来到的时候,达尼完全垮了。

娜达莎搀扶着这个可怜的孩子,穿上外衣和水靴子,送他走出了敖德萨餐馆。

雨后的黎明非常静谧,让人舒心也让人感动。

临走的时候,达尼小声地说:"谢谢您。"

娜达莎爱怜地说:"回去吧孩子,这件事就当没发生过,永远忘掉它吧。"

达尼没想到,他的父亲和意大利继母为了寻找他,在整整一夜的时间里,几乎走遍了整个河网区……

流亡地的春天·擦皮鞋匠和犹太女人

在流亡地居住的并不是清一色来自欧洲的、为了躲避战争迫害的流亡者，以及随后衍生出来的那些人。在流亡地也有少数的中国人。

流亡地，说它寒冷也好，说它是沼泽地也好，但这儿毕竟是中国的土地。

生活在流亡地的中国人，大多是从山东、河南，以及从辽宁和吉林来这里谋生的人。中国人信奉这样一名言："人挪活，树挪死。"要想有活路就得背井离乡走出去。当时的中国大地并不太平，天灾人祸，都可以让善良的居民走上远离故土之路。

那个在流亡地的涅克拉索夫大街上的擦皮鞋老头，就是从山东的青岛市流亡过来的。

其实，他的老家是在山东的牟平县。他是从牟平到的青岛。

那时候他还是一个种田人，从老家出来去青岛仅仅是为了填饱肚子。

青岛，是许多德国人特别喜欢去的地方，在青岛侨居或做生意的德国人是很多的。这样，德国风格的建筑在青岛随处可观（包括街道的建筑风格，也无不体现着日耳曼民族的文化）。

另外，青岛地势起伏跌宕，又濒临大海。毫无疑问，这种海洋性的气候和自然景观，更增加了对德国人的吸引力。

在这里生活的德国人感到此地就跟德国一样。

无论是德国的男人还是女人，他们都喜欢穿长筒皮靴。因此，在青岛的每一个街头都能看到擦皮鞋的摊子。青岛擦皮鞋的生意非常红火。在青岛，擦皮鞋是一门时髦的职业。

德国人一边叼着烟斗看当日的德文报纸，一边把脚放在擦皮鞋匠的踏板上，让中国的擦皮鞋匠擦他的长筒皮靴。

这种街头景观在青岛随处可见。

有位洋作家在他的一篇小说中写过这样的一句话："德国人的到

来，使街头充满了浓厚的皮鞋油味。"

德国风格的建筑是非常有个性的。铺着红瓦的房盖立陡立崖的，给行人的感觉特别特殊。

这样建筑的出现，主要是因为地处北回归线的德国，大雪很大很频。德国的位置在东经三十度，北纬四十五度到六十度之间。这个位置只要跨过狭长像并蒂丝瓜一样的瑞典和挪威，就是北冰洋了。德国的天气与东欧有点相似，是介于西欧海洋性气候和东欧大陆性气候之间的中欧气候。它的大雪自然是不少的，但雪软得也很快。因此构筑立陡立崖的红瓦房盖，就可以使落上去的厚雪顺势地滑下去，不至于将雪水渗到天棚里。而且这种立陡立崖的红瓦屋顶看上去也很美，很优雅，很别致。

德国人到底是很聪明的。同时，你也能了解到他们为什么喜欢穿长筒靴了。

擦皮鞋匠从山东的牟平农村流亡到青岛后，立刻就选择了擦皮鞋这个行业，而且一干就是二十年。

他几乎把自己一生中最美好的青春全都扑在擦皮鞋上了。自然，这辛辛苦苦的二十年也使他的擦皮鞋手艺达到了炉火纯青的地步。只要他走在街上，无论从他走路的姿势还是他的眼神和表情上看，侨居在青岛的德国人立刻就知道他是一个手艺高超的擦皮鞋匠。

值得一提的是，凡二十年间，老擦皮鞋匠一直保持着年轻人的那种强烈的求知欲望。在他主动同顾客聊天中，了解了不少世界各地的皮鞋知识及趣闻，而且还学会了普通的德语对话。他对皮鞋的鉴别能力大大提高了，无论是德国人的长筒皮靴，还是美国人、英国人、法国人、丹麦和挪威人的皮鞋，只要他看一眼，就能立刻分辨出那是一种什么牌子的皮鞋，产自哪里，是第几代产品。并且，他还能说出这双皮鞋出自哪国的哪位设计师之手。不仅如此，他也能指出眼前这双皮鞋用的是什么面料，是什么品种的牛皮，是中年的、少年的，还是老年的牛皮，这牛是哪产的，在哪个国家的哪个牧区，以及这头牛是冬天杀的还是秋天杀的。

你只要在他那儿擦皮鞋，你就等于免费获得一次有趣的有关皮鞋方面的知识。

一个优秀的擦皮鞋匠，不仅仅是把皮鞋擦亮就完了，用当代中国流行的时髦话说，这还应是一种"皮鞋文化"。

这个皮鞋匠一辈子没娶上女人。他说他的"爱人"是世界上所有的皮鞋。

他的那个嫁给大饽饽的、爱笑的丫头也并不是他的亲生女儿，是他的弟弟和弟媳觉得自己的丫头总好笑，看着让人怀疑她是不是有点儿傻？另一方面，他们夫妻也觉得当擦皮鞋匠的哥哥一个人生活太寂寞，不如把这个丫头送给哥哥做个伴儿，望个门儿，同时也减轻了自己的负担。

当哥哥看到这个爱笑的丫头时，脸一下子亮了，他觉得笑多好啊，多让人舒心哪。

他喜欢这个丫头。

不久，这个爱笑的丫头跟着擦皮鞋匠来到了哈尔滨的流亡地。

他们父女觉得流亡在流亡地的洋人多，有他这个擦皮鞋匠的用武之地，他可以在这里大显身手。同时，他也不想继续在青岛不断地对顾客重复地讲那些有关皮鞋的故事了。于是，便挥泪告别了青岛，告别了海港城市里到处走动的皮靴和皮鞋，来到了哈尔滨。

还有，他喜欢寒冷地区。只有寒冷地区的人们才穿长筒皮靴。擦一双长筒皮靴的价钱，相当于擦两双普通皮鞋的价。日后的生活，不愁喽——

擦皮鞋匠带着爱笑的丫头到了流亡地之后，便亲自动手设计，盖了一幢完全仿德国建筑风格的房子。

房子盖好之后，引起了流亡在流亡地的洋人的极大好奇心。

老擦皮鞋匠非常高兴，他发现那些前来围观的洋人都穿着长筒皮靴子。

老皮鞋匠心想：嘿，走着瞧吧。

那是个早春的天气。

其实，流亡地没有轮廓分明的春天。流亡地的春天和冬季几乎是重叠的。即便是到了春夏交替的时节，雪已经化光了，但一镐刨下去，下面还是冻土呢。而且，那些被暖洋洋的太阳融化了的雪水到了晚上还会结成薄冰。

入夜之后，窗子临街的房子主人，时常可以听到踏碎薄冰的清脆的脚步声。

老擦皮鞋匠的新房子，正是在这个忽冷忽热的季节里昼夜兼程盖成的。

……

擦皮鞋匠的生意开张之后，生意果然不错。到他那儿去擦皮鞋的流亡者几乎络绎不绝。

甚至有的洋人单是为了听擦皮鞋匠讲故事，才到他那里擦皮鞋的。

擦皮鞋匠心里暗想：我得悠着点儿讲。

冬天流亡地的雪太大了，气候也太寒冷了，擦皮鞋的地点就设在那幢德国风格的住房里。

他的家里专有一个擦皮鞋的小屋子，屋子里生着一只小铁炉，屋子里很暖和，还备有热茶、报纸和画报，给擦皮鞋的主顾解闷儿。

到了夏季和秋季，他就在流亡地的涅克拉索夫大街的街头擦皮鞋。他的面前放着一把俄罗斯式的圆椅子。这种椅子很像欧洲古典戏剧中的一个道具。椅子前面是一个踏脚用的小木箱，您把自己尊贵的脚放在上面就行了，剩下的事就不用操心了。

老擦皮鞋匠一旦遇到一双优质的、做工高超的皮鞋，出于尊敬，出于敬仰，出于心悦诚服，他会擦得非常卖力气。虔诚的态度，满头的细汗，和滔滔不绝地对这双皮鞋来历的讲述，会让鞋的主人大为感动。

对鞋的赞美，就等于是对他主人的赞美啊。

人活着，并不是每一天都会遇到赞美之词的。

于是付钱的时候，鞋的主人也一定要多付给他几个钱，以表达自己的感谢之情。

但是，却遭到了老擦皮鞋匠的拒绝。

他非常诚恳地说：不要钱，先生。能亲手擦一擦这双不平凡的皮靴，是我的荣幸。记得我在青岛的时候，曾为一个德国人擦过一双同样牌子的皮靴。当时我并不懂得这双皮靴如何高贵和它不凡的来历，只觉得它不同寻常。是那个德国人告诉我，这个牌子的皮鞋在全世界只有六双……

说着，皮鞋匠激动得眼睛都潮湿了，他泪花闪闪地看着这个顾客，说："您真幸运，先生，您知道，这双皮鞋是出自谁的手艺吗？"

"不知道。真的不知道，坦率地说，没把这双靴子当……怎么说呢，我可能太草率了……我是一个草率的人。"

…………

211

老皮鞋匠讲过之后便俯下身子，轻轻地吻了一下这双刚刚擦好的、不同寻常的皮鞋。

皮鞋的主人离开擦皮鞋匠之后，由于兴奋异常，两条腿僵硬得几乎不会走路了。

擦皮鞋匠毕竟是个男人，一个男人一辈子不想女人恐怕就是一种疾病了。

在流亡地一带，临时找个女人解解闷儿并不是一件难事。

这个老擦皮鞋匠找到的情人，是一个从德国流亡过来的犹太女人。这个女人长的有点像乌克兰人，黑头发，脸很苍白，两只眼睛像圣母一样充满了无限的忧郁。

她是一个寡妇，在战争年代，犹太的寡妇真是多如牛毛。

这个犹太女人是一个技术高超的助产士。流亡地的许多洋孩子都是她亲手接生的。但这个犹太女人从不给中国人接生，换言之，当地的中国妇女也不信任她。对于接生，中国人有中国人的一套方法。这种古老的方法，对那个德国犹太女人来说，简直是不可理喻的。

这个德国助产士没事的时候就待在家里，一般并不出门。

她喜欢待在家里，自己一个人坐在壁炉旁，听手摇唱机上的唱片，喝着茶，品呷着自己的回忆，自己的故乡，自己的梦。

这个犹太女人很瘦，不苟言笑，表情似乎有点冷酷。流亡地的流亡者从没看见她放声大笑过。她干起接生的活儿来也是一丝不苟的，而且干脆利落。对于报酬，她从不事先和对方讲价。她似乎清楚各国对这种事的付酬标准和方式是不同的。如果对方付给她的报酬太少了，她会直盯着你的眼睛，然后说："谢谢。"转身就走了。

德国是一个令人感到尴尬和恐惧的民族啊。

德国助产士是一个讲究卫生，做什么有条不紊的女人。估计她有四十多岁了，少女期、青春期、少妇期，都过去了。她在冷静地等待着老年期呢。

她的生活完全由她自己操办。去涅克拉索夫大街买肉，买面包，买日用杂品，都是她自己干。

她很能干。在栅栏院里干起活来像一只动作灵活的小鹿。

她的房间总是收拾得干干净净的。四壁挂着一些德国的风景画片，有柏林的施普雷河边的小镇，有汉堡阿尔斯特湖，有慕尼黑古老的中世纪教堂，有德国的阿尔卑斯山，等等。

这个犹太女人常常看着它们发呆。

她栅栏院门那儿安着一个手拉铃，外人用手一拉，铃声就会在她的房间哗啷啷地响起来。

这个犹太女人的旁边总跟着一条名贵的大丹犬。这种狗原产于丹麦，后被德国改良成大型犬。

——德国还是一个富于改良的民族。

她的大丹犬是黑色的，像没有月亮的黑夜。它的头较长，腿竖直，显得威武而高贵，勇敢而又有风度。是一只良好的看守和护卫犬。

在流亡地一带许多流亡的洋人都养狗。他们喜欢养狗的程度像中国喜欢养猪的兴趣一样。这个犹太女人的狗非常凶恶，流亡地一带的日本狼青、比格犬、英国的波音达、中国的昆明犬、德国的牧羊犬，都惧怕它。

它总是形影不离那个德国女人，简直像一只黑色的幽灵。

擦皮鞋匠同这个德国助产士的爱情，是发生在暮春时节的一个好天里。春天毕竟是让一些男人和女人谈恋爱的季节。流亡地的春天虽然春寒未尽，但它应有的作用却一点儿也不能低估。

德国助产士穿着一双很不错的靴子。当这双靴子踏在擦皮鞋匠的箱子上的时候,擦皮鞋匠惊呆了,抬头尊敬地看了看靴子的主人,显得异常激动。

老擦皮鞋匠说:"夫人,您这是一双德国靴子。"

"是的。您说得很对!擦吧。"

"而且是战前货。"

"是的。部分地区的战争还没有结束呢。"

"它产在德国的慕尼黑。"

"是的。您好像去过……"

"是一九××年十月慕尼黑啤酒节上奖励给啤酒小姐的奖品之一。"

"是的……"

"这双靴子是全德国最出色的做靴子的手艺人做的,它只有一双。它的妙处在于事前规定了啤酒小姐脚的尺码……"

"您怎么知道?"德国女人终于吃惊了。

"我爱德国。"擦皮匠抬起头,一脸起诚恳地说。

…………

爱德国,当然也包括爱德国的人了。这是不言而喻的。

这种爱,很容易让德国女人动情……

…………

在一个优美的流亡地之夜,擦皮鞋匠来到了德国助产士的住所。

他们在一起彬彬有礼地喝茶。后来他们喝了酒,畅谈了德国,畅谈了那次令人难以忘怀的啤酒节,畅谈了大米格尔湖和易北河,还聊了德国的历史,漫谈了十九世纪的普鲁士国王……

这是这个德国犹太女人流亡到流亡地之后讲话最多的一个

夜晚……

最后，擦皮鞋匠用自己那一双擦皮鞋的手，像抚摸名贵的皮靴那样充满柔情地抚摸了这个德国女人。

德国女人没想到这个中国佬的手让人感到那样的美妙，那样的不可思议。

德国女人沉醉地说："哦，先生，你有一双助产士的手……"

擦皮鞋匠哽咽地说："……这是我一生中第一次接触女人……"

不少梨花在暮春的夜里都开放了。

这些漂亮的、香味浓郁的梨花，也是在流亡地第一次开放啊。

这的确是流亡地的一个谈情说爱的美妙之夜。

刘警官·孟警官·小庙·索伦女人和银色的月光

流亡者的聚集地，不久之后，设了一个公安派出所。

派出所不仅负责对那些流亡地的洋人的管理工作，还要不断向上级汇报这些流亡者的一些情况，反映他们的一些要求，比如通信、生活必需品之类的一些要求，更包括引渡他们回国的要求。同时，负责流亡地一带的治安管理工作。

流亡地的公安派出所，在一座小庙里。这是一幢中国式建筑。庙的确不大，只有一个正殿（分前堂和后堂）。供奉的大肚弥勒佛已经破败不堪了。

小庙的情况，大致如此。改成派出所之后，情景也大致如此。

前面我说过，流亡到流亡地的人，不仅有侨民，也有一部分中国人。人生何处不是家呀。但毕竟多年的背井离乡和长年流离颠沛的生活，已经使他们对生活缺乏信任感、缺乏信心了。

多舛的生活及命运，几乎构成了他们终生的困惑。

因此，这里出现一所尽管十分简陋的小庙，是可以理解的。

有时候庙本身也是破碎灵魂的精神港湾。

在这里，偶然失足的不幸者，备尝艰辛的人，对自己种种努力失败的人，已经心静如水，心安理得了。

他们开始相信命运，相信佛，并且也开始苦中作乐。

人走到哪里，总会把自己的文化与宗教也带到那里去的。流亡地的那幢基督教堂和清真寺就说明了这一点。

千百年来，世界上许许多多的人，都是把宗教当成自己灵魂的组成部分的。

一个没有任何信仰的人，一个残缺的灵魂，生活在风尘仆仆的世上，生活在危机四伏的人间，是不可想象的。

人的心灵不是顽石，顽石有时也会被生活的厄运之锤砸得粉碎的。

流亡地的这家派出所，实际上只有一个警察，他姓刘。流亡地的流亡者都称他"刘警官"。派出所的所长，因为长年有病（气管炎）一直病休在家里，这样，刘警官就成了流亡地派出所的名副其实的"所长"了。

刘警官只有三十五岁，正是大好年华。他的样子像一个知识分子。他也的确多多少少会几句英语和俄语。

派出所有一部手摇电话。但它经常坏。

小庙的前堂，算是刘警官的办公室，他的办公桌就是那个长条的香案。再找把椅子一坐，就齐了。

身后面是大肚弥勒佛。

小庙里所有的旧幔帐，都被他拽了下去，空空荡荡的，像一台没有搭完的舞台布景。

长条香案上放着一瓶钢笔水、两支蘸水钢笔、审讯纸等等，还有一个用迫击炮弹壳做的笔筒。

前堂的一边，有一个文件柜，里面放着流亡地流亡者登记之类的文件。

庙的后堂是刘警官的休息室。有一个火炕。火炕上有一个小炕桌，上面放着一把滑稽的紫砂壶、一个水杯和一本外文字典。火炕上有一套行李。

小庙的院子不大，有几株姿态潇洒的松树。还有供香客休息与想事的石凳。挺整洁的。

到了春天，不少燕子都在小庙的房檐下安了家。

刘警官有一辆不错的自行车，没事就骑着车子，去流亡地的大街小巷巡视一番，看看有什么事没有，没事才好呢。

刘警官和流亡地的好人、坏人都处得不错。他设法让生活在这里的人明白，罪恶与邪恶，都不是他刘警官造成的。他只负责防范犯罪与惩罚犯罪。如果彼此双方都能明白这样一个浅显的道理，相处起来就不难了。用不着整天绷着脸——那是不成熟。

流亡地的刘警官，有两大业余爱好，一是吸烟，二是下象棋。

只要你在流亡地见到他，他或者是叼着烟卷在涅克拉索夫大街上慢悠悠地骑着自行车巡视，或者他正在那个老擦皮鞋匠的摊子旁边，跟几个闲人下象棋。

217

下象棋是一种爱好,看下象棋也是一种爱好。一天天麻麻烦烦不尽人意的日子,是需要象棋之类来调整一下的。

刘警官的脚上也穿着一双长筒皮靴,而且一直是擦得锃亮。

那个老擦皮鞋匠一直想给刘警官效劳效劳,擦擦他那双长筒皮靴。但总是遭到刘警官的婉言谢绝。

刘警官说:"谢谢,我还是自己擦吧。我挺愿意擦皮鞋的。"

刘警官对那些流亡者是很客气的。一是很热情,二是他的确有警官的威严。

在流亡地,人们也常能看见他在好天里,站在涅克拉索夫大街的街头和某个洋人一边吸烟,一边聊天。他的自行车就支在道旁边。

流亡地的人对刘警官了解得不多,只依稀地知道,刘警官和他老婆的关系不怎么好。

刘警官的老婆是索伦人,是黑龙江少数民族之一。

索伦人能骑善射,是个强悍的民族。但是,到了刘警官老婆这一代,已经不是纯种的索伦人了。她已经汉化了,生活习惯和语言,都跟汉人一样了。

索伦和汉族人之间通婚都是普普通通的事了。

刘警官一家,是流亡地的外来户。

刘警官一家搬到这里来,就听到了当地许多有趣的故事,也包括那个被暗杀的英国绅士的故事。

刘警官很快喜欢上了这个地方,并且也很快跟这里的居民打成了一片。

刘警官在小庙的院里空地上,种了一些草花。在院墙处还栽了一些喇叭花和向日葵。他是一个喜欢美化环境的中国人。

他的这一习惯,颇得流亡者的好感。

刘警官还弄来了几棵迎春花，栽在小庙的门外。

小庙的红墙，也是挺有趣的地方。当地的洋孩子在那上面用粉笔画了一些儿童画的画，写外国字。待到他们把院墙全部都画满的时候，刘警官就把院墙重新粉刷一下，好让孩子们再画。

在阳光灿烂的天气里，人们从庙前经过时，经常看见刘警官坐在院子当中，叼着烟卷，擦着他那双长筒皮靴。他的身上披着一层灿烂的雪白雪白的阳光。

配给刘警官的枪，是一支八成新的狗牌撸子。

作为警察，刘警官也有他凶恶的一面。

流亡地一带由于洋人多，因此狗也很多，这些狗它们敢咬任何人，但从来没有一只狗敢咬刘警官——狗毕竟是一种极聪明的动物。刘警官走在狗最多的涅克拉索夫大街上，理都不理那些狗。

刘警官对一些小事，比如小偷小摸，搞女人之类的事，他并不怎么去管。他的兴趣不在于此，而是某些重大的案子。他也曾动手研究过那个英国绅士被害的案子，但一筹莫展。

有时候，刘警官也到敖德萨餐馆去看一看。

刘警官在那里非常客气，问老板娘娜达莎有没有需要自己效劳的事。偶尔，他也在那里喝一杯啤酒，但从来都如数付钱。

娜达莎就把柔软的嘴唇贴在他的耳边，说：

"有的有的，晚上我一个人太寂寞，你来陪陪我好吗？要知道，我好久没有和带枪的人在一起了……"

刘警官听了，就哈哈大笑。

刘警官毕竟是警官，他能够把令人难堪的事，当成玩笑，巧妙地化解过去。

娜达莎也只好陪着他笑。

刘警官掏出烟卷儿，娜达莎替他点燃，刘警官叼着烟卷儿就走了。他那结实的屁股上方，能明显地看到突出在衣襟里的那支狗牌撸子。

娜达莎的确有点喜欢刘警官。她认为刘警官是她在国内外看到的众多的警官中，最有教养的人，是一个说话做事，彬彬有礼的绅士。并且，他从不骚扰侨民的生活。

流亡在流亡地的每个洋人，走在街上，都跟刘警官打招呼。

刘警官有他自己的做人准则，有对自己本职工作的独特理解。

有一点让流亡地人不能理解的，就是，刘警官为什么不愿意回家。

略微特别一点的事就是刘警官对邮递员达尼的态度，似乎更好一些。

达尼几乎每星期都能分拣到一封寄给刘警官的信。这封信有点神秘，从不写寄信人的地址。但从娟秀整洁的笔迹上看，可以肯定，寄信人是个年轻的女子。

这使得达尼对刘警官更加崇拜了。

刘警官每每接到这封信，总是一副幸福的样子。似乎他也从不掩饰这一点。这种时候，你看不出他是一名警官。他的脸上很开朗。

接到信后，一定会扔给达尼一颗烟卷。

达尼便把烟卷夹在自己的耳朵上，吹着口哨，优美地骑着车子走了，继续送他的信去了。

邮递员达尼也认识刘警官的老婆。达尼觉得这个女人太邋遢了，而且人胖得出奇（流亡地的女人，一半以上都是大胖子），眼珠子很大，你面对这样大的一双眼珠子，会目瞪口呆的。

这个女人不善料理家务，也不会做饭。无论做什么都马马虎虎，大手大脚的。对家里的肮脏熟视无睹。她唯一的爱好，就是同流亡地的妇女们聊天。她是靠这种聊天，保持着她生机勃勃的精神面貌的。

只要走进她的家里，就给人一种千头万绪无从做起的感觉。

他们夫妻俩的关系僵得很，两个人见了面儿几乎不说话。可刘警官的女人不在乎这些。她似乎是一个心很大的女人。

刘警官的确有一个跟他相好的女子。那个女子也是一名警官，姓孟。他们是同一所警官培训班毕业的学员。

孟警官长得眉清目秀，俨然一个大家闺秀，一双丹凤眼，总是脉脉含情的样子。

警察学习班的学员即将毕业了，在彼此各奔前程之际，他们悄悄地幽会了一次，并接了吻。这事就算是明朗了。

从此，他们之间往来的情书就不断了。

这种事，发生在中青年人当中是不足为怪的。

有人喜欢过分地憎恨与指责这一点，这是很狭隘的。一个人感情失足是在所难免的。谁也不是圣人。不要为某人的偶一过失，再不断地去制造这个人的一生的痛苦。要以爱己之心爱人才好，才是一个温暖的，值得人人信赖的社会。

不久，他们之间的隐情败露了。

那是刘警官去总局开会后的事。会后，他约了孟警官跟他一道悄悄地到流亡地来。

两个人推着自行车，是一直走向流亡地的。

要知道，从总局到流亡地，有二十公里远的路程呢，相当于从哈尔滨到呼兰县的距离。

两个人那样一边走，一边谈。

通向流亡地的路很清静，没有行人，也没有车辆。

他们不时地停下来，拥抱、接吻。

刘警官提出用自行车驮着孟警官走。

秀气的孟警官说：

"我看我们还是推着车子走吧，机会难得呀——"

这是个夏日之夜。路上，除了许多蚊子之外，一切都是美好的。

月婆婆也很好，很慈祥的样子，朦胧着一脸的柔情，它似乎很疼爱这一对年轻的恋人……

两个人到了流亡地，已经是半夜了。

他们悄悄地进了那个小庙，又摸着黑，走过供奉大肚弥勒佛的前堂，来到了后堂的卧室。

教堂的钟声响了，黑暗中，他们愣了一会儿，又相视而笑了。

这一宿，对他们二位而言，既非常甜蜜，也非常悲怆。

事后，他们对未来几乎陷入了绝望。

……两个人没有想到，刘警官的老婆在翌日之晨，竟然出现在小庙里了。

平常，刘警官的老婆绝少到小庙去，因为去了也白去，刘警官的脸子在小庙里会更冷。

这一夜，刘警官的老婆不知为什么，有点莫名其妙地害怕，有点心神不宁。她的确是在这样一种不安的情绪下，有点担心她的丈夫才到小庙来的。

刘警官老婆的突然出现，使事情明朗化了。

刘警官的老婆看到这一切之后，并没有声张，她很聪明——黑龙江人的确是很聪明的，并不像一些外地人认为的那样愚蠢可笑。历史上几度重创中原政权，并且能取而代之的，就是东北人。倘若这儿的人不聪明，能创建这样的大事业吗？！

刘警官的老婆将这件事，原原本本哭诉给在家养病的老所长了。

老所长强忍着笑，听完了"受害人"的陈诉之后，"怒吼"着说："你立刻把他给我叫来！他妈的，反天了！"

刘警官到了老所长的家。老所长让刘警官的老婆先回避。

刘警官对老所长说：

"啥也别说了，我认了！"

老所长忍不住笑了，说：

"他妈的！就是年轻。"

老所长从内心喜欢这个年轻的警官。这个年轻人在工作上，独当一面，为自己做了许多工作。老所长毕竟是老公安了，能不知道自己下属的一些私事吗？他想，这个年轻人的年岁再大一大就好了。偶尔的儿女情长，也别太较真儿了。

当然，就一个人而言，他的岁数再大一大，一切也就没戏了，一切都结束了。有谁会对你的激情结束而感到惋惜哪？

所长终归是所长。他命令刘警官从今以后，必须回家里去住，以后不准无故地在派出所住。

老所长又缓了语气说："小刘哇，你得给我这个老头子一点儿面子嘛。"

刘警官走后，老所长也严肃地批评了刘警官的老婆，说：

"你看你，邋邋遢遢的，哪个男人能爱你？啊？女人嘛，要像个女人样，好好地打扮打扮，家里也好好地收拾收拾，做丈夫的看了，心里也亮堂，能不喜欢你吗？好了好了。别哭了，能把自己的男人拴住才是有本事的女人呢。你把你丈夫弄灰心了,跟别的女人跑了,是你有本领,有能耐啊?好了,回去好好琢磨琢磨,好好想一想。回去吧。"

刘警官的女人回去以后,把家里认真收拾了一遍,来了一个大扫除。并且,她下决心再也不出去串门闲扯了。今后,要把这个家守住,把自己的男人守住。

她突然觉得自己的男人是一个很不错的男人,平常自己没当回事,那是一个大错误。

为了迎接刘警官回家,这个女人还跑到大阪理发店烫了头。家里又包了饺子,烫了酒。

一切都做妥之后,就专等刘警官回来了。

刘警官回来后,一言不发,一直坐在栅栏院里抽烟。月光泼在他的后背上,使他像一尊银色的雕像。

他的女人终于怯怯地走到他身边,小声地问:

"饺子下不下?水开半天了……"

刘警官抬头,看了一眼一脸泪水的娘儿们,看了那一脑瓜子新烫的以至有点滑稽的头,终于长长地叹了一口气,说:

"下吧。"

……

白俄裁缝·棺材铺的张挂面和苏州女人

在流亡地,有一家不挂任何招牌的成衣铺。它就在涅克拉索夫大街上。

裁缝是一个自称自己是巴黎人的白俄老头。白俄老头的眼睛里总是鬼气森森的，一看就知道这是一只老狐狸。他总是侧过脸用耳朵倾听你讲话。那种样子，让你不得不字斟句酌起来。他喜欢用他那一双蓝色的小眼睛肆无忌惮地打量每一个客人。这可能是出自他的一种职业习惯。也可能他理想中的自我，就应当是这种样子。这说明他热爱生活。

裁缝的脖子上总搭着一条软兮兮的土黄色的皮尺。他两只手支在柜台上，问：

"夫人，有什么需要我为您效劳的吗？"

看上去有点装腔作势。

但在流亡地，他的确是最好的。

他的裁缝铺里，有一张大桌子，上面铺着料子，供他裁裁剪剪。桌角上堆着一堆各种颜色的破布条。

桌子边的铁炉子上，永远有一只冒着热气的熨斗。的确是一家成衣铺的气氛。

裁缝有很好的记性，给顾客量身长、胸围、袖子和领子等等，用尺量过之后，他能把这一大堆数字，一个不错地记在一张白纸上。

裁缝的夫人，是一个样子很温顺的中国人。她的老家在南方的苏州，据她自己讲，她的家离那座有名的"寒山寺"很近。她对寒山寺的钟声，有一种特殊的感情，好像每一天都挺神圣的。她说她的父亲是一位被遣送到黑龙江的"流民"（当然也可能是一位亡命的逃犯）。

不管怎么说，一个男人为生活计，闯到黑龙江来，就说明此人绝非一个等闲之辈。至少得有点儿汉子气才行。

但是，人是一种奇怪的动物，他们不像虎，虎自然生虎，狼自然生狼，犬牙交错，凶相毕露是它们固有的天性。而人类，一个恶狼般的父亲，完全可以生育出一个温顺得像绵羊一样性格温顺的女孩。

裁缝的女人，主要负责把裁缝剪裁好的料子，做成服装（还有熨衣服），但关键的部位，还得由那个自称是法国人的白俄丈夫来做。总之，两个人合作得很好，没有什么争执。中国女人，要么就是不争，要么就是把争执当成自己一生中的大事来做。他们夫妻两个的感情很好，总是一副乐呵呵，乐天知命的样子。这样的家庭，总是冬天也不冷，夏天也不热，一派轻松愉快的样子。只是那个白俄裁缝对他的夫人，多多少少有点装腔作势。当然，也可能俄国人就是那种样子。尤其又自称了自己是法国人。

这个白俄裁缝，无论说什么，都言必称法兰西。他好像把法国的一切，当成自己生活的样板。从拿破仑到法国的葡萄酒，一切都是世界一流的。而且，这一点，世界公认。

这个白俄裁缝讲，他最喜欢的，是法国的咖啡馆。那里经常聚集许许多多落魄的，又自命不凡的艺术家、小说家和诗人。这些人当中有男有女，口出狂言，行为放荡又谨小慎微，彬彬有礼。每个人的眼睛后面都隐藏着另外一双眼睛。那一双眼睛里，是贪婪、奸诈、粗俗不堪、灰心丧气和自私自利。

白俄裁缝说，他设计时装的艺术才能，就是从那里熏陶出来的。

说完，他瞪着他那一双蓝色的小眼睛，小声地告诉对方：

"那里出了许多世界著名的艺术家。著名的！"

说着，他便长长地舒了一口气，说："当然了，法国人是一个讲究穿的民族。只要你到过法国，便终生难忘了。"

如果，他手中的活不忙，兴致又高，他就会讲他在法国那一段流浪生活。

他说："秋天，最令人难忘的，是几个流浪汉在街头用一只破铁桶，点上火，他们围坐在那里，喝酒、唱歌、抽烟。这些人当中有妓女、码头工人、残废军人、小偷、被丈夫抛弃的女人等等。简直是一个露天的家庭。夜里，教堂的钟声响了，大家都沉默了，不吱声了，直到钟声响过之后，才有人开始讲话。"

说着，裁缝的脸色戚戚然了。

生活的确在有的时候是挺残酷的，哪怕是生活在美丽的法国也不例外。

他颇有感触地说："巴黎的大雪，常常让他们这一伙流浪汉彻夜难眠。"

白俄裁缝做服装的手艺的确不错。他的主要顾客，大多是流亡在流亡地的洋人。只有个别几个中国人。这些中国人都是流亡地地区有头有脸的公职人员，像监狱长、看守、医生等等。而且中国人对做工不那么挑剔，只要穿着合身就行了。另外，让这个白俄裁缝搞不懂的是，中国人做裤子时，为什么都要把裤子做得长一些呢？

中国人的一些行为，有时候在他们看来，是一个谜。

他们夫妻一共有三个女儿。大女儿已经很大了，样子凶恶，态度生硬，性格有点"潮"，长得也不怎么好看。她已经嫁人了。嫁给了流亡地监狱的看守，那个看守经常喝得醉醺醺的，喝醉了之后，就放声高歌。看守的五音不全，唱的醉歌难听极了。每逢这种时候，她就躲到自家的栅栏院里去，在那儿站着。任凭那个狱卒在屋子里放声高唱。如果她的男人闹到深夜也不停止，她就干脆回娘家去。对她的白俄父亲和苏州母亲，滔滔不绝讲她的狗屎丈夫的所作所为，并站起来学她男人唱歌的丑态。学过了，又恶毒地诅咒她的男人。

裁缝的另外两个女儿，还在念书，是一对可爱的小天使。要知道，白俄和中国人生的孩子,一般都是非常漂亮的。

那个白俄裁缝的成衣铺的旁边,是一家棺材铺。

棺材铺的门脸儿,整天大开着,里面有各种各样的棺材,中国式的,洋式的。涅克拉索夫大街上的行人经过这里,可以一览无余。

棺材铺的老板姓张,外号叫"张挂面"。他非常喜欢吃挂面,而且百吃不厌。

他的邻居,那个白俄裁缝,对此觉得非常不可思议。

张挂面的棺材铺,生意还行。不管怎么说,人死了之后,总得躺进棺材里去。这没什么好说的。

那个被人杀害的英国绅士的棺材,就是那个鞑靼女人从张挂面的棺材铺里买走的。

那是他做工最好的一副洋棺材。

张挂面的棺材生意好坏,也分季节。春秋好一些,这两个季节,流亡地的天气变化无常,说冷就冷,说热就热,身体弱的老年人,多数死在这样的季节里。用张挂面的话说:"这是上帝和阎王爷收老头和老太太的季节。"

没事的时候,两个店铺的老板经常在一起聊天。白俄裁缝谈法国,而张挂面则大讲特讲中国的各种各样的挂面。

棺材铺老板张挂面,把人生都看穿了。他说,人活着,就是两个字:吃和女人。别的,都是一场空。

但后者,却让张挂面感到苦恼。

在流亡地,几乎很难找到一个女人愿意和一个卖棺材的男人谈情说爱，哪怕是做一次露水夫妻的女人也没有。

为了解决这个问题，张挂面经常在死人淡季的日子里，把自己的棺材铺托付给白俄裁缝照看着，自己离开流亡地一段时间，去外面的世界找女人。

他对白俄裁缝一本正经地说，他在外面有几个固定的窝子，而且那几个女人都很贫穷，在生活上非常需要他。于是，他就用卖棺材的钱接济她们。

说着，张挂面很自豪地笑了。

只要张挂面到了她们那里，她们总是变着法的，给张挂面做各种各样好吃的挂面。张挂面跟这些女人亲热完了，给她们点钱，就走了。

在回家的路上，会顺路买一些油漆、钉子和小五金之类的东西，准备做新的棺材用。

张挂面回到流亡地，总是一副精神抖擞、意气风发的样子。

张挂面是陕西人。在陕西，的确有相当一部分人爱吃挂面。

张挂面不仅爱吃挂面，也爱吼秦腔。只要他喝了二两酒，就会情不自禁地吼起来。流亡在流亡地的洋人，最害怕的就是听棺材铺的老板坐在他的棺材铺前吼秦腔。他们称这是"魔鬼的歌声"。

白俄裁缝和棺材铺的张挂面，是朋友了。逢年过节的时候，白俄裁缝一定要把张挂面请到自己家去，和他的家人在一起过节。

白俄裁缝家里的节日很多，他们一家不但要过欧洲的圣诞节、复活节之类，还要过中国的春节和中秋节等等节日。这样，张挂面就经常被请到裁缝家去了。

两家人的感情越处越好，也越处越融洽了。

便是在平日里，白俄裁缝的女人，也经常给张挂面送些吃的去。

白俄裁缝的女人，觉得自己身为一个中国女人，一辈子和一个洋人，有点委屈。

不久，张挂面便和白俄裁缝的女人悄悄地开始偷情了。

张挂面在这种事儿上，总是那样精力充沛，不知疲倦。这一点，除了他对人生有着透彻的看法外，恐怕也和他是个光棍有关。

白俄裁缝的女人，有点崇拜张挂面了。有时候张挂面还冲她耍点儿小脾气呢。

这个苏州女人见了，就咪咪地笑了。

那个白俄裁缝已经老了，一切都看淡了，没有什么激情了。晚上躺在床上，一觉睡到大天亮。

棺材铺的老板张挂面和白俄裁缝的女人的偷情地点，都是在张挂面的棺材铺里。这样安全，谁也不会发现。而且，无论是中国人还是洋人，都不会闲着没事到棺材铺里闲逛的。

他们在棺材里常常要纠缠很长时间。

棺材铺里几乎每一个棺材（包括被卖出去的），都曾经是他们约会过的温床。

白俄裁缝的苏州女人，已经四十多岁了，像长跑运动员在终点前冲刺一样，表现得非常顽强。而张挂面操纵这个南国女人，一切都做得游刃有余。

这件令人难堪的事，是被裁缝的大女儿，首先发现的。

那是一天的夜里。大女儿的丈夫又喝醉了，又在家里连续不断地高唱起来。大女儿忍无可忍，就回娘家来了。在她快到家门前的时候，发现母亲鬼鬼祟祟地溜进了张挂面的棺材铺。

大女儿决定跟踪她的母亲，去看个究竟。

她也悄悄地进了棺材铺。

但她找遍了棺材铺所有的地方，也没有发现她母亲的踪影。正在她百思不得其解的时候，大女儿听到了从一个棺材里发出来的喁喁情话。大女儿悄悄地走过去，把耳朵贴在那个棺材壁上，陕北话和苏州话正轮番地说着滑稽的誓言呢。

大女儿一听，一切都明白了。

大女儿悄悄地退了出去。

…………

她回到了家，看见自己的老父亲穿着一件睡衣，正站在窗前默默地吸烟斗。

白俄裁缝毕竟是一只老狐狸，他在女儿的眼睛里看出来，女儿已经知道所有的一切了。

他问："你丈夫又喝醉了？"

"对。这个狗娘养的！"大女儿咬牙切齿地说。

"还在唱？"

"还在号呢——"

接着，父女俩沉默了。

父亲开始一边吸烟斗，一边对女儿回忆自己的过去。

白俄老头讲到自己贫困的家庭，讲到那两个当了赌徒的哥哥，讲到那个当妓女而死的妹妹，讲到伏尔加河畔的故乡。他讲了很多很多。

他说，他并不是法国人，自己纯粹是一个俄国人。他说自己该回国了——

他告诉自己的大女儿，他是作为一个私人裁缝，或者说是一个仆人，跟一个法国绅士去的巴黎。

他不胜感慨地说："巴黎是一个大染缸。"

他说自己在那里学坏了，不久，便在那里流浪……

他看着窗外落叶纷纷的夜景说："我总想，一切都过去了，过去了。"

说着，他流了泪，他说，那个法国绅士是一个虔诚的基督徒，但这个法国人，无论如何也没有想到，他的女儿和一个俄国仆人发生了不该发生的事。这个基督徒绝望了，自杀了……他很爱自己的女儿。

白俄裁缝说："我在巴黎流浪一年多之后，积蓄了一点钱，就离开了巴黎，到了中国，来到了流亡地……"

说着，老裁缝转过头来，大女儿看见老父亲已经是泪横满面了。

他对他的女儿说："上帝惩罚我的时候到了。孩子，这里发生的一切，对我来说，都是罪有应得。"

大女儿坐了下来，双手捂着脸，喃喃地说："这太丢人了，爸爸。"

老父亲走过去，抚摸着自己女儿的头发，说：

"是的。我们还是保持沉默吧。"

…………

窗外，传来轻轻的脚步声。

流亡地一带的树林很多，秋天里，落叶很多，很厚，踩上去，软软的，脆脆的……

大阪理发馆·满族小女孩儿和南飞的大雁

流亡地到了一年中最美妙的五月份了。

在那条刚刚被春风吹干了的涅克拉索夫大街上，去那家日本人开的"大阪理发馆"烫发和理发的流亡者越来越多了。

春夏之交，是流亡地摘帽子的时节。

天气渐渐暖和起来了，倘若有身份、有教养、有知识的流亡者，他的头型发式，还像冬天一样一塌糊涂，那就是件很糟糕的事情了。人，在一个新的季节里，总是希望自己有一个崭新的面貌。流亡者自然也不例外。

不仅如此，来自各个不同国家的流亡者，都是很自尊自爱的。他们非常清楚他们在流亡地的形象，就是自己国家的形象，对一个俄国人来说，就是整个俄国，对于一个法国人来说，那就是整个法国的象征。因此，流亡者的生活，再孤寂，困难得再难以想象，也要注意自己的仪表和自己的发型。这样，其他国家的流亡者才会尊敬你，并尊敬你的国家。

尤其到了美妙的五月，这是一个抛头露面的时节：人们经历过了纷纷的落叶，经历过了严寒和大雪，会重新审视自己，也会重新审视自己所熟悉的、每一个人的新的精神风貌。

大阪理发馆，是流亡地唯一的一家专门给流亡者服务的理发馆。这是一幢日本式的木板房。流亡地的很多人都认为这幢房子的样子很漂亮，很文静，而且看上去非常舒展。

与日本建筑风格稍有不同的是，这幢日本式的木板房前，也有一个欧式的栅栏院。院子里种着几株柏树和蹿天杨，给这里平添了几分宁静。有意思的是，大阪理发馆有一个中国式的理发招牌，上半部分是木板，下面的红布铰成了宽宽的穗儿，像中国古代的战旗。在栅栏院的大门上，有一个弧形的横匾，上面用英文和日文写着"大阪理发馆"。在木板房的房檐下，营业的时候，还一边儿挂着一个白色的纸灯笼，上面用红字也写着"大阪理发馆"五个字。

走进这里，恍惚之间，给人一种置身日本的感觉。

这个理发店的老板娘，是日本人，有三十六七岁。娘家在日本的神户，下嫁给大阪美发馆的小野君。那时候，老板娘才十六七岁，说起来，还是一个国色天香的绝色女子呢。

日本的大阪，也算是一个国际都市了。第二次世界大战以来，日本的大阪到处是来日本经商和谋生的外国人。

那时候，老板娘还是漂亮的小女孩。战战兢兢、糊里糊涂，当了小野君的新娘了。

这是一个性情温和的日本女人。她会讲英语，而且说得也不错。她在日本的大阪，经常接待来自欧洲的顾客，她的英语就是这样东一句、西一句地学会的。小野君的美发馆，在大阪也是小有名气的，许多外国顾客喜欢到他们夫妻的美发馆去美发。他们夫妻俩整天都忙得不亦乐乎。

……

老板娘一边给流亡地的流亡者女性烫发，一边不胜感慨地说：

"看来，有些名词是很有道理的，像蜜月这个词。想想，还真是那么回事。人一生只有一次，而且也只有一个月。过了这个月，就像晚秋时节的樱花一样，该凋落了……"

"是啊，是啊。"坐着烫发的洋女人也颇有同感。

这个日本女人无论是给流亡地的顾客烫发，还是理发，都是非常认真的。她常说："一个人的寿命有长有短，命运也有好有坏，但不管怎么说，活好每一天是非常重要的啊。"

女老板做活儿的手很柔软，给男人刮胡子、刮脸，感觉像情人的手在爱抚着你，让你心静如水，怡然欲睡。

她总会按照顾客的意思和爱好去理发和烫发,而且干得很出色,人人都很满意。理完发或者烫完头,她会拿起那面镜子,前前后后地给你照一照,让客人看看镜子里的新发型是否满意。

而且,这个日本老板娘还会按摩,理过发之后,她给您捏一捏肩膀、脖子、脑瓜和胳膊。客人感觉自己身上的血液之河,全都被打通了,畅快地奔涌起来了。

大阪理发店的老板娘,还是一个活泼的日本女人。当店里没有客人的时候,她经常一个人唱着日本歌,跳起了日本的舞蹈,她跳舞的动作非常优美,日本味很足。

客人进来,看到老板娘边唱边跳的样子,就站在一旁,非常欣赏地说:

"老板娘,您跳得真是太美了。"说着还鼓起掌来。

老板娘便不跳也不唱了,气喘吁吁地说:"……说起来,真是不好意思,我在神户的娘家念书那阵儿,还是学校的舞蹈皇后呢。"

流亡在流亡地的洋人看到这位娴淑、善良又活泼的日本老板娘,有些大惑不解:日本有这样好性格的女人,为什么还会成为军国主义呢?

老板娘是一个喜欢和顾客聊天的日本女人。她一边干活,一边聊天:日本这个民族,对男人,从他们孩子时起就抱有很大的期望。几乎每一个日本人,都希望自己的男孩子,将来成为一个真正的男子汉,响当当地干一番事业。日本流行着这样一句谚语:"花则樱花,人则武士。"这是日本国人的一种心理呀。

说着,这个日本老板娘甜蜜地笑了。

…………

老板娘和小野先生走散了的原因,是战争。

他们夫妻从日本的大阪坐船,绕过横滨、东京,经过函馆,再到日本海，然后是从韩国到中国的东北来的。

他们夫妻俩先在奉天开了一家日本美发馆。不久，他们又乘火车前往黑龙江。是在这个过程中，战争打起来了，夫妻俩是在逃亡，在混乱中，离散了。彼此再也没有音讯了。

他们是到中国来谋生的日本手艺人。

老板娘感慨地说："开始的时候，我和我的男人想，在中国挣点钱，积蓄足了，再回到日本去，再在大阪开一家更大一点的美发馆，再生几个孩子，到了那时候，该有多好啊——"

老板娘说过了，脸上的惆怅更浓了："唉——，真是没有想到啊。夫妻俩离散了，到现在，还一点音讯没有哇。"

不久，大阪理发馆里多了一个帮工。

那是一个满族小女孩。她只有十三岁，是个孤儿。一个人在涅克拉索夫大街上行乞怪可怜的。老板娘就收留了她，让她在自己的店里干点杂活。

老板娘对她非常好，像对待自己的亲生女儿一样。

聊天的时候，老板娘常对顾客说："等她长大了，我要把她当成亲女儿一样嫁出去。我要让她嫁给一个日本人，像我的丈夫那样的一个有手艺的日本人。"

这个满族小女孩在店里干得非常勤勉，无论是去涅克拉索夫大街上的肉铺买肉，还是到豆腐坊买豆腐，还是干各种家务活，她几乎样样能做。而且，她还跟老板娘学会了做日本饭菜。

她们娘俩有一个共同的爱好，都喜欢养花。

日本人讲究插花艺术。在日本小野君的美发馆里，就摆着好几盆老板娘亲手插的花。看上去非常有意境。

满族人的天性就是喜欢养花，满族是一个喜欢和平的民族。他们对花都伺弄得非常精心。他们认为花是有灵魂的。

这个日本老板娘已经信奉基督教了。她像流亡地的所有流亡者一样，定期地去教堂做礼拜。那个满族小姑娘也跟着她一块去。

受老板娘的熏陶，也受流亡者的熏陶，小女孩也开始信奉基督教了。

她们母女相处得非常亲，真的像亲生母女一样。为此，整个流亡地的洋人都很尊敬她们母女。

那个被杀害的英国绅士在活着的时候，也经常到大阪理发馆去。那个英国绅士刮过脸之后，曾彬彬有礼地对老板娘说：

"夫人，您有一双圣母一样温暖的手，说真的，我都有点陶醉了。"

说完，这个英国绅士便用他那一双深蓝色的眼睛深情地望着她。

老板娘毕竟是一个已婚的女人，她能看懂男人异样的眼神。

她说："谢谢了，先生。这是理发师应当做的，本店对每个光临小店的顾客，都应当这样做。"

英国绅士笑了，说："明白了。再见，夫人。"

"再见。请多多包涵。"

英国绅士又站住了，说："祝你们夫妻早日团圆。"

"谢谢。托您的福，先生。"

这位英国绅士走了。老板娘悄悄地站在窗户那儿，看着他离去的背影。

英国绅士一边慢慢地往栅栏院外走，一边头也不回地冲屋子里的她摆手。

老板娘见了，笑了，自言自语地说："真是个魔鬼！"

这一年，流亡地一带的天气异常寒冷。夜里，树林里的树们被冻得嘎巴嘎巴地响个不停。西北风像发了疯的野牛群，在流亡地横冲直撞。

流亡地所有住宅的窗户上都结满了厚厚的白霜。

就是在这样的天气里，那个大阪理发馆的老板娘，得了急性肺炎。

她病得很重。于是，不得不把理发馆先停了业，住进了流亡地的医院。在医院漫长的三个月治疗时间里，是那个满族小女孩天天伺候她，给她做面条，做热汤喝。孩子的手艺虽不怎么样，但毕竟是一个小孩子的心啊。

在老板娘住院期间，几乎所有的到过大阪理发馆理过发，或者烫过发的洋人，都纷纷去医院看望她。说真的，流亡地少了这个理发、美发的日本女人，真还是件挺尴尬的事啊。

过了半年多的时间，老板娘的病总算渐渐地好了起来。

她在那个满族女孩的陪同下，走出了医院。

那是个好季节，正好是五月份。流亡地一带不少的野花都开了。

老板一边走，一边感慨地说：

"啊——，多美呀——"

由于老板娘的身体没有真正地恢复过来，大阪理发馆仍然一时不能开业。看得出来，当地的流亡者，在这样的季节，在这样的情况下，很着急，他们真是盼着大阪理发馆能早一天开业。

于是，老板娘开始教这个满族女孩理发和烫发的手艺。

她用自己的头发给这个满族小女孩做练习。

开始的时候，满族小女孩缺乏信心。老板娘就鼓励她。她充满同情心地告诉这个满族小女孩，流亡地的侨居者，大都是有家不能回、有国不能归的流亡者，可他们也需要活着，也需要美啊——

这个满族小女孩非常聪明，不到一个月的时间，她就学会了理发和烫发的手艺。

说实在的，在流亡地，满族小女孩用来练习理发、烫发手艺的中国孩子很多。对中国人来说，剪头不花钱，总是一件便宜的事嘛。他们并不计较发型的好坏和手艺的好坏。

大阪理发馆又开始营业了，但理发师不再是那个身体虚弱的日本女人，而是这个满族小女孩。

刚开始的时候，顾客并不是很多。但过了不久，大阪理发馆又恢复了先前的繁荣，顾客们又多了起来。

有所不同的是，这个满族小女孩在给顾客理发或者烫发的时候，总是一言不发，精心地做她该做的活儿。她也会按摩，手艺也不错。

她还是个孩子呢。

这个满族小女孩还学会了简单的英语。这都是那个日本老板娘教给她的。

老板娘因为身体虚弱，只能干一些轻活、杂活。

每当店里有客人来了，老板娘都要鞠个躬说："欢迎光临。"客人要走的时候，老板娘也会向客人鞠躬说："谢谢了，请您多包涵。"

大阪理发店，买菜、买肉、买豆腐之类的活儿，自然都落在老板娘的身上了。

流亡地的人，常能看见日本老板娘提着菜篮子，缓慢地走在涅克拉索夫大街上。

老板娘一边走，一边抬头看，蓝天上，秋天的大雁向南飞去了。

老板娘心里想，是不是自己也该回日本了——

老板娘的丈夫小野君一直没有音讯，日本方面也没有任何线索。

而且，自从那次从医院回来以后，老板娘的身体明显地不如以前了。她有些显老了。

顾客再也看不到老板娘在理发店里唱歌跳舞了。

只有在过春节的时候，流亡地的人，才能听到从理发店里传出来的、她们母女欢乐的笑声——她们是在自己的店里唱歌跳舞呢。

……

每天的深夜，怕是老板娘最难熬的时候了。她身旁的那个满族女孩，由于一天的劳累，已经沉沉地睡熟了。

老板娘看着窗外惨白的月亮，看着自己身边熟睡的满族女儿，不由得流泪了。

她已经不想再等她的丈夫了。

她想回日本去。医生也说，她这种病，常年生活在寒冷地区，是很不适宜的。

她想回自己的娘家神户去，那里的气候，无论怎么说，也比这里要暖和多了——

可是，这个满族女孩，她带不走啊。

她想，这个满族女孩要是一个日本人该有多好啊。那样，她就会下决心，母女俩一块回日本去！

这个满族女孩，也深知老板娘的心思。可她从不说。她爱她，她想永远和她在一起。

永远！一直到死！

老胡木匠和小胡木匠·俄罗斯女人

小胡木匠,是流亡地最有艺术眼光的木匠了。

坦率地说,在流亡地干木匠活,没有点艺术眼光是不行的。

这儿的房子、家具甚至栅栏院,包括小亭子(凉亭和花亭)几乎都是欧式的。看上去,简直是世界小型建筑的博览会。看得出,欧洲文艺复兴之后所带来的那种五光十色的,而且水平越来越高的审美欲望,已经在几代人之中盛行不衰、乐此不疲了。它们已经非常成功地走进了欧洲人的灵魂里去了,无论他们走到哪里,都在热情地、如饥似渴地体现着这一点。

走进流亡地的那些洋人的住宅区,视野之内,到处都是错落有致的欧洲风格的建筑。

涅克拉索夫大街两旁的景观也是这样,果戈里大街和雨果大街也是这样。甚至连这儿的空气都弥漫着欧洲人的气味。

这些,都出自一些能工巧匠之手。如果他们当中有谁的住宅需要维修,他们就会不假思索地说:

"好吧,去请小胡木匠来。"

小胡木匠是一个非常自负的年轻人。

小胡木匠走在流亡地最繁华的涅克拉索夫大街上,他会毫不谦虚地认为:自己是这里最聪明的手艺人。

他干活儿的时候,处处喜欢挑剔,对材料、染料,零七八碎的小五金等等，要求得都很严格。

他几乎无处不在地表现自己的聪明。干活中，对别人的建议，他理都不理。有时候还会挖苦你几句，让对方自讨没趣。

但不管怎么说，你必须得承认，小胡木匠的手艺，在流亡地，的确是最好的。

这个年轻人还会画画，画得也还不错。这是他的长处。

如果，重新维修一幢富有艺术色彩的欧式建筑，没有绘画能力，那是不可想象的。而且也不会有人雇用你，付给你优厚的报酬。

流亡地的流亡者，经常看到这个年轻的手艺人，在夏季和初秋时节，到蛇河去写生。

写生的时候，年轻人戴着一顶英国式的、乳白色的软木太阳帽。人坐在马扎子上，拿着画板，用铅笔在上面画着什么，或者是花草，或者是自然景色，等等。

小胡木匠的住宅，是流亡地最好也最优美的建筑之一。

那是一幢单体式的俄国风格的平房，有雕着木花边的凉亭和木楼梯，非常漂亮。房檐、窗棂和门上，到处都是木雕的花草。整幢住宅，简直是一件精美的艺术品。

这幢住宅，围在一个偌大的栅栏院里。栅栏院里的草坪、果树、精致的狗舍、露天的欧式凉亭，都是一些精心之作。

那个凉亭里面有桌子和椅子，可以在那里喝茶、玩牌、约会、接吻。凉亭的顶上和四周爬满了牵牛花。

小胡木匠的住宅，离那座涅克拉索夫大街上的基督教堂很近。

小胡木匠坐在凉亭里，就能看见那儿的神父和牧师从教堂里出出进进。

就灾难性的战争而言，流亡地的确是流亡者的世外桃源。

小胡木匠曾和那个被杀害的英国绅士，在他的凉亭里喝过茶。

这个英国绅士是小胡木匠在流亡地唯一崇拜的人。他很想和这个英国绅士交个朋友。在这个英国绅士面前，他就是一个天真无知的孩子了。他把自己收藏的许多欧洲的"名画"和古玩给他看。这个英国绅士，有根有据又无懈可击地告诉他，在这些东西当中，哪个是赝品，哪个尽管样子很精美，但这种东西在欧洲，像赛马场里作废的马票一样，到处都是。

"不过，"英国绅士宽容地说，"这些东西，在流亡地，可都是宝贝了。"

小胡木匠很佩服这个举止不凡、谈吐文雅，而且见多识广的英国绅士。

这个英国人，对世界上的事，几乎无所不知，无所不晓。小胡木匠觉得自己在这个英国人的面前，像个小傻瓜。

他崇拜和尊敬这个英国人。

他们在一起喝茶的时候，就是漫谈，谈欧洲，谈欧洲的绘画和建筑，谈欧洲的名酒，谈战争，谈世界上的伟人、作家、艺术家、诗人和宗教，谈流亡地，谈那条蛇河，有时候，也会谈女人。

那个英国绅士说："对于一个女人来说，一生中最重要的，是爱情，而不是祖国。法国的大戏剧家、诗人莫里哀说过，女人最大的弱点，是需要别人对她的爱。有了爱情，她们能抛弃自己的祖国、信仰和背叛自己的家庭。"

小胡木匠心里想，这个英国佬，把所有的事情都看到骨子里去了。

小胡木匠也有一些跟他要好的女孩子。她们都是流亡在流亡地的洋女孩。不过，小胡木匠对她们并不很上心。他觉得她们的灵魂，像一年中的四个季节，总是不断地变化，让人觉得麻烦。

　　小胡木匠的母亲是俄国人。她的老家在莫斯科，出身贵族，有很好的教养，会美术，会演奏一些乐器，歌也唱得不错。并且她坚持每天写日记。她会拉丁文和法文。她是一个亡命流亡地的寡妇。

　　到流亡地之后，她很快嫁给了一个姓胡的中国木匠。这个老胡木匠很老实，似乎他一生都在信奉着中国人的那句"老实人常在"的古训。

　　老胡木匠的手艺，当然没的说。就是他人太老实了。见了人，总是谦卑地一笑。当然，几千年来，普通的黎民百姓是没有"表情权"的。他们的"法定"表情，就是谦卑。不然就容易出问题——这是一条血的经验。

　　老胡木匠像所有的中国老人一样，没事的时候，喜欢在家里干一些琐碎的杂活儿。

　　他也喜欢攒钱，所谓"有备无患"。

　　他不太爱说话。他们夫妇感情也很好的。

　　在小胡木匠长到十岁的时候，老胡木匠突然不辞而别了。

　　不久，流亡地的流亡者们知道，老胡木匠在他的山东老家还有一个老婆和两个儿子。而且他的两个儿子都很大了。

　　从关里闯关东的男人，在关东找一个女人"结婚"，组成一个临时的家庭，并不是什么新鲜事。要知道，闯荡江湖的人，生命意识是很强的。

　　对他们"规定"一生中应当有几个女人的做法，是很蠢的。

　　世界上总会有一些完全按照自己的想法生活的人。

　　老胡木匠突然不辞而别以后，小胡木匠的母亲，几乎每天的清晨和傍晚，都要去流亡地那条通往外地的大路口那儿张望。

这个俄罗斯贵族女人希望那个老实的中国人还能回来。而且她坚信,他一定能够回来的!

她非常自信地说,哪怕老胡木匠走到天涯海角,他也不会忘记她的,他终会有一天,重新回到她的身边。

她天天如此,无论是下大雪,还是刮大风,还是下大雨,她都会去那个大路口张望。如果雨下得很大,她还会另外带上一件雨衣。她对自己的儿子小胡木匠说,她不想干后悔的事,万一他的父亲就在这一天回来呢?难道让爸爸妈妈共同穿一件雨衣吗?

小胡木匠就笑,就摇头,表现出一副无可奈何的样子。他想起了那个英国绅士说的话:女人如果被爱情俘虏了,就没有理性可言了。

他的母亲也是女人啊。

小胡木匠的母亲去基督教堂的次数越来越多了。

在那里,她对神父说了许多蠢话,搞得那个非常有耐心的神父也一筹莫展。

家里用餐的时候,她总要给老胡木匠留一个座位,摆上刀叉,斟上一小杯葡萄酒,说:

"吃吧,老爷子。我爱你!"

小胡木匠都听习惯了,脸上一点表情都没有了。

小胡木匠的母亲,非常爱这个中国老人。这个中国老人从不酗酒,也从不吸烟,她对他提出的任何要求,他都会默默无声地去做,而且没有一点怨言。她觉得自己在这个中国老人面前,特别充实。而且,这个中国老人非常体贴她。他所做的一切,像对待一个孩子。这样的好男人,在全俄罗斯也找不出一个来。

中国的一些男人认为,一个仅仅在女人面前逞英雄的,并不是真正的好汉。

每当俄国人到她这里来聚会的时候,这个中国老人就会默默地躲在厨房里,为他们煮茶,做点心,或者默不作声地给壁炉添柴禾,像一个忠实的老仆人。

她也常想,这个厚道的中国老人回自己的老家去看望原配的老伴儿,就说明他是一个值得信赖的人,一个有情有义的人。小胡木匠的母亲坚信,那个中国老人也一定会这样对待自己的。

当然,这需要时间。

只要人活着,时间总是够用的,她想。

小胡木匠长大了。一方面,他继承了他父亲的手艺,正如俗话说的那样:青出于蓝而胜于蓝。另一方面,他又继承了母亲的贵族血统,常常显得傲慢。再加上他年轻,手艺又好,脸上常常是一副嘲弄人的样子。

请不要过分地责备这样的年轻人。这样的年轻人,往往心地不坏。

十几年来,小胡木匠在母亲的培养下,不仅学会了绘画,而且还学会了弹钢琴和吹小号。每逢周末,或者节日,路过这里的人,会听到从这幢精致的住宅里传出来的、母子二人的歌唱声和弹钢琴的琴声。

他们母子唱的当然是俄国歌曲,而那些忧郁的、富有俄罗斯风情的歌,又让那些流亡者感伤不已。

他们是一些靠着嘴来发泄情绪的普通人(这种类型的人,在世界上多如草芥),而不是那些靠枪发泄的少数强人。

他们常常在周末举行家庭集会。不同的是,参加集会的年轻人多了。而这些年轻人又大多是出生在流亡地的第二代。这些年轻人绝大多数不知道自己的祖国是什么样子,也不知道他们能在哪一天随着自己的父母回到陌生而又神秘的祖国去。他们喜欢唱的一支歌中,有这样一句歌词:

我们已无家可归，在天涯流浪……

　　小胡木匠的嗓子非常好，歌唱得也不错，听起来，是一个纯正的男中音。他那宽厚的、充满伤感的歌声，让那些女孩子倾倒了。当集会结束之后，他会悄悄地告诉其中的一个女孩，让她从自己卧室的窗户外面爬进来和他约会。

　　他记得那个被杀害的英国绅士曾开玩笑地说过："如果让一个女孩从你的窗户外面爬进你的卧室里去，你的感受肯定会有所不同。"

　　这个小胡木匠在他的卧室里，曾分别和好几个女孩约会过。

　　第二代流亡者的生活，除了学习，恐怕就是做这种爱情游戏了。他们在这里干的一切，都不是为了他们祖国，而仅仅是为了生活。

　　小胡木匠的母亲知道她儿子的这些荒唐事，但她只能无可奈何地、严厉地看着她的宝贝儿子一边打着哈欠，一边从自己的卧室里走出来。

　　儿子卧室的那扇雕着木花纹的窗户，还是打开着的，被晨风吹得轻轻地、嘎吱嘎吱地响着。

　　小胡木匠的母亲，发现儿子卧室的后窗户外有一个轻巧的小梯子，这梯子搭在外面的窗台上，通过这个梯子，人就可以轻而易举地进到卧室里去了。

　　小梯子做得不错，从梯子的磨损程度看，毫无疑问，这个梯子已经被使用过无数次了。

　　她本想把这个梯子挪走，但还是让它留在那里。

　　她想：儿子长大了，随他去吧，我们毕竟是流亡者啊——

　　流亡地的冬天很快又到了。温暖的天气，在流亡地总是很少的。夜里下过一场大雪,足有半米厚。清晨伊始,流亡地一带就人喧语宏,每家每户都出来扫雪了,清除自己栅栏院和道路上的落雪——这是一个令人愉快的早晨。每一个新的季节来临的时候,人的心情也总是愉快的。

扫雪的人们发现,小胡木匠的母亲,正挽着一个老人,从大路口那儿向这边走来,这些扫雪的流亡者,都停止手中的活儿,看着。

几个年岁大的人,终于认出来了,那个老人就是小胡木匠的父亲。

当他们夫妻从流亡者当中走过的时候,人们鼓起掌来。每一个人都过去亲吻这个老人和他的女人。

"谢谢,谢谢。"

他们夫妻这样说着……

小胡木匠也正在清除自家栅栏院外的积雪。

他看见母亲挽扶着一个老人向自己的方向走来时,他呆住了。他内心的一个真实的声音在告诉他:"这是父亲!"

小胡木匠在这一刻,第一次清醒地意识到,自己是中国人!

这个老人由母亲挽扶着来到了他的面前,小胡木匠按着中国人的风俗,扑通跪在雪地上了。

老人扶起了儿子说:"孩子,你受苦啦……"

小胡木匠的母亲,这个高贵的俄罗斯女人,脸上露出了胜利的笑容。

田瓦匠·柱子·老花婆子和弥天的大雾

田瓦匠在流亡地还算是个老实人。夫妻俩没有儿女,就商量着抱养了一个孩子。没有儿女的家庭,总是冷风兮兮的。因此抱养一个孩子，让日子热闹起来，创造出一种家庭气氛，是可以理解的。

田瓦匠抱养的是一个男孩。田瓦匠对自己的新儿子很好。从灵魂到行为，比亲爹还做得出色，所谓不是亲爹胜似亲爹。对儿子真是照顾得无微不至，甚至都有点过头了。

田瓦匠的老伴，小名叫小芹，是辽宁人。她对这个要来的孩子也非常之好，非常亲，当亲妈的也就不过如此。

田瓦匠的一家，就在那个丹麦女人的花店旁边，两家的栅栏院挨着。

田瓦匠住的是一幢纯中国式的青砖瓦房，亮亮堂堂的，在众多式样的建筑当中，别有韵致。

田瓦匠是一个爱整洁的中国人，院子里收拾得很干净。他做什么都是那样有条不紊的。

他完全是按照自己的想法与思考，去对待人和事的。

田瓦匠夫妇抱养的这个孩子，还是他们的邻居，那个丹麦女人帮助他们要来的。

这孩子是一个私生子（在一个地区，有一两个私生子，是不足为怪的）。孩子的父母亲究竟是俄国人，还是日本人，一时难以说清楚。总之，在这个弃儿的父母当中，其中一个是欧洲人，而另一个肯定是亚洲人。这一点，是从被抛弃的婴儿的肤色及五官容貌判断出来的。

这个弃儿被他的父母悄悄地放到那座基督教堂门口台阶上，就溜走了。

那一天的早晨，流亡地一带正下着大雾。

快要到冬天了，寒气与暖气交汇之后，大雾就特别多，而且特别浓。再加上流亡地一带，家家户户都烧煤、烧柴禾，从众多的烟囱里冒出的烟，更加剧了大雾的浓度。走在路上，即便是近在眼前，也看不清楚对方的面孔。

在大雾的日子里，流亡地所有的一切都朦朦胧胧的。

那条蛇河也朦朦胧胧的。

这里仿佛是一个神或者妖魔栖息的世界了。

流亡地每年都有几天这样下大雾的日子。

流亡在流亡地的人不喜欢这样的天气。可又有什么办法呢？

教堂里的牧师去教堂门口取牛奶的时候，发现了这个被父母遗弃的孩子。

在上帝的眼里，每一个人都可以在教堂里获得避难权。于是牧师就把这个孩子抱进教堂里去了。

当这个孩子喝着牧师喂给他的第一口热牛奶的时候，教堂钟楼里的钟声，正在流亡地浓浓的大雾上空清脆地响了起来。

丹麦女人是一个虔诚的基督徒。她把教堂刚刚收养弃儿一事，告诉了她的邻居，田瓦匠夫妇。

花店的丹麦女人一家和田瓦匠一家相处得很不错，从花店里飘出来的香气，首先要飘到田瓦匠的家。与一家花店做邻居，真是一件醉人的事啊。

如果丹麦女人的花店有什么瓦匠活儿要干，总要请她的邻居田瓦匠帮忙。

田瓦匠在花店里干活儿干得一丝不苟，而且分文不取。他对那个丹麦女人解释说："中国有一句老话：远亲不如近邻。你就不要见外了。"

田瓦匠又开玩笑地说："再说，我白白闻了你一年多的花香，我也应当为花店出点力了。"

丹麦女人虽然还说不好汉语，但她完全能听懂中国话的意思。

丹麦女人常说，田瓦匠是一个善良、勤劳又幽默的中国人。

田瓦匠小的时候，念过两年私塾，认得字，也能写一手好字，而且还会作诗——他是一个有知识的瓦匠。

田瓦匠的女人不能生育，为此，他很难过，这就像奶牛不能产奶一样，无论如何，是一件令人尴尬的事。

田瓦匠的女人，身体是极好的，脸总是红扑扑的。按说，生育孩子应当没有问题。何况，田瓦匠的女人，女人味十足，说话，动作，掩口而笑，走路的姿势，胸部和屁股，都是再女人不过了。可是，他们夫妻俩在一起生活了几十年了，仍然是一无所获。

田瓦匠非常喜欢他的女人，他并不责怪他的女人不能生育。他对他的女人非常好，伺候得非常精心，好像他媳妇是一桩他特别愿意干的瓦匠活儿。

丹麦女人经常能听到从栅栏院里传来那个女人嘎嘎大笑的声音。

总之，田瓦匠对女人好的事，在流亡地一带几乎人人皆知。

田瓦匠整天把媳妇挂在自己的嘴上，总夸自己的女人好，会拿情。别人听了就笑。

由于是邻居的缘故，丹麦女人的丈夫，那个罗马尼亚人，经常和田瓦匠在一起聊天、抽烟、扫雪、扫落叶。他们一边干，一边说着话。他们都是凭手艺吃饭的人，因此在许多事情上，他们的认识是一致的。略有点儿遗憾的是，田瓦匠没儿没女，谈论起来，免不了有一点惆怅。

……

田瓦匠夫妇从丹麦女人那里得到这个消息之后，便立即去教堂，要求抱养了这个无国籍的弃儿。

他们给这个弃儿起了一个地道的中国名字，叫"柱子"。

柱子渐渐地长大了，田瓦匠无论去哪里干活儿，或者去涅克拉索夫大街上的肉铺买肉，总要带着他的这个宝贝儿子。

有时候，田瓦匠还带着柱子，去敖德萨餐馆撮一顿。

柱子特别喜欢吃西餐，其程度，就像狼喜欢吃人一样。这是天性。田瓦匠在给洋人干活儿的时候，很快发现了他这点。于是，每隔个十天半个月，田瓦匠就带着柱子，到那里去吃一顿西餐。在餐馆里就餐的流亡者们，都侧过头来，默默地注视着狼吞虎咽的柱子——这应当是他们的孩子，属于他们当中的一分子，可他却像一条无家可归的小狗一样，被这个中国人牵走了。这些流亡者的心情，是很复杂的。

……

不久，柱子就长成大小伙子了。

这时候，隔院的花店已经易主了。花店的女老板举家迁往丹麦去了。

他们夫妻还给田瓦匠夫妻，来了一封信，说他们在丹麦的哥本哈根生活得很好，他们夫妻又生了一个男孩。他们说，他们非常热爱流亡地，也非常想念流亡地。并且还询问了"柱子"的情况……

现在的花店，是由一个中国老寡妇在那里经营。

无论人世间发生了怎样的变化，在流亡地，没有花店是不行的。甚至可以说，鲜花，是维系着流亡者做人的尊严和生命质量的。

这个花店的中国老寡妇，还不到五十岁，并不很老，为人很热情，会说几句英语，并能用英语说全花店所有花的花名。当然，她伺弄的花，不如那个罗马尼亚人伺弄得好。但好歹也能让这家花店维持下来。

这个老寡妇和田瓦匠一家相处得也不错。中国是很注重邻里关系的。再者说，有关种花上的一些事，她还要不时地请教田瓦匠。

田瓦匠在与那个罗马尼亚人相处的岁月里,也学会了不少养花的知识,多多少少懂得一些种花、养花、修花之术。而且有些知识,都是老寡妇过去闻所未闻的。

这个老寡妇还是涅克拉索夫大街上的街道干部,也是一个手脚勤快的女人,嘴巴也很能说,算是那种能说会道的女人吧。

聪明的中国女人,之所以聪明,就在于她懂得怎样说话,怎样让她的"听众"信任她。

流亡地的洋人,以及中国人,包括拘押在牢房里的犯人、躺在病床上的病号,甚至连流亡地各家各户的狗,都没有不认识她的。

大家都管她叫"老花婆子"。

老花婆子长得还行,虽说快五十岁的女人了,长得还挺年轻的,脸还那么白嫩,真是了不起。这可能跟她常年在花店里养花、卖花有关吧。

田瓦匠也跟她开玩笑说:"山清水秀出佳人嘛。"

老花婆子就妩媚地白了他一眼。田瓦匠见了,心里怦然一动。

柱子长成大小伙子以后,开始学坏了。不知为什么,他竟然喜欢赌博和偷东西。要知道,赌博和偷东西是一对孪生姐妹。有前者就会有后者,有后者必当会前者。它们彼此是相互依存、相互推波助澜的。

柱子经常"光临"的地方,就是那座基督教堂。

也许,他把那里当成自己的家了。他偷那里的东西有一种愉悦感。

他常常对流亡地的那几个游手好闲的人说,他本来应当成为一个神父或者牧师,可是,教堂却把他当成生日蛋糕一样,送给别人了,而且还是一个中国人。他说:"教堂必须对这一事件的后果负责!"

柱子爱撒谎也爱吹牛,他常对不知情的人说,自己的父亲是美国人,老家在华盛顿,而他的母亲是高贵的英国人,家在伦敦。他说,美国和英国的关系很好,在世界上一直是扮演着夫妻角色的。所以,英国人和美国人结婚的很多。

"那你的父母现在在哪里?在美国还是在英国?"有人问。

柱子说:"他们都死了。"说着,柱子伤心地哭了。

——这个私生子已经不可救药了。

教堂里的东西、财物一再地被盗,可从未有人发现是谁盗窃了圣地的财物。

刘警官对此盗窃案,也一筹莫展。

柱子把自己偷盗来的东西,全部弄到外地,很便宜地卖了。顺便饱览一下流亡地之外的天地风光。柱子在那里有几个同类的哥们儿。

一个夏天的晚上,柱子从敖德萨餐馆喝了酒出来,天下起了小雨。他突然想,应当再去教堂偷一次。

教堂里养的狗们跟他非常熟,他都喂出来了。他轻易地绕过狗群,潜入到教堂里去。

他到那些牧师的房间里偷了他们的钱财之后,突然觉得非常空虚,心里觉得有点委屈。他决定来一次恶作剧。

于是他偷偷地溜上钟楼,不顾一切地拽起钟绳,拼命地敲起钟来……

流亡地的流亡者们都被这反常而疯狂的钟声惊醒了。

他们纷纷跑到大街上,惊恐万状地议论着。教堂的钟声仍在胡乱地响个不停。

……

柱子被刘警官擒获了。

流亡地的外国侨民愤怒了，他们认为这个坏东西亵渎了神圣的上帝。要求刘警官严惩罪犯。

柱子被判处了一年的有期徒刑，被送进了流亡地的那所像蒂沃利要塞的监狱里去了。

半年之后，柱子的养母郁郁而死了。

她为这个孩子操碎了心。她几乎天天去监狱那里，哭着哀求看守让她见见自己的儿子。

田瓦匠每天都小心翼翼地伺候着这个不幸的女人。他很爱她，他也像她一样爱他们的儿子。可是，正如古人所说：大丈夫，难免妻不贤子不孝哇。认了吧。

老婆死了之后，田瓦匠在张挂面的棺材铺里选了一个最好的棺材，小有规模地安葬了他的妻子。

站在亡妻的坟前，田瓦匠突然有点糊涂，这个女人一生都干了些什么呢？于是他伤心地哭了。

田瓦匠的女人死了之后，田瓦匠从此变了一个人，他一天天很少出门，也不接瓦匠活儿了，整天把自己关在家里，每天都给自己的亡妻写一封信，写好之后，烧掉。信中尽诉着他对妻子的怀念之情，还有他写的悼诗。

一些熟悉他的朋友，看到他这种样子，都过来劝说他。可谁的劝说也没有用，他仍然每天写一封信，然后烧掉。别人只能摇头叹气。

一个月之后，田瓦匠好了，又变了一个人。他不仅不再写信作诗了，而且逢人便说，他得生活下去，总不能这样没完没了的伤心啊。

大家看了田瓦匠都有点糊涂了，有些不相信他的话。

田瓦匠又开始出去干他的瓦匠活儿了。一边干活儿，一边哼着小调——看来，一切都真的过去了。

到了探监的日子，田瓦匠就会提着从敖德萨餐馆买来的西餐，去探监，看自己的儿子。

此刻的儿子，也开始悔过了，尤其是母亲的死，使得他对自己以往的行为感到憎恨，这个女人为自己操碎了心，她毕竟不是自己的亲生母亲啊。

父子俩的手，穿过监狱的铁栏杆，紧紧地握在一起了，两张泪脸，久久地相视着。

田瓦匠的年岁并不大，才四十七八岁，按说还算是一个中年人。于是，有人给他提亲保媒，可田瓦匠一律不看，而且一律回绝。他说一辈子不娶！铁心了！

生活就是这样，大家做不成一件事，会不死心的，尤其是成人之美的好事。

于是，有人建议让花店的那个能说会道的老花婆子去试一试，他们毕竟是邻居。

老花婆子比田瓦匠大一点儿，五十多岁了。她是以大姐的身份去规劝田瓦匠的。

这一次，他们谈了好久。

待到老花婆子从田瓦匠家出来时，竟然是一脸少女般的羞涩了。

一个星期之后，老花婆子和田瓦匠结成了夫妻。两家变成了一家，把隔在两家之间的栅栏一拆，天啊，好敞亮的大院啊。

在监狱关押的柱子，听说了这件事，就劝来探监的父亲最好不要这样做。

柱子是年轻人，年轻人有年轻人的看法，柱子倒不是反对父亲找老伴儿，可父亲也不能找一个比自己年岁还大的老太婆呀。

田瓦匠听了，冷冷地笑了。

从此，田瓦匠不再去看望他这个所谓的儿子了。

柱子出狱之后，田瓦匠毫不留情面地请他搬出去住。

柱子什么也没有说，便动手收拾自己的东西，收拾完东西之后，柱子的脸上非常平静。

他说："爹，我从小就知道，早晚会有这么一天的。好了，我走了。"

田瓦匠冷冷地看着他，好像看陌生人一样。

柱子从家里出来之后，直接去了花店。

老花婆子正躲在这里。

柱子放下行李，把花店所有的花全部都砸了。

他一边砸一边威胁老花婆子说：

"你喊，我就宰了你！你这个老狐狸精！"

老花婆子没喊。她很老实地说："我肯定不喊。"

柱子砸完花店之后，恶着眼睛问老花婆子："老东西，你是用什么方法勾引我养父的？说！"

老花婆子毕竟是街道干部，多少见过些世面，她告诉柱子，说：

"……我没勾引你爹，是我的小名和你妈是一样的，都叫小芹。你爹的眼睛一下就亮了，非要娶我不可。不信，你可以去问你爹，我撒没撒谎……"

柱子从花店出来，又去了母亲的坟墓。他在那里磕了头，哭了。

柱子扛着行李走了，一个人走出流亡地。

他没有祖国，也没有家庭，而且被父母们抛弃了两次，他可能有许多错，可他毕竟是一个不幸的孩子啊——

中野君·朝鲜女人和"我胸中揣着一生的路程"的诗句

在流亡地，去蛇河打渔的最佳季节，是在一年中的暮春和晚秋的时节。蛇河是属"天河之水"的松花江水系，盛产"三花五罗"，三花是：鳌花、鳊花、鲫花；五罗是：同罗、哲罗、法罗、胡罗和雅罗。

被称为中国小西伯利亚的流亡地，春天总是姗姗来迟。冰封的、像水田一样的江面刚刚一开，就可以吃到新鲜的开江鱼了。吃新鲜的开江鱼，对流亡者来说，自然是件愉快的事。

其实，吃晚秋时节的鱼，也不错。这个季节里，蛇河里的各种鱼，正在养精蓄锐，加紧积蓄脂肪，准备过冬，是做热身运动的时候，这时候打上来的鱼，最肥最美，特别健康、实惠，放在手里，沉甸甸的，直蹦，根本抓不住、抓不牢它。

流亡在流亡地的日本人中野君，几乎是蛇河上专职的打渔人。

中野君有一条渔船。除去冰封的冬季，他几乎天天泡在蛇河上。即便是在大雪飞扬的严寒冬日，中野君也经常到冰封的蛇河上，凿冰钓鱼。

这个叫中野的日本人，天生就是一个渔夫。

中野君的家在涅克拉索夫大街上的中段。当然是一个纯日本风格的宅院了。不同的是，他的院子很大，在栅栏门那儿，一边有一棵大青杨。院子看上去很宽敞，可以晾渔网。到了冬天，院子里放着他那条闲置的渔船，非常醒目。

走在涅克拉索夫大街上的流亡者经过这个叫中野的日本人的宅院时，常看见他在那棵大青杨的树荫下，补渔网，或者用木匠工具修理那只渔船，或者做一些往船上刷油漆之类的活儿。

有时候，也能看见他，坐在他的日本房子的拉门那儿，嘴上叼着一杆中国式的旱烟袋，聚精会神地看报纸。

那两棵大青杨的粗树杈上，各系着一条黄手绢——可能是日本人的什么风俗。

他的院子里，也种着其他一些树。

挨着栅栏院的四周种着一排小白桦树，除此之外，还种着一些果树，像核桃树和樱桃树。秋风乍起的日子里，满院子都是一阵阵籁籁的树叶声。

这个叫中野的日本人想——这籁动的树叶声，可真叫人想家啊。

中野君只有一个儿子，已经十八岁了，叫大郎。

中野的老婆死于1923年9月1日的那次横滨大地震——往事不堪回首，这里就不提这事啦。

"二战"时，中野君和他的儿子大郎，流亡到中国的流亡地。

中野君是看好了流亡地上的这条蛇河。

他们父子在这儿安下家来。

中野君打渔，儿子大郎则给那些欧洲的流亡者的人家劈烧柴。

父子俩就是这样生活的。

大清早，父亲扛着桨和渔网，儿子扛着一柄利斧和锯，一同走出栅栏院，走在涅克拉索夫大街上。

父亲是一个很有礼貌的日本人,逢人总是鞠躬打招呼。

儿子大郎略略差一点,他好像活得有点烦。

这样走过一段路之后,父子俩便分开了。父亲去了蛇河,儿子则去了需要劈烧柴的人家。

中野君的老家,不消说,是在日本的横滨了。

说起来,中野之所以成为一个渔夫,也是跟他故乡的地理位置有关的。要知道,横滨早在一百多年前的模样,就是一个小渔村。到了明治22年才设的市。

位于东京湾西部的横滨,还是日本通向世界的最大海港之一,港内有75平方公里的海面。当地渔民打渔的小船,被挤得没地方了。连漫天飞翔的海鸥似乎也没了栖身之地了。

……

中野君是流亡地少数去敖德萨餐馆喝酒的亚洲人之一。

在敖德萨餐馆里,中野君深情地对在那里就餐的流亡者说,在他的家乡横滨,如果遇到好天气,登高望远,还可以看到日本富士山的山峰和房总半岛呢。

中野经常到敖德萨餐馆去,他和餐馆的女老板娜达莎很熟。中野是敖德萨餐馆所需水产品的主要供应者。他送到餐馆里的"三花五罗"和虾、蟹,都是最好最肥的。

女老板娜达莎付给他钱之后,一般总要请这个日本人喝一杯烈酒,彼此聊上几句。

娜达莎幽默地说:"中野先生,如果你没有那一身的腥味,我会成为您的情人的。"

"是啊——"这个日本人感慨了起来,说,"说起来,也真是的,其实,我早在娘胎里,就是一身腥味啦。"

在餐馆里就餐的其他流亡者,听了,都哈哈大笑起来。

笑过了,中野君就起身向各位鞠躬,告辞了。

他拿着他的空鱼篓,走了。

他一边悠闲地往外走,一边惬意地哼着日本的《拉网小调》,走到了涅克拉索夫大街上。

夕照金灿灿地披在这个日本流亡者的后背上——那真是一幅好看的画啊。

娜达莎站在餐馆的窗前,看着这个离去的日本人,嘟囔地说:"上帝呀,这个日本人看上去怪可怜,家里也没有个女人……"

其实,中野君有一个相好的,是一个朝鲜女人,叫金淑子。金淑子曾是那座像古罗马奥斯蒂亚城的精神病院里的一名精神病患者……

他们相好的事,在流亡地几乎没人知道。

金淑子的精神病大约已经好了——然而也未必。

她住在蛇河边上,那儿离流亡地的中心地带很远,她住的是一幢茅草房。

那幢茅草房非常简陋,房顶上的茅草像嬉皮士的长头发。

栅栏院的木桩稀稀落落,长短不齐。远远地看上去,却像一幅闲适的、中国风格的古画。

这个朝鲜女人已经四十多岁了,脸上布满了很深很重的皱纹,她长得黑黑的,头发很乱,眼睛仍然有点发直。根本谈不上什么女人的魅力了。

这个叫金淑子的朝鲜女人,喜欢养猫,院子里有十几只花花绿绿的猫与她朝夕相处。

没事的时候,她坐在院子里,跟那些猫们说着话儿。

她还在自己茅草房的周围,开了几亩荒地,种上了玉米、高粱和水稻。

她一个人生活——好像她从来就没有过亲人。

她不大到流亡地的中心大街去。有时候为了换一些油盐之类到那里去,见了人也不说话。有许多流亡在流亡地的洋人并不认识她,还以为她是一个外地来的中国女人呢。

这个朝鲜女人喜欢过着这种几乎与世隔绝的、寂寞的生活。
……

是一次下大暴雨的日子,使得中野君和这个朝鲜女人相识了。

当时,正在蛇河上打渔的中野君为了躲避大暴雨,就近来到了这间茅草屋……在这里,两个又老又丑的人,几乎一见面,就发生了令人难以置信的热恋。

看来,仁慈的上帝,还是公正的呀——

这个朝鲜女人栅栏院里的猫们,很快喜欢上这个新到的男人了。

中野君每次来,都给这些猫带一些新鲜的小鱼小虾。之后,才走进茅屋里。

在茅草屋里,中野君像这里的主人似的,大模大样地吃着那个眼睛有点发直的朝鲜女人给他做的热气腾腾的大米饭,香喷喷的朝鲜辣白菜……

之后,这个朝鲜女人服侍着他,洗手洗脚,上炕躺下。

每当他们在一起爱抚的时候,这个相貌丑陋的朝鲜女人,像一只荒原上的孤狼一样,凄厉地长号不已。

也正是这种令人胆战心惊，让人难以置信的野兽般的长号，使得这个流亡在流亡地的日本人，魂系于此而不能解脱了。

仅仅三年的工夫，这个叫中野的日本人使那个又老又丑的朝鲜女人几次怀孕，又几次吃药打了胎。

在这幢茅草房的后面，两个人，曾再三再四地埋葬了他们六七个不成人形的小骨血了。

他们对这件事已经麻木了。

中野的儿子大郎，依旧挨家挨户劈烧柴。

父子俩依旧在大清早，从自己日本式的、偌大的栅栏院里出来，扛着各自的工具——渔网、桨或者长柄的利斧，在涅克拉索夫大街上走一段，然后便分手去干各自的活儿了。

父亲的一些古怪行为，引起了大郎的注意，比如父亲经常偷偷地拿走一些生活必需品，像衣物、酒、调料等等。在大郎的眼里，父亲变得爱整洁了。大郎经常看见父亲一个人在一旁沉思，还自己偷偷地傻笑。

大郎想，老家伙古里古怪地拿走这些东西做什么去呢？

他决定偷偷地跟踪父亲。

……

当大郎发现，父亲中野走进那个古画似的茅草房时，便停下脚，理解地笑了。他知道父亲是一个爱帮助别人的好心肠的人。他似乎也知道些那个又老又丑的、性格孤僻的朝鲜女人的事。他想，父亲是出于同情她才送她一些东西的呀。真难为老头子啦。

他坐了下来，歇歇气，打算抽一支烟再走。

河滩上很热。这一带都是沙土地，到处都长满开着紫花的野草和艾蒿。太阳都老高了，明晃晃的。乳白色的叼鱼郎不时地从荒草滩向蛇河的对岸飞去。此情此景，你很难说这里是日本的横滨，还是中国的流亡地。

大郎依稀想起了一些在日本的往事，在他小的时候，母亲领着他去海边，去迎候父亲渔船归来的情景：渔船的帆队终于在海面上出现了，岸上的人们欢呼起来……见了满载而归的父亲，母亲羞涩地给父亲鞠躬，说："孩子他爹，您辛苦了。"

母亲是一个很美的日本女人呵——大郎想。

当大郎站起来，准备离开的时候，听到了来自茅草屋里女人的长号声。长号声是那样可怜，那样凄厉，那样孤助无援，又让人备感恐怖。

大郎愣住了，他想象不出在那间茅草房里究竟发生了什么事情。

他跑了过去，闯进栅栏院里，撞开了门。

茅草房里的情景，让大郎怒不可遏了。他满脑子都是母亲的话，"您辛苦了，您辛苦了，您辛苦了……"正是这句话，使他举起了手中的利斧。

……

看到躺在地上满脸是血的朝鲜女人，父子俩都呆住了。

中野首先反应过来，他对儿子吼道：

"快走！这里没有你的事。这女人是我杀的，你什么也不知道！知道吗？！快走！"

大郎害怕了，诺诺地退了出去。

他逃出了栅栏院，撒腿就跑。

……

中野将茅草屋里的一切，都收拾停当之后，走出了房子，走出了栅栏院。

中野发现了远远站在蛇河边看风景的那个英国绅士。

见中野走来,那个英国绅士侧过头,看了他一眼,又继续欣赏蛇河的风景了。

也许这儿的一切,他都知道了。中野想。

中野慢吞吞地向那个英国绅士走了过来。

英国绅士再次转过头来,说:"您好。"

"您好先生。"

英国绅士一边欣赏眼前的蛇河,一边颇有感慨地说:

"这儿有多美啊——。您知道吗,我曾去过日本的横滨,那儿也有一条河,好像是浓信川的一条支流吧,也像这儿一样地美。您知道浓信川吗?"

"知道。它经过富士山,是从日本的横滨入海的。"

"是啊——,从那里坐海船,就可以去伊豆了,是吗?"

"是的先生。"

"伊豆,在川端先生的笔下,真是一个令人神往的地方啊。我还能记住这篇文章中的一段话:船舱的灯光熄灭了。船上运载的生鱼和潮水的气味越来越浓。在黑暗中少年的体温温暖着我,我听任泪水向下流。我的头脑变成一泓清水,滴滴答答地流出来,以后什么都没有留下,只感觉甜蜜的愉快……"

"说得真美啊——"中野也被这段文字所感动了。

那个英国绅士点燃了他的烟斗,吸了起来。他一边吸,一边轻轻在吟诵着一个日本诗人的诗句:

我胸中揣着一生的路程

……

秋天在空中嘹亮地呼叫

……

"先生,您去过伊豆吗?"中野问。

"没有。以后吧,我想以后会有机会的。"

中野迷茫地望着河面说:"先生,要知道,我恐怕再也没有回日本的机会啦。"

"为什么?"

"先生,刚才我杀了人。"

"是那个朝鲜女人吗?"

"是的。"

那个英国绅士不再言语了,默默地看着在蛇河的河面上飞翔的乳白色的江鸥。

"先生,想知道为什么吗?"

望着河面的英国绅士平静地说:"我在世界上看到死人的事,太多了,我什么也不想知道……"

已经被判处了死刑的中野,关押在那座城堡式的监狱里。

中野万分焦急地盼着行刑的日子快些到来。在牢房里,他度日如年。他时常担心那个英国人把一切都说出去。他记得在敖德萨餐馆喝酒的时候,那些来自欧洲的流亡者,说那个英国绅士"是一条神秘的狐狸"。如果这个英国人把一切都说出去,那自己的儿子就完了……

秋天了，枪毙中野的日子终于来到了。

这时候，中野幸福极了。

临刑之前，中野悄悄地对同牢房的一个犯人说：

"请您转告我的儿子，以后千万别鲁莽行事，要好好地活着，让他记住，一定要回日本去。拜托啦。"

中野说完，给那个犯人深深地鞠了一躬。

那个犯人疑惑地问："难道你是替你儿子去死的吗？"

中野骄傲地笑了。

按照中野的要求，中野是被拉到那个朝鲜女人栅栏院里执行枪决的。

那幢茅草屋已经破败了，栅栏院里也长满了荒草。

中野老老实实地跪在荒草上，院子里的那些猫还认得他，过来舔他的手和脸。

中野流泪了，仰面凝视着明净的天空。

中野君心里一定是有话的，对他的情人，也对他的儿子。只是他并没有将心里的话说出来，谁也不知道他在心里对他们都说了些什么。

枪声响了。

栅栏院里的猫们都愣住了。

……

埋葬中野的日子，只有两个人在场。一个是中野君的儿子大郎，他已经哭成泪人了。

另一个，就是那个英国绅士。他站在中野君的坟前，轻轻地朗诵着日本诗人高村光太郎的诗：

秋天在苍穹嘹亮地叫唤
鸟儿在水色的天空飞旋
灵魂在嘶喊
洁净的水已流入心田
化为天真的童子
心灵睁开了眼
眼前横躺着万般纷杂的过去
给我送来血脉
我沐浴着秋阳静观一切
为世间的生灵祝福
我胸中揣着一生的路程
奋然祈祷却不知如何祷告
泫然的清泪　接受光的亲吻
看那落叶萧萧
看那野兽嬉奔
看那飞云和庭前风靡的小草
看那昭然的因果报应
心感到了强烈的爱
想起那难以辞谢的职责
难以忍耐啊
喜悦、寂寞和恐惧的交集
促使我屈膝下跪
却不知道如何祷告
只是仰面向天默祷

天空水一般地透明
秋天在空中嘹亮地呼唤

那个英国绅士说:"中野君,金淑子不会怪您的。安息吧。"
中野的儿子大郎,警惕而惊恐地看着身边的这位英国人。

大黑桃·金鱼·花鸟字画·和最后一次赌博

大黑桃是流亡地最有名的赌棍。在流亡地赌界与非赌界,没有不知道大黑桃的,他是流亡地的名人。

一个地区、一个城市、一个国家、一个民族,没有几个赌棍是不可思议的事——流亡之地,流亡地也不例外。

大黑桃是赌行中很高明的"千手"。出 A 是他的拿手好戏。这一点,不仅让流亡地的赌徒们愁肠百结,似乎鬼神也无可奈何。

当然,大黑桃并不是天天都在赌。一个好的赌徒,都有自己赌博以外的业余爱好。

大黑桃的业余爱好是养金鱼。

他的家就是金鱼的世界。无论是地板上,还是桌子上,到处都是大大小小的鱼缸,里面养着各种各样的金鱼,有名贵的,也有很普通的。金鱼有点不怕冷,即使是在零下十几度的冷天里,它们也照样活得很好。在中国的小西伯利亚养热带鱼,就是一件难事了。所以,大黑桃养金鱼。

在夏天很好的日子里,大黑桃会把自己养的金鱼,拿到繁华的涅克拉索夫大街上去卖。

大黑桃总是笑眯眯的，许多洋人喜欢买他的金鱼。

他的鱼的确不错，无论是"鹅头红"，还是"蓝水泡"，无论是"红白花龙睛帽子"，还是"大尾绒球"，都很活泼可爱，都很健康。在卖鱼的业余勾当中，赌徒大黑桃显得非常宽容，和善，甚至看上去有点傻。如果他发现买主的确是一个全心全意热爱养鱼的人，是自己的同好，他会让你出个价。你出的价尽管低一点，他也会把鱼很慷慨地卖给你，说："人世间有些事，不都是钱上的事，爱好也很重要。有钱能买爱好吗？"

大黑桃养鱼，伺弄鱼，可谓全心全意，对水质、活饵、鱼缸、洇水兜子、打板、投饵的时间、水草等，都很讲究。

看到鱼缸里一条条"软鳞花珍珠"，或者"朱球墨龙睛"，还是"朱砂水泡"，"五花翻鳃"，大黑桃觉得人真是不如鱼。鱼天然一套锦衣缎服，艳丽无比。可人呢，还需要天天穿衣打扮，看着假模假式的。

赌徒大黑桃，还有另外一个爱好，就是他能写一手有趣的花鸟字画。

这种花鸟字画，纯属民间的伎俩，一般说，登不了大雅之堂。但在流亡地，字画到了春节还是很有销路的。

大黑桃能当着买主的面挥毫作画，比如"喜鹊登枝""松鹤延年""梅花开五福、竹叶兆三多"，比如"吉庆有余"，比如"春满人间"，再比如"春联换尽千门旧，爆竹吹开万户新"，等等。他都玩得很油。

当地的中国人都买他画的花鸟字画（贴在家里的墙上，或者大院的门上，多喜兴啊）。

那些流亡地的洋人也觉得大黑桃画的玩意儿有趣，也掏钱买几幅，挂在家里，品味一下东方的民间艺术。

大黑桃的花鸟字画，花和鱼，都画得甚好，甚活。须知，一是大黑桃是养鱼的专家；二呢，流亡地有的是野花，就是闭着眼睛也能描出它们的模样来。

赌徒大黑桃唯一有一点显得不够老练，就是在别人表扬他的时候，四十多岁的大黑桃，显得有些忸怩，像个不成熟的孩子，挺可爱的。

赌徒大黑桃还有一个爱好，就是打猎。

在我们生活环境的周围，其实也不难发现，人只要爱好养鱼养花，准的，他还会同时爱好画画，爱好画画的，多数也特别爱好打猎，爱好打猎的，时常也染指赌场——我指的是普通老百姓。而这些人都活得很滋润，让人刮目相看。

流亡地的四周，尽为荒草与水汊，那里的兔子和野鸭子很多，是个打猎的好地方。

大黑桃有一支德国造的双筒猎枪。他的枪法非常准，而且端枪的姿势也好看，闭着一只眼瞄准儿，那猎物就没跑了。流亡在流亡地的不少洋人，都喜欢跟他结伴儿出去打猎。

赌徒大黑桃有一只很不错的猎狗。平常它跟大黑桃一样，看上去很慈祥，有点害羞，但到了狩猎场上，立刻变得威风凛凛，不可一世的样子。在众多的猎狗当中，它技高一筹，经常能出奇制胜。

这条猎狗跟大黑桃整天形影不离。

赌徒大黑桃跟肉铺的老板处得不错，关系挺融洽，似乎很谈得来。肉铺里一旦有了剩的碎肉和骨头，肉铺老板就想着给大黑桃的猎狗留着。

大黑桃在这一点上，表现得还是挺仗义的。他每每打猎回来，准会扔给肉铺的老板一只野兔,或者一只野鸭子什么的。

他笑着说:

"野味儿。收拾收拾,吃个新鲜吧。兄弟!"

赌徒大黑桃是个光棍。他的家也是赌场。流亡地的几个赌徒经常聚在他家里,整宿地赌。

这些赌徒当中,有中国人,也有洋人。柱子就是其中的一个。

大黑桃有两间屋子。专门有一间用来养鱼,任何人,包括赌徒在内,绝对不能到这间房里去。金鱼的世界,像寺庙一样,需要安静。这间房子是金鱼修身养性,怡度天年的地方。金鱼对环境很挑剔,它们的视觉、听觉、味觉、嗅觉和触觉,都非常灵敏,容不得嘈杂、浑浊之气。

赌局安排在另一个房间里。大黑桃走进这个房间,就判若两人了,是一副当仁不让、咄咄逼人的样子。

在这里,赌什么都可以。大衣、靴子、猎狗、房子甚至女人,都可以作为赌注,随你的便。

有时候,是赌博把平淡无聊的生活变得朝气蓬勃,汹涌澎湃的。

不幸的是,许多赌徒都栽在大黑桃的手里了。

大黑桃的赌术的确是太厉害了。

在流亡地一带,赌徒大黑桃唯一佩服的人,就是那个被杀害的英国绅士。那时候,大黑桃还年轻。但他的赌术在流亡地已属一流,有点踌躇满志的意思。

大黑桃和那个英国绅士遭遇了。

那是一个阳光明媚的夏天。大黑桃蹲在涅克拉索夫大街悠闲地卖着他的金鱼。这时候，他看见那个衣冠楚楚的英国绅士从涅克拉索夫大街的另一头，向他走了过来。

"买鱼吗？先生。"大黑桃问。

"不不，看看……"

"看看不要钱。"大黑桃幽默地说。

于是，两个人吸起烟来了。英国绅士吸的是烟斗，而大黑桃吸的是纸烟。

闲聊之中，英国绅士似乎也喜欢养鱼。他向大黑桃介绍了非常漂亮的"德国三色鱼"。他说："那简直像一只彩色潜水艇。"

英国绅士还向大黑桃介绍了日本的"金昭锦鲤"，墨西哥的"珍珠玛利"，马来西亚的"暹罗斗鱼"，印度的"蓝三星鱼"，斯里兰卡的"红玫瑰鱼"，以及生活在亚马逊河上游的"红绿灯鱼"，等等。

大黑桃都听傻了。他真是闻也未闻、见也未见过这个英国绅士讲的这些鱼。

那个英国绅士说："听说您的赌术不错？"

大黑桃立刻来精神了，说："哪里，小本领而已。怎么，有兴趣玩一玩吗？如果有兴趣，晚上可以到我家去，我家就在雨果大街的后面。不过，先生，你可得带足钱。赌场上是不赊账的。"

"是吗？"英国绅士甜蜜地笑了。

"当然。"

"好吧。"那个英国绅士蹲了下来，从口袋里掏出一副扑克牌，说："我们先在这儿玩两把怎么样？"

"行啊，玩什么？"大黑桃问。

"二十一点行吗？或者别的什么也可以。"

"没问题，就二十一点吧。"

"一次赌多少？"

"您看多少合适？"大黑桃问。

"一次一元，怎么样？"

"少一点……"大黑桃说。

"十元？"

"一百元怎么样？"大黑桃说。

英国绅士说："好吧。"

大黑桃立刻狡黠地说："不过，不能用你的纸牌，我们得另外再买一副牌，怎么样？"

"当然。"英国绅士说。

于是，大黑桃让一个在街上玩的孩子去附近的杂货铺买纸牌去。

纸牌很快买回来了。大黑桃给那个跑腿小孩捞了两条金鱼，小孩欢天喜地地走了。

"谁做庄？"大黑桃问。

"随便。"

"好吧，每人连坐三把庄。我们就玩六把。怎么样，你看行吗？我还得卖我的金鱼呢。"

"当然。"

大黑桃说："我先开始。"

英国绅士说："好的。我可以先洗一下牌吗？"

"可以，随你的便。"大黑桃乐乐呵呵地说。

英国绅士接过纸牌，认真地洗了几遍。然后，递给大黑桃说："请吧。"

大黑桃突然冷了脸，问："先生，您带钱了吗？"

"哦，对不起。"英国绅士立刻掏出钱来给大黑桃看。

"好，我开始了。"大黑桃开始发牌。

第一把，那个英国绅士输了。英国绅士立刻付钱给大黑桃。

再往下的五把，全是大黑桃输。

大黑桃呆住了。

英国绅士站了起来，把藏在身上的扑克牌全部掏了出来，并把赢的钱也还给了大黑桃，说：

"没什么，小小的游戏而已。我不会把这件小事说出去的。"

说着，英国绅士拍了拍他的肩膀，走了。

……

这个英国绅士在流亡地从不参加任何赌博活动。有人在敖德萨餐馆玩纸牌的时候，他也只是偶尔过来看一会儿，就走开了。他并不参加这种赌博游戏。

大黑桃做梦也没想到，这个英国绅士的手太神了，在赌的时候，自己的眼睛是一直死死地盯着这个英国佬的手的呀。

大黑桃本人，也从未对任何人说起过这件事。他的确觉得有点丢人。

那个英国绅士被害之后，大黑桃去参加了这个英国绅士的葬礼。他是所有参加葬礼的人中唯一的中国人。

他站在这个英国绅士的墓前，甚至都怀疑这个英国佬没有死，棺材里装的不是他的遗体……

在一个大雪弥天的夜里，大黑桃家里的赌桌旁，多了一个新人。这个新人的出现，使得在座的赌棍们大感意外。

这个人就是那座基督教堂里的神父。

"天老爷，"大黑桃笑着说，"神父，你不该到我这儿来，这可不是神父应该来的地方啊。"

神父平静地说："开始吧，我的孩子。"

大黑桃总觉得这件事，什么地方有点不对劲，便很真诚地劝他说：

"神父，我看你还是走吧，这对你的名声不好。再说，我们并不想赢神父的钱。真的，上帝可以做证。"

神父说："好了，别说废话了，我们开始吧。"

"好吧，输了你可别后悔啊。丑话我可说到前面了，神父。"大黑桃黑了脸说。

"不会的。"

"神父，我们怎么赌？"

"今天，我只和你一个人赌。"

"为什么？"

"因为你是赌王。"

"对对对。那么好吧，不过，我们赌什么呢？"

神父说："钱。如果我的钱输光了，再就是我所有的财产。"

"包括教堂？"大黑桃吃惊地问。

"是的，孩子，包括教堂。开始吧。"

"我的天哪！教堂都要赌，你是不是疯了？"大黑桃叫了起来。

神父掏出了自己的钱。

那的确是一笔惊人的数目。

大黑桃咬牙切齿地说：

"好！神父，你要把教堂输了，小心，你的信徒会活活烧死你的！"

"开始吧。"

赌的时候，大黑桃下注下得非常小心。开始，彼此还互有小面额的输赢，但后来，大黑桃有些支撑不住了。这个神父绝非一个外行，而且牌出得很利落，一点也不拖泥带水。他甚至觉得这个神父身上附上了那个英国人的鬼魂。

一个小时之后，大黑桃的钱输光了，接着，是他那支心爱的德国产的双筒猎枪和那条跟他形影不离的狗。

最后一次赌，大黑桃孤注一掷了，这次下的注，是大黑桃的那些金鱼、房子和房里的一切。这意味着，大黑桃如果仍旧输，他将沦为乞丐了。

赌博的魅力在于，它与赌徒的灵魂同行。

这是最后的关头了。

大黑桃的脸已经丑得很怕人了，他恶狠狠地说：

"神父，如果这次我输了，这儿所有的一切，都是你的了。"

"那么孩子，如果是我输了呢？"神父和蔼地问。

"那就请这个老混蛋把刚才赢我的一切，都统统地给我吐出来！"

"教堂不要了吗？"

"让你的教堂见鬼去吧！我不要你的教堂，我就是赢了也拿不到手！你这个老狐狸。"

"好吧，我同意。"

围观的几个赌徒，已经被这场可怕的赌博吓得好像自己身体都不存在了。

大黑桃平静地把自己房子的钥匙交给了神父。

他输了。

他说：

"神父,能告诉我这是为什么吗?"

"孩子,只要你答应我一件事,我就告诉你。"

"我答应。"

"你从今以后,保证不再赌博了。"

"好的。"

"你要发誓,孩子。"

"我发誓。"

"好吧,让我告诉你,那个叫柱子的年轻人,是从你这里开始学坏的。他偷了教堂的东西,换了钱,到你这里来赌,输了之后,再偷。你亵渎了神圣的上帝,我的孩子。"

"是的,我错了。可是——神父,你的赌术真是太神了呀……"

神父笑了,没说什么。似乎也没必要说什么。神父把钥匙交给大黑桃后,走了。

神父什么也没有拿走。神父原本是打算把大黑桃赶出流亡地的。但是,流亡地是中国的领土,他没有这个权力。

神父是保加利亚人。在欧洲,他曾是一个十分出色的赌徒。他也曾使很多人家破人亡,妻离子散。后来,他醒悟了,他决定回到上帝的身边……

神父是主动到流亡地来的,他下决心要在这个流亡地,拯救那些孤助无援的、可怜的灵魂。

阿门!

傻子尤拉·袁寡妇·神父

傻子尤拉的"头衔"很多，他不仅是流亡地涅克拉索夫大街上的清扫工，同时他还是那座基督教堂的敲钟人，不仅如此，傻子尤拉还是那些流亡者的义务勤杂工。

流亡地一带，约定俗成地施行着"各扫门前雪"的风习。这是一个很好的风习。但是，傻子尤拉一个人，负责清除涅克拉索夫大街上的积雪。

涅克拉索夫大街，是流亡地的主干道，这条大街上，有肉铺、面包店、美发店、教堂、花店、成衣铺、熟肉铺、棺材铺等等。这样的一条大街，需要有专人清扫。

这条大街已经成为当地流亡者心目中的朋友了。

涅克拉索夫大街最不好扫的季节，是秋天。刚扫过一遍，叶子又纷纷地落下来了，流亡地的落叶像天上下的雨一样，多得数不胜数。傻子尤拉就一遍一遍地扫。他是一个很有耐心的人。

冬天，他不用再扫了，大雪是扫不完的（尤其是小西伯利亚流亡地的大雪）。他只需要用木铲把雪推开，推出一条通道来就行了。这条雪道，有三四米宽，可以走马车，也可以跑雪爬犁。两边的雪被他堆得很高，整条雪路，看上去真的像战壕一样。

流亡地一带所有的洋人对傻子尤拉都很好，见了面，都主动跟他打招呼：

"你好，尤拉。"

妇女和孩子们也是这样,都会问他:

"你好啊,尤拉。"

傻子尤拉就嘿嘿地笑,不住地行举手礼,说:

"你好,夫人,你好,先生。"

傻子尤拉所谓"义务勤杂工"的头衔,就是给流亡地一带的洋人的住宅打烟囱和修炉子。

在寒冷的流亡地,住家户的烟囱,一年至少要打两次。不然炉子就会堵塞,从炉口处往外倒烟。而且炉子也不好烧,影响做饭和取暖。炉子不好烧,屋子冷得能冻死人的。因此,打烟囱是非常重要的。

清除烟道里的灰垢,并不是件容易的事。不仅很麻烦,很脏,而且还很累。尤其是冬天,所有住宅的房盖上都落上了厚厚的大雪。

傻子尤拉迎着猎猎的西北风,上了房顶(一不小心,就会蹬滑脚,从房顶上滚下来),挨家挨户地打烟囱。

打完烟囱之后,同时还要重新维修一下室内的壁炉及烟道。清除壁炉里的灰尘,同样非常重要。

打过的烟囱,掏过的火墙子,再生火就非常好烧,也非常有力气,像火车头一样,呜呜地叫。

那么,到了春天和秋天,烟道也需要再清理一次。这个季节如果不把烧了一冬的炉子再清理一次,再刮东风的时候,炉子照例会倒烟。

这样,一到了春天和入冬的季节,傻子尤拉会忙得不亦乐乎,他几乎整天不洗脸,像一个肮脏的魔鬼,从这家房顶下来,再爬上另一家的房顶,从凌晨至深夜,手脚不停地干。

——需要打烟囱的,都一家一家排着队呢。

但是,到了敲钟的时间,傻子尤拉会像疯了一样飞快地往教堂跑。如果有人看见傻子尤拉在涅克拉索夫大街上不顾一切地往教堂跑,没错,他这是跑去敲钟了。

傻子尤拉钟敲得非常好,非常有节奏。洋人议论说,如果尤拉不是傻子,这个年轻人有可能成为一个出色的音乐家。

傻子尤拉住在教堂院子里的一间小房子里,那里只住了他一个人。小房子的外间是大茶炉。每天都有牧师到他这里来打开水——他也负责给教堂烧开水。尽管欧洲人不喜欢喝热水,但这个习惯在寒冷的流亡地可不行。在北风呼号的日子里,没有热茶是不可想象的。

教堂里的神父和牧师们对他都非常好。尽管他从不做祈祷之类的活动,这是可以原谅的,他是一个傻子嘛。

傻子尤拉的伙食由教堂提供。他的饭菜很充足,这是神父规定的。他可以吃得很饱。而且,每顿他都能喝下一大玻璃罐牛奶。

居住在流亡地的中国人对他也不错,只有少数的中国小孩,常在他后面追着他喊:

"傻子——尤拉,尤拉——傻子!哈哈。"

傻子尤拉是流亡地唯一的一个光干活儿,而不取任何报酬的流亡者。

傻子尤拉是高加索人。他的身材非常魁梧,走路像一只黑熊。他喜欢和流亡地的中国人说话。

他过去曾是欧洲战场上的一个士兵。不久,他的战友们发现他有点不对劲儿,发现他自己经常傻笑,经常自言自语。不久,这种情况发展得越来越严重了,请来的医官确认,他是一个白痴。于是,他被撵出了军队。

其实,傻子尤拉只是傻一点,但干起活儿来没的说,吃苦耐劳是一流的,而且干得非常认真。

傻子尤拉有一个有趣的习惯，就是每天晚上，他都把当天发生的事情，像记流水账一样，用笔记录下来。比如今天给哪家打了烟囱，吃的什么午餐，那一家有什么他很感兴趣的东西，等等。教堂里的牧师们都说，如果尤拉不傻，至少可以当一个书记官或者作家。

傻子尤拉上过中学。上中学的时候他还不傻。在教堂的小屋里，至今还保存着他上中学时的照片。照片里的少年，一脸灵气。你几乎无法想象这位少年会变成一个傻子。他在少年时代就有写日记的习惯。

是不是写日记的习惯使他变成了一个傻子呢？

傻子尤拉有一颗善良的心。他在他的小屋外面，搭了好几个木架子鸟窝，并在上面撒上了面包屑，喂那些在寒冷的冬季无法觅食的可怜的小鸟。

没有人知道傻子的家究竟在哪里，他的家里还有些什么人。是神父把这个到处流浪的白痴领回到教堂里来的。

当时，他正在发高烧，浑身像火炭一样烫。

神父照顾了他两天两夜。

应当说是白痴的强壮身体和神父的仁慈，救了这条可怜的生命。

尤拉恢复健康之后，就留在了教堂。

神父说，尤拉不仅是他的同胞，更是上帝的孩子。

那次柱子偷窃了教堂的圣物之后，又恶作剧地爬上了钟楼，敲响了教堂的大钟，使得流亡在流亡地的洋人和中国人，甚至包括神父和牧师们，还以为是傻子尤拉突然发了疯干的呢。

很快尤拉就三十岁了，三十岁应当说还算年轻，但尤拉的样子却显得有些老，看上去，至少有四十多岁的样子。

傻子尤拉还有一个令人不解的行为，就是他见了那个后来被人杀害的、衣冠楚楚的英国绅士时，总是很卑贱地侧立在一旁，毕恭毕敬地给他鞠躬，说：

"你好，老爷。"

英国绅士淡淡地看了他一眼，脸上毫无表情地说：

"您好，尤拉先生。"

在流亡地，称傻子尤拉为"先生"的，也只有那位被杀害的英国绅士一个人。

傻子尤拉身上最有趣的故事，是出现在一个中国女人的身上。

请相信，只要有女人，故事就有了。

这个中国女人，是个天津人，曾经在天津的一家俄国商人的办事机构当过女佣（她也会说一点儿俄语）。她的男人早已去向不明，不知道是死了，还是抛弃了这个可怜的女人，谁知道呢。总而言之，她是一个地地道道的寡妇了。这个寡妇姓袁，三十五六岁，已经有三个孩子了。从这三个孩子的模样看，他们至少出自两个父亲。袁寡妇的身体还是很好的。看她那宽宽的臀部，她再生育几个孩子没问题。

她属于那种生育起来不知疲倦的中国女人。

说真的，袁寡妇的生活的确非常艰难。一个女的带着三个比山羊大不多少的孩子，是难啊。可是，有哪个男人愿意娶一个已经有三个孩子的寡妇呢？

袁寡妇主要是靠在涅克拉索夫大街上卖点儿瓜子和爆米花之类的零食，挣点钱，维持生活。她有一个爆苞米花的手摇炉。每天的中午，她的栅栏院里经常传出"嘭！嘭！"崩苞米花的巨响。

欧洲人很喜欢吃她的苞米花。

另外，袁寡妇还给教堂洗衣服和床单，赚点钱。

袁寡妇她并不信基督教。但当她看到耶稣被钉在十字架上，总感到十分气愤。她咬牙切齿地说，钉在这上面的不应该是这个洋人，而应当把抛弃她的那个狗男人钉上去！

每个星期一次，袁寡妇定期到教堂取回需要洗的东西。

不过，有的时候，袁寡妇为了省一点儿家里的煤和柴禾，因地制宜，利用傻子尤拉大茶炉里的热水，就地在那儿洗这些东西。神父并不干涉她这么做。应当说，神父所以让袁寡妇给教堂干一点儿活儿，也是看在她是一个不幸女人的份儿上。

不仅如此，袁寡妇总能给教堂的牧师们带来最好吃的苞米花。

袁寡妇一边洗衣服，一边跟闲着没事的傻子尤拉聊天。

袁寡妇的那三个孩子，像个小鸡雏一样，在旁边的草地上玩着，笑着。

傻子尤拉很喜欢这几个孩子。

"尤拉，你想女人吗？"袁寡妇决定逗逗他。

"是的。"

"你在俄国有女相好吗？就是对象。怎么说来着——女朋友，有吗？"

"没有。"

"唉——"

袁寡妇叹气了说："这么大的人了，尤拉你有三十多岁了吧？真是愁死人了。"

傻子尤拉咧嘴嘿嘿地笑了起来，接着，就笑起个没完了。

袁寡妇很奇怪，抬头问："尤拉，你笑啥？"

袁寡妇突然发现，傻子尤拉瞅她的眼神很异样。袁寡妇立刻被这种火辣辣、赤裸裸的男人眼光所陶醉，所感动了。须知，自己是一个有三个孩子的女人了。这一瞬间，袁寡妇的脑海里迅速地闪现出一句话：这是个机会！

"你喜欢我，是吗，尤拉？"袁寡妇火辣辣地瞅着尤拉问。

"是的。"

袁寡妇笑了，说："好吧，晚上你到我家来吧。但不要告诉神父，知道吗？"

"是的。不过，我得先敲完钟才能去。"

"好的。我们就这么定了。到时候，我等你。"

说着，袁寡妇妩媚地冲着傻子眨了一下眼。

袁寡妇在天津给那个俄国办事机构当女佣的时候，就常看到俄国男女这么眨眼调情。她真是没想到，今天居然自己也用上了。

傍晚，教堂钟楼里的钟声响得有些异样，听起来，欢快而又悦耳。

傻子尤拉简直像一只灵巧活泼的燕子，在教堂的钟楼里欢乐地荡着钟绳。

袁寡妇在家里已经准备好了一切，她把三个孩子都安顿睡下了。之后，她炒了菜，还烫了酒，不管怎么说，尤拉再傻，也是个爷们呀。

……

当天晚上，经验丰富的袁寡妇，轻而易举地征服了傻子尤拉。

经过这样一个温馨而又快乐之夜，傻子尤拉对袁寡妇言听计从了。

这件事，在流亡地，没人知道，也没有人察觉。教堂的神父和牧师，也没有看出傻子尤拉有什么异样的地方，反而觉得他敲的钟越来越好听了。他是一个音乐天才呀。

两个月过去，袁寡妇确信自己怀了孕之后，她来到了教堂，直接找到了神父，将她和尤拉之间发生的一切，全部告诉了神父。

袁寡妇说："我已经怀孕了，到你们的医院检查也行。神父，我要嫁给尤拉。"

神父平静地看着这个准备撒泼的中国女人，说："好吧，这我得去问问尤拉。如果他愿意娶你，你说的一切又都是真话，那么，我答应你们。"

……

神父听完傻子尤拉的陈述，慈祥地拍着他的肩膀说："好了，尤拉，说真的，我的孩子，也该有个女人了。"

傻子尤拉和袁寡妇结婚的事，使得流亡地的人们过了一年中最愉快的一天。大街小巷，几乎人人都在议论他们的婚事。中国人觉得，这个袁寡妇可真有两下子，用的招太绝了，真是个了不起的女人。而那些洋人则替傻子尤拉祝福，不管怎么说，傻子尤拉终于有了一个属于自己的女人了。

看来，人们没必要对生活失望，要知道，人与人之间，就是愉快的创造者。

袁寡妇和傻子尤拉的婚后生活，过得相当愉快，非常和谐。傻子尤拉还是那么能干，那么能吃苦，敲钟、打烟囱、清扫涅克拉索夫大街、给教堂烧茶炉，干得依如旧日，十分勤勉。不同的是，干这一切，已不再是分文不取不要报酬的事了。

袁寡妇胖了，白了，也俊多了。

翌年，袁寡妇生了一个两合水的小丫头。

这是一个有趣的小丫头，她也非常喜欢笑。

尤拉夫妇把孩子抱到了教堂，对神父说："神父，请给这个孩子起个名字吧。"

神父慈祥地说："祝福你们，由衷地祝福你们……"

玛拉·英国绅士和秋天的最后一顿早餐

流亡地的侨民子弟学校，在教堂的后面。教堂的后面是一个气氛安静，环境优美的地方。

侨民子弟学校是一座巴洛克建筑，是个二层楼，看上去像维也纳的申布伦宫，显得郑重，有教养，也神圣不可侵犯。夏天，它在一片绿色的掩映之中，而冬天，则在银装素裹的雪树包围里了。

这座巴洛克建筑，有一个很大的操场。冬天是滑冰场，而夏天就是绿茵地的足球场了。欧洲人酷爱足球，像中国人喜爱喝茶一样，几乎须臾不可离之。即使是流亡到了亚洲，到了中国的流亡地，对足球的兴趣也丝毫不减。

欧洲人很耐人寻味。

所谓的侨民学校，其实并不很大，只有二三十个学生。这些学生，清一色都是流亡者的子弟。哪国人都有，像一个小联合国。到这座学校一看，真有点世界大同的味道了。

侨民子弟学校的负责人，是一个叫玛拉的俄罗斯姑娘。

玛拉有一条又粗又长的金色大辫子（有时候她把它盘起来，有时候不盘），蓝眼睛，白皮肤，窈窕而又丰满。走路步子迈得大，特别洋气，是一个漂亮的俄罗斯美人。

玛拉对侨民子弟学校的学生，要求非常严格。在教学上和学校的纪律上，从来一丝不苟。来侨民学校读书的洋孩子，都很怕她。但同时，也非常尊敬她，叫她"玛拉老师"。

侨民子弟学校执行的礼节，都是欧洲式的，洋溢着典型的形式主义作风。流亡地的中国人，对这种如同演戏一样的礼节，早已见怪不怪了。

这家流亡地唯一的侨民学校，只教俄语和英语。因为大部分流亡者都属于这两个语系的人。该校的办学经费是由国际红十字会提供的。严格地说，这里确是一所流亡者的学校。这些孩子虽然远离他们的祖国，远离他们的民族和文化，但在这里，他们仍然热情地、严肃地、执着地学习着本国的文化和历史。他们都为自己拥有那样一个伟大的祖国而感到骄傲和自豪。他们坚信，终会有一天，他们像会飞的大雁一样，飞回到自己的祖国去。

这所不大的侨民学校，设有美术室、阅览室、琴房、健身房、化学试验室和医务室。所有的教学设施还算可以。欧洲人重视教育，像中国人重视孝道一样，都有一整套完整的体系。

即为流亡地的学校，缺憾当然也免不了。这所侨民学校的固定教师非常少，走的走，老的老，现在，除了玛拉一个人之外，就等于再没有固定的教员了。于是，玛拉需要经常聘请流亡在流亡地的，有文化又有教养的人，请他们到学校给孩子们上课：讲法国的历史，英国的历史，俄国的历史，讲世界史，讲欧洲的文艺复兴和宗教。也请他们谈谈绘画，谈谈建筑和音乐，等等。

到侨民学校讲课的人，其教学方式不拘一格，内容似乎也可以"海阔天空"，可以是漫谈，谈谈欧洲见闻、风土人情。也可以谈谈朗姆酒，谈谈打猎和化装舞会，等等。总之，一切都旨在扩大孩子们的眼界，丰富他们的知识——重要的是，使孩子们牢牢地记住自己的祖国。

条件所限，侨民学校的学生一律不住校，每天由学生的家长送来。玛拉就在学校的大门口迎接她的学生们。

到了晚上，整个学校里只有两个人，一个是打更的老更夫，他叫萨宁。萨宁有他自己的小房子，就在学校的大门口（也做收发室用），那里整宿亮着灯。

而玛拉则住在学校的教学楼里。整幢教学楼就住了她一个人。夜里，她走在走廊里，脚步声非常响。她觉得有点孤单，好像全世界都是空的。这种感受，常使她流下泪来。

在学校放假的日子里，玛拉有时候也到敖德萨餐馆去。

在那里，所有的洋人都非常尊敬她。

女老板娜达莎对她也非常热情。她喜欢这个姑娘。问长问短，聊女人的时装、发式、鞋、长筒丝袜。娜达莎喜欢年轻姑娘，时常不收或少收玛拉的钱。

可玛拉发现，由于自己的出现，使得整个餐馆里的气氛有些拘谨。于是，她喝过咖啡后，很快地离开了这里。

教师找个教师以外的知心朋友，而且文化水平又差不多，在流亡地，是困难的。

在她寂寞难熬的时候，也经常一个人到涅克拉索夫大街上去散散步，看看两边的街景、商店、花店等等。

有时候她还在街头擦皮鞋匠那儿，擦一擦自己的靴子。

无论是大雪天，还是落叶纷纷的秋天，人们总能看见她一个人，孤单地在涅克拉索夫大街上散步。

有时候，她会不自觉地走到小胡木匠的栅栏院那儿，听着从小胡木匠的房间里传出女孩子的欢笑声和小胡木匠浑厚的男中音歌唱。她真想加入他们。可是，她的身份束缚她。教师的身份太郑重，太高雅，太一本正经了。

玛拉苦笑起来。

每逢礼拜六，玛拉都要到那座基督教堂里去做礼拜。她也曾邀请过神父到学校去讲《圣经》。

那个阅历丰富的神父，除了讲《圣经》，还兴致勃勃地，给流亡者的孩子们讲一些有趣的童话故事。他真是一个故事大王，有的是动人有趣的故事，像魔术师从口袋里掏小银币一样，总也掏不尽。神父的故事，常常让孩子们捧腹大笑。

只要神父到学校来，课堂肯定是一片欢声笑语。

这里的孩子喜欢《圣经》，也喜欢神父。

玛拉甚至觉得自己也喜欢上这位神父了。

可惜，她和神父之间不能发生爱情。想到这儿，她也笑了。说心里话，她觉得自己真的想恋爱了。

那个被害的英国绅士，也曾被玛拉邀请到侨民学校上过课。

这个英国绅士笔挺地站在讲台的后面，他非常和善地说：

"好吧，孩子们，恐怕得让我先猜猜，你们都是哪一个国家的人。"

这个英国绅士开始逐个地猜。

孩子们依次地站了起来。

英国绅士说："哦，你是比利时人。我去过你们的国家，我想想，我想想。哦，对了，1695年8月13日，法国的军队炮击了布鲁塞尔，使16座教堂，4000幢民房中弹烧毁。真是不幸。比利时像夹在英、法、美三个大国之间的孩子。"

英国绅士说:"你嘛,你是德国人。德国有一句谚语,很有意思:'闪电的地方不一定都有雷。'你记得这句谚语吗?"

英国绅士说:"你是英国人,我的朋友。"

说着,英国人朗诵起来:

> 前进!祖国儿女,众同胞,
> 光荣的日子来到了。
> 暴君举起染血的旗子,
> 对着我们冲过来了,
> 对着我们冲过来了!
> 听见没有,残暴的士兵,
> 在我们的土地上号叫?
> 他们闯到我们身边儿,
> 把我们的妻子儿女杀掉。
> 武装起来,同胞!
> 把队伍组织好,
> 前进,前进!

英国绅士朗诵之后,问下面的同学们:

"这是哪支歌曲的歌词?"

学生们一齐回答:"《马赛曲》——"

……

这个英国绅士一个学生的国籍也没有猜错。

孩子们对这个英国绅士刮目相看了。

坐在课堂里和孩子们一道听课的玛拉想：看来，这是一个聪明绝顶的英国佬。

开始上课了。

那个英国绅士不仅能滔滔不绝地讲欧洲的历史、宗教、文学、风俗、气候，而且还能讲那里的奇闻逸事，那里的服饰，那里人说话的习惯，以及那里的政府、政府官员，那里的显赫人物……

好像这所有的一切，都曾是他的亲身经历一样。

课堂里的孩子们都听入迷了。

玛拉也听入迷了。

……

中午的时候，玛拉和这位英国绅士共进了午餐。

英国绅士在进午餐的时候，几乎一言不发，与课堂上的表现，判若两人。

"味道还可以吗？"玛拉担心地问。

"非常可口。谢谢您的午餐，玛拉小姐。"

"您是哪个大学毕业的？"玛拉好奇地问。

"哦，在英国的剑桥。后来，又去美国的哈佛大学读书。不久，他们给了我一个硕士头衔。非常有趣儿。当然，您或许已经看出来了，我还上过其他的学校。不过，我这个人常常很矛盾……有点儿——忧郁是不是？"

"您当过兵吗？"玛拉问。

"对，当过。不过，不久我就离开了军队。"

"您打过仗吗？"

"是的,打过仗。"

"打死过人吗?"

"哦,这怎么说呢。枪在我的手里,可命令却是指挥官下的。因此,只有指挥官才是战争中真正的刽子手。我这样讲对吗?"

"是的,我想是的。"

玛拉发现这个英国绅士有一个很性感的嘴唇。她不知为什么,心中突然有了一种异样的感受。

这个英国绅士说:"哦,差点忘了,我有一本劳伦斯的诗集,很不错。如果您有兴趣看的话,晚上我可以给您送到这里来。晚上您在吗?或者选一个别的时间?"

"晚上我在,正巧也没有什么事。非常感谢,先生。"玛拉有些激动了。

"您喜欢劳伦斯的诗吗?"英国绅士问。

"……是的。"

"劳伦斯的诗中,有一段我非常喜欢。"

这个英国绅士轻声地、充满情感地朗诵起来:

> 请把月亮放在我的脚边,
> 把我的双足放在弯月上,
> 就像一位神那样!
> 啊,让我的足踝沉浸在月光里,
> 这样我就能稳稳地、
> 脚上穿着月儿,
> 双足明亮而又清凉
> 走向我的目的地。

>因为太阳怀有敌意,
>现在
>他的脸庞好像一只红色的狮子
>……

玛拉都听醉了。

当天晚上,英国绅士如约而来。

他简直像是从天上掉下来的一样。一点声息也没有,就突然出现在玛拉的面前了。

"上帝!您吓了我一跳,先生。"

玛拉冲动地和这个英国绅士拥抱了。

玛拉问:"看门的萨宁看到您怎么说?"

英国绅士说:"不。他没有发现我。"

"怎么,你没走大门?"

"或者,这有失绅士风度……"

"不不不……"

英国绅士放下手中的那本劳伦斯诗集。

于是,他们开始接吻了。

这个英国绅士充满了柔情,玛拉完全陶醉了。

这一夜,漂亮的俄罗斯姑娘玛拉永生永世也不能忘怀了。

玛拉无比幸福地对这个英国绅士说:"先生,我真的没有想到,世界上还会有这样好的事……"

英国绅士也甜蜜地笑了。

早晨，玛拉给这个英国绅士做了早餐。

玛拉和这个英国绅士都没有想到，这是他的最后一顿早餐。

玛拉曾询问过这个英国绅士在英国的情况。

这个英国绅士回答说，他一共是兄妹三人。他排行第二。父亲是一个高级建筑师，母亲是一个英国贵族的女儿。青少年时代，他曾受到过良好的教育……

这个英国绅士也讲到自己曾经结过一次婚，后来离婚了。这个英国绅士说："在婚后的生活当中，我们都表现得不够理智，她不喜欢我的工作。当然，我的工作也的确不讨人喜欢。"

"您在英国做什么工作？"玛拉问。

"私人侦探。"英国绅士说。

"怪不得——"玛拉调皮地说。

……

吃过早餐之后，英国绅士走了。当然，他仍然没有走学校的大门。

临走的时候，这个英国绅士拉着玛拉的手说：

"玛拉，你还不了解我。一切我们都是刚刚开始。"

玛拉机警地说："不，先生，您在流亡地的行为，我多少还是了解一点的。中国有句俗话，要想人不知，除非己莫为。"

"是有关我的那些风流韵事吗？"

"是的。先生，您还要辩解吗？"

"不。听我说，我想我真的该成个家了，我累了……玛拉，有一天，我会向您求婚的。当然，您可以拒绝我。"

"不，先生，我很乐意。"

在同玛拉约会的第二天晚上,这个英国绅士被人杀害了。

那正是一个秋天落叶的季节。

……

玛拉参加了这个英国绅士的葬礼,并在葬礼上,她流着泪,朗诵了这个英国绅士所喜欢的、劳伦斯的那首诗:

> 请把月亮放在我的脚边,
> 把我的双足放在弯月上,
> 就像一位神那样!
> 啊,让我的双踝沉浸在月光里,
> 这样我就能稳稳地、
> 脚上穿着月儿,
> 双足明亮而又清凉
> 走向我的目的地。
>
> 因为太阳怀有敌意,
> 现在
> 他的脸庞好像是一只红色的狮子
> ……

玛拉出生在彼得堡。她是自愿到流亡地来的,为流亡国外的那些侨民的子弟教书。

……

一天夜里,玛拉走出教学楼,穿过操场,来到萨宁的房子那儿,轻轻地敲了他的房门。

萨宁问:"有什么事,玛拉老师?"

"对不起,萨宁大叔,我一个人有点害怕……"

萨宁想了想,说:"好吧,姑娘。"

说着,他卷起自己的行李,走出小房,跟着玛拉去了教学楼。

这个好心的萨宁,就睡在玛拉寝室外面走廊的那个长椅上。

夜里,那幢整夜亮着灯的打更小屋,已是漆黑一片了。

——好像一出剧,落幕了。

果力·娜达莎·关闭了的敖德萨餐馆和国际列车

那个英国绅士的私生子果力,在他的父母相继死后成了流亡地的有轨电车售票员。不久,又升为司机。在流亡地也算得上是有名气的人了。

他的一家在流亡地都很有名。

他的鞑靼母亲是挨家挨户送牛奶出的名。

而他的父亲,那个英国绅士,是以他独特的个性和耐人寻味的行为,及被人杀害的事实,在流亡地有大名存焉。

果力自己是因为开有轨电车,接触人广,再加上有那样的父亲和母亲,所以他成为流亡地的"名人",也是很自然的。

流亡地的有轨电车,正常有序的运行时节,是在夏季。

遇到这样的日子,果力得天天上班,早出晚归,挺辛苦的。

那么到了冬天,大雪频频降临流亡地,即使是将覆盖在铁轨上的厚雪清除掉,但仍然由于铁轨太滑(刹不住车,增加了行车的危险性),不能正常运行。另外,这样的季节,乘客也很少。有轨电车便停在库里,不开了(节日除外)。

这时候的果力,人就比较清闲,在敖德萨餐馆里,能经常看到他,看到他和老板娘眉来眼去的样子。

果力应当说比之从外域流亡来的洋人,更安心于流亡地的生活。他们灵魂中的那种背井离乡的苦闷感,比之他们的父辈要轻微得多了。

秋天,尤其到了落叶纷纷的日子里,果力也显得比较清闲。这样的日子里,有轨电车也是不能行驶的。铁轨上覆盖着一层层落叶,有轨电车从上面压过去,把落叶的黏液都压了出来,这样,铁轨像抹了润滑油一样。这样滑的铁轨,有轨电车遇到障碍物,也是刹不住车的。

总而言之,在这样的季节里,果力就有机会像其他流亡在流亡地的洋人一样,可以整天地泡在敖德萨餐馆里了。

他经常是大清早就去,在那里吃早餐,然后,在那里打桥牌,下国际象棋,怡然地消磨时光。流亡的日子,也是等待的生活。如果有人让你解释什么是"等待的生活",你就可以准确无误地回答说:"流亡!"

秋天的阳光,或者冬天里微弱的阳光,从敖德萨餐馆窗户外面射进来,餐厅里变成一幅朦朦胧胧的、有色彩的流亡者生活场景的油画了。有的人在这里打牌,有的人在打瞌睡,也有的人正亢奋地对他的伙伴讲着什么。而果力又倚在柜台那儿,和老板娘娜达莎喁喁私语了。

果力已经是娜达莎年轻的情人了。

年轻人精力充沛、亢奋。这种状态让娜达莎也感到自己又恢复了青春,又年轻起来了。

这对处在中年的娜达莎来说，不啻是一个诱惑。

不过，年龄毕竟不饶人。娜达莎对付这个拳击手一样的小伙子，常常感到体力不支了，身上常出虚汗。常出虚汗的人，是衰老的前兆。

娜达莎另外的几个昔日情人，有的是逢场作戏，有的是"同病相怜"。毕竟漫长而又无望的流亡岁月，无奈而又无聊啊。

人间岁月匆匆去，娜达莎那几个旧日的情人，分别在岁月的折磨下，老的老，死的死，走的走，或者喜新厌旧也未可知。娜达莎毕竟是人老色衰了。当一个人周围的朋友和各种杂事儿越来越少的时候，说明他的生命已经时日不多了。

娜达莎喜欢怀旧了，她的烟卷也吸得越来越凶了，酒也越喝越多。她喝醉了酒，已经没有能力控制自己了，满嘴的醉话，滔滔不绝地讲述那个叫达尼的邮递员曾经"强暴"过她的事。

"听众"都开心地大笑起来。

常去敖德萨餐馆消闲的人，已经没有人相信她的话了。

——这就是流亡者的生活。

——或者叫"等待的生活"。

等候的生活也好，流亡者的生活也好，总得生活，总得有生老病死，总得有忘恩负义，总得有形形色色的、十分投入的"故事"。

在果力不经常来的日子里，娜达莎除了应付餐馆里的事之外，更多的时间，是看那些昔日情人的情书。

旧日的那些缠绵的文字，那些火热的情话，那些不负责任的海誓山盟，像甜蜜的呓语，揉动着娜达莎的心房。

娜达莎常常是一边看信，一边流泪了，嘴里还在不断地喃喃自语。可是，生命留不住，爱情也留不住的。

在敖德萨餐馆干活的那个韩国人，早已娶妻生子，成了一个地道的中年人了。

说实话,敖德萨餐馆所以能维持到今日,全靠这个辛勤工作的韩国人了。

这个韩国人依旧沉默寡言,默默不响地干他的活儿,劈柴禾,采买,烤面包,在灶上做菜,几乎由他一个人包了。

有时候,他也会跟娜达莎睡在一起,这已经没什么了。普普通通的事了。并且,这种事儿,已不再是那个韩国人的需要了。

岁月可以把有魅力的事情变得平平淡淡的。

每天,这个韩国人都早早起来,生火,热牛奶和咖啡,烤第一炉面包,为餐客准备各种菜和酒。

一切,他都干得有条不紊。

他和娜达莎,像一套车上的两匹牲口,迈着和谐的步子,往前走着。

没事的时候,这个韩国人会端着一杯啤酒,倚在柜台那儿,默默地看着在餐厅里就餐和打瞌睡的客人。

像水土流失一样,岁月也在流失,人亦如此。来敖德萨餐馆进餐的洋人,越来越少了。他们当中的有些人,已经回国了,或者去了另外的国家——他们真是一群亡命的鸟儿啊。

或许我忘记介绍那个经常在敖德萨餐馆拉手风琴的俄罗斯人了。这个琴师仿佛一昼夜的工夫就老了。他有点儿拉不动了,他拉的曲子不再是那样活泼,那样调皮,那样欢快了。他的琴声变得缓慢,迟疑和忧郁起来了。他所以每天还坚持在这里拉琴,仅仅是为了在临走时,从那个韩国人的手中接过他的报酬:一瓶牛奶、一瓶啤酒、一份面包和一些剩菜。

老人会说:"谢谢。"
而那个韩国人,永远是那句话:"走好,老爹。"

娜达莎明白在这些流亡者当中,没有一个人真正地爱她。过去那些所谓爱她的人,爱的是她的美貌,她的青春,而不是娜达莎本人。

爱情有时候是残酷的。

敖德萨餐馆开了这么多年,现在,娜达莎已有足够的钱,离开这里,去任何一个她想去的地方,她可以回俄国,也可以去澳大利亚(已经有不少俄国人去了澳大利亚)。

从流亡地去澳大利亚的俄国人,给她来信说,她可以在那里经营另一家"敖德萨餐馆"。

娜达莎开始认真考虑这件事了。她想:自己老了——

餐馆的生意,在流亡地越来越不好做了。那个刘警官还经常来餐馆巡视。从那一双充满怀疑的眼睛里,娜达莎意识到,这个中国警官不信任他们这些流亡者。

流亡地,大约不再是流亡者的乐园了。

这个国家正在经历着贫困,经历着各种各样的政治斗争(以及国际上所谓的"反华大合唱")。虽说,这一切并没伤及到他们这些流亡者,但他们明显地感到,流亡地并非是久恋之家……

果力又睡在娜达莎的卧室里了。这一夜,年轻人把娜达莎折腾得够呛,又正好是暮冬时节。屋子里冷气袭人,两个人大汗淋漓地荒唐着。

翌日的大清早,娜达莎连连地咳嗽不止。

果力倒没什么，他年轻，身体好。在果力的眼里，娜达莎不过是一个非职业性的妓女而已。

对待妓女，就像开别人的有轨电车一样，完全用不着精心驾驶。

娜达莎在咳嗽当中，还吐了血。

果力皱了眉头，建议她去医院看看。说完，就走了。

娜达莎是被那个韩国人抱到医院去的。

医生诊查的结果，娜达莎得的是肺结核，而且病情已经到了非做开胸手术不可的地步了。

敖德萨餐馆悄没声地停业了。餐馆的门前贴着一张纸，上面用俄文和英文写着停业的通知。

就餐的流亡者默默地读着纸上的内容，然后就走了。

好像这一天他们早就料到了似的。

娜达莎的肺切除了三分之一，她在医院里一共住了四个多月。

娜达莎出院以后，人整个变了，变得不仅琐碎，斤斤计较，而且脾气暴躁起来。虽然敖德萨餐馆勉强再次开业，但顾客看到娜达莎那副凶恶的样子时，他们去敖德萨餐馆就餐与玩牌的次数越来越少了。

敖德萨餐馆一时变得冷清起来。

这一拨人，不同于其他人。他们不是当地人，可以一代新人换旧人。他们只有这一拨人。老了，就是老了，死了就是死了，不会后继有人的。

在空无一客的餐馆里，那个韩国人温和地对娜达莎说：

"娜达莎，你的脾气变得越来越急躁了。"

娜达莎说："是的。亲爱的，我心里非常清楚，可我控制不住……"

娜达莎流泪了,她哭得非常伤心。她说:

"亲爱的,你知道,本来我想在开春之后离开这里,去澳大利亚。我甚至认真地考虑了在那里再开一家餐馆的事,也考虑了,或者干脆什么也不干,就在那里养老。我喜欢澳大利亚,那儿的气候好,又濒临大海,我想我在那儿生活会适应的。而且,这些年来,我在流亡地已经赚到了足够的钱……,可是,现在全完了,钱全部用在手术费和住院费上了……而且,我的身体越来越糟,脾气也越来越不好……"

"有烟吗?"娜达莎突然问。

韩国人递给她一支烟,娜达莎贪婪地吸了起来。

韩国人说:"娜达莎,你要少吸些烟,这对你的身体没有什么好处。"

娜达莎突然心烦起来,嚷道:"先生,这是我的事,还用不着你来管我!"

韩国人默默地走开了。

娜达莎的下身开始浮肿了,而且她经常头晕目眩。她觉得自己的身体不行了,松散得像要风化了一样。

娜达莎再一次由那个韩国人陪着到医院,做了检查。血的化验表明,娜达莎得的是严重的肝炎。

敖德萨餐馆彻底关门了!

现在的敖德萨餐馆一派凄凉,门可罗雀了——

在阳光明媚的日子里,流亡地的人还能看见娜达莎,她坐在餐馆门前的椅子上,看着眼前的涅克拉索夫大街,看着来来往往的行人。

她老多了,不再化妆了,是一个地道的俄国老太婆了。

天气寒冷的日子里,娜达莎便坐在窗前,不住地用嘴哈着热气,把布满冰霜的玻璃窗"哈"出一小块透明的地方,然后侧过脸,用一只眼睛往外看着。偶尔,她能看见果力从她的餐馆门前大步流星地走过去。娜达莎恶毒地笑了起来,声音沙哑地自语道:"果力,我亲爱的,我们一道上床好吗……"

娜达莎日常的生活,由那个韩国人照料着。那个韩国人定期来给她劈柴,给她做一些家务活。

娜达莎披着厚厚的毛披肩,坐在壁炉前,只要哈腰,就可以把柴火扔到壁炉的火堆里。

敖德萨餐馆的女老板,娜达莎已经穷困潦倒了。

不久,从医院方面终于透漏出娜达莎得肝病的原因。医生给娜达莎做肺切除手术时,所输的血浆,是有肝病毒的血浆。

为此,娜达莎得到了医院的经济赔偿。

娜达莎的肝病得到了控制之后,她决定回俄国去,回敖德萨去。那里毕竟是她的故乡啊。她想,她死也应该死在敖德萨。

娜达莎临走之前,她把自己所有的财产都赠给了那个寡言少语的韩国人。

然后,又到了自己的丈夫墓前,向维·康德拉耶夫告了别。喃喃地说:"我为您到了这里来,您看,您却留在了这里……"

是那个韩国人,陪着娜达莎去了省城的火车站。那里,每个星期有一趟去莫斯科的国际列车。

那个韩国人把娜达莎送到她的车厢里,并安顿好她的铺位和行李,转过身来同娜达莎拥抱了,娜达莎悄悄地对这个韩国人耳语说:"告诉你,那个被杀的英国人,是一个了不起的大人物……我知道谁杀了他。"

韩国人心寒了,含混地答应着,然后,就下车了。

那个韩国人站在月台上,看见国际列车徐徐地开走了。他无法挥手向娜达莎告别,列车的窗户布满了霜,他们彼此是看不见的。

那个韩国人往回走的时候,伤心透了。

他觉得,许多事情还并没有结束啊——

流亡地的冬雨·空旷的涅克拉索夫大街

又到流亡地的冬天了。

这一年的冬天,流亡地却出奇的暖和。

听那几位还未走进坟墓里去的老流亡地人说,这种天气,过去流亡地就有过一次,不过,那还是在他们是年轻小伙子的时候。

那时候,他们刚刚来到流亡地。当时的流亡地还是一片荒芜的沼泽呢。

那里只有几户人家,而且都是流亡的洋人,路没法走,到处都是沼泽,人只能走在木栈桥上。

不久,有了好看洋房,有了敖德萨餐馆,有了教堂,有了监狱,有了侨民学校,有了花店,有了肉铺,有了棺材铺,有了侨民的墓园,有了许多平常而又别致的故事。

当然,一切都开始于那次冬雨。

这个温暖的冬天，对初涉这片土地的外乡人来说，是一个诱惑。

下午的时候，天下起了小雨，后来，小雨越下越密了。小雨之下的雪地和树林树枝上的积雪，还都没有化尽呢，一切都灰蒙蒙的。

流亡地，像一幅朦朦胧胧的中国画了。

一群黑乌鸦从树林那里飞上天空，呀呀地叫着。它们又是要到蛇河边去了吧。

这样湿润温暖的冬天，的确是自然界给当地人的一个意外。

流亡在流亡地的洋人都走得差不多了。只有几个跟当地的中国人通婚的洋人一时还没有走成，但他们走心已动了。说到底，流亡地不是他们的根，更不是他们的故土啊。

那座基督教堂曾被封闭了一段时间（类似的故事早有人讲过，这里就不多嘴了），现在又开了。不同的是，洋信徒已经走得寥寥无几了。现在去教堂做礼拜的，大多是当地新生的一茬年轻的中国信徒。

在教堂被关闭期间，教堂的神父和牧师们大部分都回国了。他们是被本国大使馆派来的官员接走的。

说起来，各国大使馆的人，并没有彻底地忘记这些在中国流亡地流亡的本国公民。他们每年都定期到流亡地来，召集这些流亡者在一起聊一聊，讲一讲祖国的和国际的形势，向他们提供回国，或者去第三国的必要方便。在圣诞节的时候，也给他们寄一些本国风景画之类的小礼品。

这些大使馆的人个个衣着考究，举止不凡，让这些落魄的流亡者自惭形秽。

……

那个德国的犹太女人,已经回德国去了。她在这里几乎没什么可干的了,洋人越来越少了。而那个经常跟她偷偷约会的老擦皮鞋匠,也太老了,什么也干不成了。

爱情与激情是有年龄限制的。

她走的时候,只提着一个简单的皮箱。

走的那一天,她把家门都锁上了。然后,将那一串钥匙扔到院子里。

走的时候,她把屋子收拾得非常整洁。房间里的东西,几乎都没有动,临走前,她打开了房间里所有的电灯。

这个犹太女人,顺着涅克拉索夫大街缓缓地走着。

老擦皮鞋匠还在街口上给人擦靴子呢。

她从他的摊旁走过,向老擦皮鞋匠点点头,就走过去了。

老擦皮鞋匠还转头看了她一眼,心里还想,她提个箱子干什么?

到了晚上,犹太女人房子里的灯都亮着。

流亡地的人,还以为这个德国女人没有走呢。

德国女人的走,只有刘警官知道。刘警官在晚上巡夜的时候,他看到那个德国女人的房间里全亮着灯,便走过去察看。

刘警官从窗户那儿发现,房间里早已空无一人了,而且房间里的一切,都井井有条。

刘警官坐在这个德国女人的栅栏院里,默默地吸起烟来。

不久,刘警官一家获准搬进了这个犹太女人的住宅。

刘警官在德国女人的梳妆台上,看到一张精美的小纸片,上面有

307

一行用德文写的字。

刘警官对德文一窍不通,他想了想,就把它扔掉了。

那一行德文是:我亲爱的流亡地,永别了。

那座基督教堂的神父和牧师们离开流亡地的情景,是流亡地有史以来,最为隆重的惜别场面了。

那一天,中国政府方面,专门派来一辆大客车为他们服务。

流亡地所有的教徒都跪在自己的栅栏院门口,为远行的神父和牧师们祈祷,为他们送行。

大客车里的神父和牧师流着泪,向信徒们挥手告别。

大客车像灵车似的,缓缓地向前行驶着。

傻子尤拉和袁寡妇也跪在自家的栅栏院门口,为神父和牧师们送行。

大客车里的神父,对傻子尤拉悲伤地喊着:

"尤拉,我的孩子,我在俄国,也能听到你敲钟的声音——"

傻子尤拉嘿嘿地笑了,说:"是的,神父。"

那正是一个化冻的五月,流亡地的土道很泥泞,雪水和泥水混在一起了。不过,不少栅栏院里的迎春花都开了。

信徒们看着拉着神父和牧师们的大客车,在涅克拉索夫大街上走远了,他们觉得自己再一次被上帝抛弃了……

到了晚上,那座基督教堂静悄悄地矗立在那儿,像一个黑色的影子。

那个自称是法国人的俄国裁缝也走了。他去了新西兰。

老人家是自己走的。

走的时候，许多当地的洋人都前去为他送行。

老裁缝临走前，显得神采奕奕的，好像他是去斯德哥尔摩领取诺贝尔和平奖金似的。

他边走边对送行的人讲着一些小笑话。路上，一伙人欢声笑语的。

裁缝的老朋友，就是一度和他的女人有染的那个张挂面，也在送行的行列之中。

有一段路，是那个俄国裁缝搂着他的肩膀像亲兄弟一样地走着。

他们都想说什么，但什么也没有说，就那么很配合地走了，放声大笑着。

……

俄国裁缝走后，张挂面和俄国裁缝的女人就正式同居了。

如果真的是爱情，谁也阻挡不了！

比如是性爱，恐怕也难以阻挡。

朋友，对于看不懂、也想不明白的人间事，就背过脸去吧。

那个叫玛拉的女教师，也离开了流亡地。侨民学校黄了。没有洋孩子去那里读书了。

这里已经改成了中国孩子的学校了。

这几年，当地的中国孩子像雨后春笋一样，茂盛起来了。

而且，流亡地一带的中国居民房也多了起来。

在涅克拉索夫大街上走动的，大多是中国人。而洋人已经寥寥无几了。

那家敖德萨餐馆改成了朝鲜冷面馆了。是由那个韩国人的一家经营着。

那家面包房还在，不过，现今的老板不是老面包师，而是他的儿子"大饽饽"了。

达尼已不做邮递员工作了，现在是那家中国学校的外文教师了。

流亡的外国人——流亡地的开拓者们都要走了，中国的领土当然还得中国人来居住。

世事变化多快呀。

为玛拉送行的人，大都是她教过的学生。

这支送行的"队伍"显得朝气蓬勃，像一群欢乐的小鸟。

学生们一直把玛拉老师送到涅克拉索夫大街的尽头，在那儿，玛拉上了一辆苏式吉普车。

那是本国的领事馆专门派来接她的车。她得先到领事馆住一天，然后再乘国际列车回国。

吉普车里坐着一个年轻英俊的俄国男人。学生们知道，这个人曾多次来过流亡地，代表领事馆给他们讲过话。现在，他是玛拉的未婚夫了。

临上吉普车的时候，玛拉回头深情地、眷恋地看了一眼流亡地，她发现在涅克拉索夫大街上，那个风度翩翩的英国绅士正拄着手杖站在那里，充满深情地看着她并向她挥手告别，随后就不见了。

玛拉知道自己的眼前出现了幻觉。她长长叹了一口气，上了车，吉普车就开走了。

玛拉的故事，结束了。

在这个气温反常的冬季，在一个下着冬雨的天气里，刘警官陪同几个外国人，来到了流亡地。

这些外国人，样子严肃，不苟言笑，而且他们并不跟当地的洋人打招呼。他们先在刘警官的小庙里稍事休息，在那里认真地翻阅了有关那个英国绅士的所有记录，包括死亡记录。然后，他们把这些记录都一一拍了照片。接着,他们开始吸烟,等着小雨过去。

无奈,流亡地的冬雨,一直那样不紧不慢地下个不停。

于是,这一伙外国人,决定冒雨到侨民的墓园去。

侨民的墓园早已破败荒凉了。

在那里,他们轻而易举地找到了那个英国绅士的墓。

这个墓保存得完好无损。看得出,这个英国绅士死后,一直有人为他的亡灵献花、扫墓。

他们先将这座坟墓拍了照片。

然后,这些外国人冒着霏霏的冬雨,开始挖这个英国绅士的墓。

侨民的墓园已无人看守。那个常在夜里拢火取暖看墓园的白俄老头,早已作古了。

老人家也埋在这里。

是那些流亡地的洋人为老人举行了简单的葬礼。

英国绅士的墓被挖开了。一个外国人从这个英国绅士的尸骨中,拣出了几块,放在袋子里。然后他们埋上了坟穴。

现在的这座坟,看上去又像一座新坟了。

不过,英国绅士的尸骨已经残缺不全了。

冬雨一直在霏霏地下个不停。

当这一伙外国人,即将离开墓园的时候,他们发现在不远处,在迷蒙的冬雨中,伫立着一个老妇人。

"她是谁?"一个外国人冷峻地问刘警官。

"是死者生前的一个情人,叫娜达莎,俄国人。"刘警官不经意地说。

这几个外国人,认真地审视了园外苍老的娜达莎一眼,就匆匆地离去了。

刘警官突然呆住了——娜达莎几年前不是已经回国了吗?!

不久,人们从刘警官的老婆那里得知,这个英国绅士,是一个亡命的英国间谍。

……

流亡地在冬雨中,悄悄地发生了变化。

岁月总是这样的。

外国名字的街道和零星的记忆(代后记)

《流亡地的冬雨》算是告一段落了。搁下笔,仍觉得余兴未尽——活着,最让人追悔莫及的事,就是"余兴未尽"了。

索性再啰唆几句。

写这篇《流亡地的冬雨》,纯出于偶然。一日闲来翻报,在一份旧报纸上,看到这样一则文字:

> 1898年,随着中东铁路的进展,在道里沿江地段,建了运送筑路器材的码头,这里逐渐形成了一个居民区……
>
> 俄国"十月革命"后,大批俄国人逃亡来哈,使这一地区人口骤然膨胀。1918年,俄国人着手开发埠头区以西地区,建立了"纳哈罗夫卡村"(HAXA)。

当时这里还是一片沼泽地，当局鼓励俄国人来此建房，建房者随意占地，免收赋税。最初，房屋杂乱地建在高地上，根本无路可走，甚至借栈桥通行……

我在另一本资料上，看到有关这个城市街道的一些文字：

　　这里的街道，都是以俄国、波兰等国的城市名或名人的名字命名的。如安平街为华沙街，安心街为塞瓦斯托伯尔斯卡亚街，高谊街为哈萨克街，河清街为涅克拉索夫街，河曲街为罗蒙诺索夫街，地段街为希尔克夫王爵街，安国街为符拉基米尔街，安固街为科洛列夫街。除此之外，在这个城市里还有诸如日本街、蒙古街、高丽街、教堂街、国界街、比利时街、巴尔干街、希腊教街、塞尔维亚街等。
　　……因为那一地区偏僻荒凉，中国人则称之为"偏脸子"。

另外，我还在《哈尔滨历史编年》一书中，看到这样一段文字：

　　哈尔滨外侨情况调查：现在俄、美、英、法、捷、意、罗、匈、瑞士、南斯拉夫、丹麦、奥地利、希腊、土耳其、葡萄牙、瑞典、伊朗、朝鲜、日本等国侨民共有33721人。

这些文字记载，勾起了我的回忆。我觉得这正是我应当写，而过去却一直没有意识到的东西。
　　恐怕，这也是一种缘分……
　　我的家曾经在"偏脸子"那一带。当时那里的确很荒凉。在我的记忆当中,那儿的荒草很高,可以藏人。那儿的野树也很多——整个景观近乎于乡野。那儿有许许多多的蜻蜓和蝴蝶,它们的个头都很大,最大的蝴蝶,像一张孩子的脸。四周很静,像一幅永恒的画。

在我还小的时候,兄弟姐妹多,只靠父亲一人挣钱维持一家人的生活。这样的生活自然是没有自尊的生活。说这种事,恐怕又够写一部长篇小说的了。好了,我们还是简单地说与此有关的情况。我清楚地记得在一个绚丽的秋日,一个洋孩子在我面前大口大口地吃着一个水灵灵大桃子的情景。我站在他的面前,像一只狼一样恶狠狠地盯着他,并可怜地咽着口水。要知道,贫穷的主要特质之一,就是培养一个人如何仇恨另一个人。

我从小就生活在这座城市里,在三四十年代到五六十年代,这座城市里到处都是外国人。其中有相当一部分是来自世界各地的流亡者。在这座城市里,还生活着许多不同国籍的流亡者,他们彼此通婚后,生育出一批又一批漂亮的、聪明的混血儿。应当说,这些流亡在中国的外国人,尤其是老人是喜欢孩子的。他们被迫离开了自己的祖国、自己的家园,到这个陌生的土地上谋生,或者混日子,在这个国家里,他们还祈求什么呢?他们只盼着有一个家,一个温暖的家,有妻子、孩子,仅此而已。

我们之间的接触与交往(串门、聊天、出去玩等等),没感觉到哪儿别扭,有什么值得惊奇的地方。

我生在黑龙江的一个山区。恰恰那个山区也是外国流亡者聚居的地方,那里有流亡者们自己建造的教堂、公园和一个扎着各种鲜花的绳索桥(这里还是外国人避暑的地方。盛夏时节,每天都有一个火车专列从省城开到这里)。我的爷爷就是一面坡火车站那个俄国站长的仆人。当年,在洋人当中,有这样一句话:大大的一面坡,小小的黑龙江。

我本人就是一个流亡的俄国女助产士接生的。我一生下来就与这些外国流亡者有着某种不解之缘了。记得有一次在与俄国作家交流的时候,我谈到了这一点,我完全没想到就这么简单的一个事实,让我们在座的中国作家笑喷了。我理解他们的笑,是因为他们认为我在讨好俄罗斯作家,或者他们认为这种事不应该发生在阿成身上。

看来,《流亡地的冬雨》无论如何也应当写。我非常熟悉他们,他们是我生命当中的一个组成部分。当然,人的记忆是零乱的,不系统的。然而,大凡条理化的、规则化的"记忆",是不真实,也不可靠的。

小的时候,我经常看到一些流亡在这个城市里的外国人,大清早,提着一个肮脏的布兜子,去"华梅西餐厅"打牛奶、买面包。西餐厅专门有这项服务。餐厅的伙计们,态度很和善,很尊敬他们。这座城市里的人从不排斥流亡者,也从未发生过袭击外国侨民的事件。中国是一个礼仪之邦,是一个好客的民族。中国人对他们的到来一点也不惊讶,感觉像树上的叶子一样自然。

现在,那些因战争而流亡的外国人,在这座城市里像梦一样地消失了。

我听说,这些曾经在这里流亡过的外国人,有的去了澳大利亚,有的去了俄国,有的去了日本,有的去了法国,还有的去了非洲。一次,我偶然见一个来自俄国新西伯利亚市的女诗人,她对我说,许多当年流亡在黑龙江的俄国人，都在写回忆录，写黑龙江，写松花江，写哈尔滨……她还送给我一本长篇小说，她介绍说，这本小说的作者曾经流亡在哈尔滨许多年，他现在是俄国的一位作家，叫可普铁罗夫。我问她这部长篇小说写的什么，能否给我翻译一下作品开头的几句话。她打开书，用生硬的汉语读着："……这个城市，面临着一条黄色的大江（松花江）……"

至于当年为什么这座城市里的外国侨民那么多，在《流亡地的冬雨》里我已经介绍过了。总而言之，城市里的侨民一多，对这座城市里的人的心灵，包括风习、语言，都产生了一些不大不小的影响。比如这个城市的人，尤其是年轻人，男男女女的，都很洋气，而且人高马大，喜欢喝啤酒，也莫名其妙地自高自大。常常看见很洋气的大姑娘，在副食品商店的柜台前，一边吃着面包，一边嘴对嘴地喝着瓶子里的啤酒。

现在有了点微妙的变化，不少东北人喜欢吹嘘自己很厚道、实在、直性、敢打敢拼敢玩命，说话也学农村土话了："嗯哪""咋地""咋整""干啥"这种样子，滑滑稽稽的。过去哈尔滨不是这样的。哈尔滨人喜欢吃西餐，吃面包、吃果酱、喝啤酒，而且特别能喝，也喜欢穿长呢子大衣，穿长筒皮靴，留小胡子，走路大步流星的。还喜欢打猎、钓鱼、野营、冬泳，喜欢听教堂的钟声（哈尔滨的教堂很多，像圣索菲亚教堂，像拜占庭艺术风格的勃拉戈维辛斯卡亚大教堂，像伊维尔教堂，像乌克兰风格的波克罗夫卡亚教堂，像世界著名的圣尼古拉教堂等等——人称这座城市是"教堂之国"）。记得我小的时候，常跟小伙伴们去教堂的墓地玩，偷挖埋在石碑前土地里的鸡蛋吃。教堂里的神父和牧师认识我们这些小孩……

的确，一个人的记忆是凌乱的。

当你走在这座城市的街道上，常能听到从寻常百姓家里传出来拉小提琴、弹钢琴、吹萨克斯、弹吉他的声音。因此，这座城市素有"音乐之城"的称号。

这座城市不少的生活用语都是"舶来品"，例如"力道斯"（红肠），比如"列巴"（面包），比如"比瓦"（啤酒），比如"维多罗"（水桶），比如"八交母"（走），等等。就是现在，不少年龄稍大一些的汉子，还这样对自己的孩子说："去食杂店买两瓶比瓦和半斤力道斯。"就是在今天，俄式的"苏波"（汤），仍是这座城市人最喜欢喝的汤，他们做得很在行，味道也很醇正。而且，现在这座城市里的人（尤其是四五十岁的中年人），非常喜欢看苏联电影，苏联的民族舞蹈，听苏联的音乐和唱苏联的歌曲。

……

在《流亡地的冬雨》中有一个叫娜达莎的女人，这个女人在现实生活中，的确有这么一位，不过，她不开什么餐馆，而是一个风流寡妇，是我的一个街坊。她长得人高马大，金发碧眼，双乳并峙，咄咄逼人，的确是一个漂亮女人。她跟谁都胡来，"打拉耶西"的（лоскутник тряпичник，即收破烂的），推小车的，小偷，中国人，外国人，老头子，小不点的孩子，全行，给钱就行。娜达莎有了钱就酗酒，一喝醉了，没模样了，没廉耻了。不过，酒醒之后，又好了，真是一个挺漂亮的俄国娘们儿。

娜达莎的丈夫，是一个反动军官。她家里有他的照片。挺英俊的一个小伙子。

不久，娜达莎老了——外国女人一老就特别邋遢，没有人愿意找她胡扯了，于是，她开始卖家里的东西，而且到处向中国女人借钱，怪可怜的。腰都弯了——岁月太残忍了。

后来，我家就搬走了。娜达莎以后的情况我就不知道了。我总想，她肯定是一个不相信爱情，也不相信眼泪的女人。她对这个世界一定很灰心。

……

我记不清我是几岁去的书中写的那家"红十字幼儿园"的，但是我知道进这家幼儿园有一个要求，就是这里的孩子必须是外国侨民的孩子，或者医务工作者的子女。正巧，我的母亲在一家医院里洗刷药瓶子。院长叫什么名字我记不得了，他看着我母亲人挺好的，能干，又任劳任怨，就把这个名额照顾给她了。我是这么去的红十字幼儿园。

我的女儿说："就是孤儿院。"我想，还不是。我们都是有父母的孩子，只是父母有点养不起我们。不过，红十字幼儿园确实是国际慈善机构办的。在这里寄托的孩子，从吃到穿，到住，到看病，全部免费——这简直是穷孩子的天堂。这里的老师，全是外国女人。我在这个环境里生活了三年，吃的是外国饭菜，过的是外国节日，唱的是外国歌曲，讲的是外国话。在那里我跟许多外国孩子处出了感情。可惜的是都太小，不然，闹不好或许会有出国看朋友的机会。

在我的青少年时代，我的一些朋友找对象，也有找外国姑娘的，例如我的那篇小说《老柳》里写的那样。不过，当年找外国姑娘做老婆的男人都是一些政治上没有前途，破罐子破摔的人。外国姑娘不计较这些。"老柳"就是这样的男人。在现实生活中，老柳是有原型的，我们是朋友，现在他去了新西兰。当年，他的洋媳妇还给我介绍过一个乌克兰姑娘，我没干。我觉得她长得像中国人，黑头发，黑眼睛。

我想，如果要找就找个真正的外国人。中国人不中国人，外国人不外国人，这叫什么？那乌克兰女孩对我倒是挺有意思的，她的中国话讲得也非常"中国"。她主动请我到她家去。后来我真去了，我是好奇，不是喜欢她。她家养奶牛，是一个不怎么富裕的侨民。在她家里我喝了新鲜的牛奶，还吃了一些甜点。从她家出来之后，我们又散了一会儿步，路上，她对我讲，在南岗区，她家还有一幢房子，她爸说了，如果她结婚，就把那幢房子给她。她看着我说，家具都是现成的，还有挺大一个院子，可以种菜，就不用去买菜了……如此地走了一段，我就告辞了。我们的关系什么也不算，等于什么事儿也没有，手都没摸一下。

后来，听说他们一家去了法国。我这才不自在起来，我没想到中国的形势会变化得这么快。我以为一切都固定了呢。如果我很好地结识一下这个乌克兰女孩，爱情少一些理性的挑剔，会有怎样的后果呢？

……

我开始写《流亡地的冬雨》，每天上午以一至两篇的速度向前蠕动。而且越写越觉得应当写——这真是一段值得珍视，又那样独特的、有血有泪的生活啊。

这个由十几个短篇构成的长篇小说，每篇既可以独立成章，读者诸君可以随意挑着看其中的某几篇，也可以通读全文，有一个整体的印象，整体的脉络，整体的感受——这一点，并非我的刻意所为，而是本文的内容决定了它的形式特征。

……

说真的，写这些东西，回忆这些东西，终究是让人伤感——

生命总是步履匆匆的，不管这个世界上发生了什么，战争也好，政治运动也好，种族冲突也好——上帝赐给你的生命就那么多，是不会因为其他的因素，而考虑延长你的生命。

——平民也好，政治家也好，流亡者也好，咄咄逼人也好，唯唯诺诺也好，年轻年老也好——我们大家都好好活吧。

……

回想起那些流亡在中国黑龙江的外国人——老老少少、男男女女、形形色色、生生死死，真让人有点要掉泪的意思啦……

愿上帝保佑他们和他们的子孙吧！

阿门！

需要补充的几句话

　　这次应出版社的要求，重新把我在1999年写的长篇小说《遗恨瓜洲》和《马尸的冬雨》，做了一下大量的删节，还对两部作品当中的个别地方作了一些润色和修正。正所谓，"文章千古事，得失寸心知"。文不厌改呀（毕竟出版社还有字数要求）。说起来，这两部作品所采用的叙述方式，其实在当时并没有什么蓝本可以借鉴与学习。就是尽可能的写得轻松一点，通俗一点，好玩一点。说到底，作品不就是给人家看的嘛。

　　先前两部长篇小说的名字都做了改动，《李甲在北京念大学的日子》和《流亡地的冬雨》。这里特别说明一下。谢谢！

1995年3月2日二稿
2022年9月20日三稿于哈尔滨